INVISÍVEL

PAUL AUSTER

Invisível

Tradução
Rubens Figueiredo

1ª reimpressão

Copyright © 2009 by Paul Auster

Grafia atualizada segundo o Acordo Ortográfico da Língua Portuguesa de 1990, que entrou em vigor no Brasil em 2009.

Título original
Invisible

Capa
João Baptista da Costa Aguiar

Preparação
Márcia Copola

Revisão
Ana Maria Barbosa
Huendel Viana

Dados Internacionais de Catalogação na Publicação (CIP)
(Câmara Brasileira do Livro, SP, Brasil)

    Auster, Paul
    Invisível / Paul Auster ; tradução Rubens Figueiredo. — São Paulo :
Companhia das Letras, 2010.

    Título original: Invisible
    ISBN 978-85-359-1651-5

    1. Contos norte-americanos I. Título.

10-03006   CDD-813

Índice para catálogo sistemático:
1. Contos : Literatura norte-americana   813

[2010]
Todos os direitos desta edição reservados à
EDITORA SCHWARCZ LTDA.
Rua Bandeira Paulista 702 cj. 32
04532-002 — São Paulo — SP
Telefone (11) 3707 3500
Fax (11) 3707 3501
www.companhiadasletras.com.br

I.

Apertei a mão dele pela primeira vez na primavera de 1967. Na época eu era estudante do segundo ano na universidade Columbia, um garoto ignorante, cheio de apetite por livros e com a crença (ou ilusão) de que um dia eu seria bom o bastante para poder me chamar de poeta, e, como eu lia poesia, já havia encontrado o seu xará no inferno de Dante, um morto que se esgueirava entre os últimos versos do canto 28 do *Inferno*. Bertran de Born, o poeta provençal do século XII, que levava, segura pelos cabelos, a própria cabeça cortada, a qual balançava para trás e para a frente como um lampião — sem dúvida uma das imagens mais grotescas naquele catálogo de alucinações e tormentos em forma de livro. Dante era um leal defensor da obra de De Born, mas condenou-o à danação eterna por ter aconselhado o príncipe Henrique a se rebelar contra o pai, o rei Henrique II, e, como De Born provocou o rompimento entre pai e filho e os transformou em inimigos, o engenhoso castigo de Dante foi separar De Born dele mesmo. Por isso o corpo decapitado vagava gemendo no outro mundo e perguntando ao viajante florentino se algum sofrimento poderia ser mais terrível que o seu.

Quando se apresentou como Rudolf Born, meus pensamentos logo se voltaram para o poeta. Algum parentesco com Bertran?, perguntei.

Ah, respondeu ele, aquela criatura infeliz que perdeu a cabeça. Talvez, mas não parece provável, eu receio. Não tenho nenhum *de* no nome. É preciso ser da nobreza para isso, e a triste verdade é que posso ser qualquer coisa menos um nobre.

Não tenho lembrança do motivo por que eu estava lá. Alguém deve ter me chamado para ir junto, mas quem foi essa pessoa é uma coisa que se evaporou da minha cabeça há muito tempo desde então. Não consigo lembrar nem onde foi a festa — na parte alta ou na parte baixa da cidade, num apartamento ou num sótão — nem sequer o meu motivo para aceitar o convite, uma vez que eu preferia evitar grandes aglomerações na época, ficava desnorteado com o barulho do falatório das multidões, tolhido pela timidez que tomava conta de mim na presença de gente que eu não conhecia. Mas naquela noite, de forma inexplicável, eu disse sim, e lá fui eu com o meu amigo esquecido para onde quer que ele estivesse me levando.

O que lembro é isto: a certa altura da noite, acabei me vendo sozinho, em pé num canto da sala. Estava fumando um cigarro e olhando para as pessoas do lado de fora, dúzias e dúzias de corpos jovens amontoados nos limites daquele espaço, ouvindo o alarido emaranhado de palavras e risos, e me perguntei que diabo eu estava fazendo lá e pensei que talvez já estivesse na hora de ir embora. Havia um cinzeiro em cima de um aparelho de calefação à minha esquerda, e, quando me virei para apagar meu cigarro, vi que o receptáculo cheio de guimbas estava se erguendo na minha direção, aninhado na palma da mão de um homem. Sem que eu tivesse percebido, duas pessoas tinham acabado de sentar sobre o aparelho de calefação, um homem e uma mulher, os dois mais velhos do que eu, sem dúvida mais velhos do que qualquer um na sala — ele por volta dos trinta e cinco, ela já à beira dos trinta anos ou com trinta e poucos. Formavam um casal incongruente, me pareceu, Born num terno de linho branco amarrotado e um pouco encardido, com uma camisa branca igualmente amarrotada por baixo do paletó, e a mulher (cujo nome mais tarde eu soube ser Margot) vestida de preto. Quando agradeci pelo cinzeiro, ele me dirigiu um breve e cordial aceno de cabeça e disse *O prazer é meu* com um levíssimo sotaque estrangeiro. Francês ou alemão, não consegui identificar, pois seu inglês era quase impecável. Que mais eu vi naqueles primeiros instantes? Pele pálida, cabelo avermelhado e descuidado (mais curto que o cabelo da maioria dos homens na época), rosto largo e simpático, sem nada particularmente característico (um rosto genérico, de certo modo, um rosto que se tornaria invisível em qualquer multidão), e olhos castanhos e firmes, os olhos inquiridores de um homem que parecia não ter medo de nada. Nem magro nem pesado, nem alto nem baixo, mas apesar disso dava uma impressão de força física, talvez por causa da solidez das mãos. Quanto a Margot, ficou sentada sem mover nenhum músculo, fitando o vazio, como se a missão dela na vida fosse mostrar um ar entediado. Mas era atraente, profundamente atraente para os meus vinte anos de idade, com seus cabelos pretos, o suéter preto de gola rulê, minissaia preta, botas pretas de couro, e uma maquiagem pesada e preta em torno dos grandes olhos verdes. Não uma beleza, talvez, mas um simulacro de beleza, como se o estilo e a sofisticação de sua aparência corporificassem um ideal feminino daquele tempo.

    Born disse que ele e Margot estavam quase indo embora, mas me avistaram sozinho no canto e, como eu parecia infeliz, resolveram se aproximar e me animar um pouco — só para ter certeza de que eu não ia cortar a garganta antes de a noite chegar ao fim. Eu não tinha a mínima ideia de como interpretar suas palavras. Será que aquele homem estava me insultando, me perguntei, ou estaria de fato tentando mostrar alguma bondade para um jovem estranho e perdido? As palavras em si tinham um certo teor jocoso, que desarmava, mas o aspecto dos olhos de Born ao dizer aquelas palavras era frio e reservado, e não pude deixar de ter a sensação de que ele estava me testando, escarnecendo de mim, por razões que eu não conseguia nem de longe entender.

Dei de ombros, dirigi-lhe um ligeiro sorriso e disse: Acredite se quiser, estou me divertindo como nunca na vida.

Foi aí que ele se levantou, apertou minha mão e me disse seu nome. Após minha pergunta sobre Bertran de Born, ele me apresentou Margot, que sorriu para mim em silêncio e depois voltou à sua tarefa de fitar o vazio com ar indiferente.

A julgar pela sua idade, disse Born, e a julgar por seu conhecimento de poetas obscuros, eu diria que você é um universitário. Estudante de literatura, sem dúvida. Universidade de Nova York ou Columbia?

Columbia.

Columbia, suspirou ele. Que lugar mais desolador.

Você conhece?

Estou dando aulas na Escola de Relações Internacionais desde setembro. Professor visitante, contrato de um ano. Felizmente, já estamos em abril e vou voltar para Paris daqui a dois meses.

Então é francês.

Por acaso, inclinação e passaporte. Mas suíço de nascimento.

Suíço francês ou suíço alemão? Estou ouvindo um pouco das duas coisas na sua voz.

Born emitiu com a língua o som de uma risadinha e, depois, fitou-me nos olhos com atenção. Você tem um ouvido apurado, disse ele. De fato, *sou* as duas coisas — o produto híbrido de uma mãe germanófona e um pai francófono. Cresci indo e vindo entre os dois idiomas.

Em dúvida sobre o que dizer em seguida, fiquei calado um momento e depois fiz uma pergunta inocente: E o que está lecionando na nossa universidade desoladora?

Desastre.

É um tema bem amplo, não acha?

Mais especificamente, os desastres do colonialismo francês. Estou dando um curso sobre a perda da Argélia e outro sobre a perda da Indochina.

Essa guerra adorável que herdamos de vocês.

Nunca subestime a importância de uma guerra. A guerra é a expressão mais pura e mais vívida da alma humana.

Você está começando a falar como um poeta sem cabeça.

Ah, é?

Suponho que você não leu nada dele.

Nem uma palavra. Só o conheço daquela passagem de Dante.

De Born foi um bom poeta, talvez até um poeta excelente — mas profundamente perturbador. Escreveu alguns poemas de amor cativantes e um lamento comovente após a morte do príncipe Henrique, mas seu tema de fato, a única coisa com que ele parecia se importar com alguma paixão autêntica, era a guerra. Era totalmente entusiasmado pelo assunto.

Sei, disse Born, e me dirigiu um sorriso irônico. Um homem afim ao meu coração.

Estou falando do prazer de ver homens partirem o crânio uns dos outros e deixarem os miolos expostos, de ver castelos desmoronarem e arderem em chamas, de ver os mortos com lanças atravessadas de um lado a outro do corpo. É o tema da sanguinolência, pode acreditar, e De Born não se esquiva. A simples ideia de um campo de batalha enche De Born de felicidade.

Devo supor que você não tem nenhum interesse em ser soldado.

Nenhum. Prefiro ir para a cadeia a ir lutar no Vietnã.

E, supondo que você se livre tanto da prisão como do exército, quais são seus planos?

Não tenho plano nenhum. Só ir tocando a vida, fazendo o que estou fazendo, e torcer para que dê certo.

E o que é?

Caligrafia. A requintada arte dos rabiscos.

Foi o que pensei. Quando Margot viu você do outro lado da sala, me disse: Olhe aquele rapaz de olhos tristes e cara pensativa — aposto que é um poeta. É isso que você é, um poeta?

Escrevo poemas, sim. E também algumas resenhas de livros no *Spectator*.

O pasquim dos estudantes.

Todo mundo tem de começar de algum lugar.

Interessante...

Nem tanto. Metade dos indivíduos que conheço querem ser escritores.

Por que você usa *querer*? Se você já está fazendo isso, então não se trata mais do futuro. Já existe no presente.

Porque ainda é cedo demais para saber se sou bom o bastante.

Pagam a você por seus artigos?

Claro que não. É um jornal da faculdade.

Quando começarem a pagar a você pelo seu trabalho, aí você vai saber que é bom o bastante.

Antes que eu pudesse responder, Born de repente se virou para Margot e anunciou: Você tem razão, meu anjo. O seu rapaz é mesmo um poeta.

Margot ergueu os olhos para mim e, com um olhar neutro, avaliador, falou pela primeira vez, pronunciando as palavras com um sotaque estrangeiro que se revelou muito mais pesado que o do seu companheiro — um inequívoco sotaque francês. Sempre tenho razão, disse ela. Você já devia saber disso agora, Rudolf.

Um poeta, continuou Born, ainda se dirigindo a Margot, eventual resenhador de livros e estudante na melancólica fortaleza das alturas, o que significa que provavelmente é nosso vizinho. Mas não tem nome. Ao menos, não que eu saiba.

É Walker, disse eu, me dando conta de que, por desatenção, não havia me apresentado na hora em que apertamos as mãos. Adam Walker.

Adam Walker, repetiu Born, virando-se para Margot e olhando para mim, enquanto disparava mais um de seus sorrisos enigmáticos. Um bom e sólido nome americano. Tão forte, tão brando, tão confiável. Adam Walker. O solitário caçador de recompensas num filme de *western* em Cinemascope, vagando pelo deserto com uma espingarda e um revólver de seis balas na sela do seu cavalo baio. Ou então o cirurgião de coração bondoso e integridade impecável num seriado apresentado em horário diurno, tragicamente apaixonado por duas mulheres ao mesmo tempo.

Parece um nome sólido, retruquei, mas nada nos Estados Unidos é sólido. O nome foi dado ao meu avô quando ele desembarcou na ilha Ellis em 1900. Ao que parece, as autoridades da imigração acharam que Walshinksky era difícil demais e lhe deram o apelido de Walker.

Que país, disse Born. Funcionários analfabetos roubando a identidade de um homem com um simples risco de caneta.

Não a identidade, disse eu. Só o nome. Ele trabalhou como açougueiro kosher no Lower East Side durante trinta anos.

Houve mais, muito mais, depois disso, uma boa hora de conversa que ia para lá e para cá a esmo e passava de um assunto para outro. O Vietnã e a crescente oposição à guerra. As diferenças entre Nova York e Paris. O assassinato de Kennedy. O embargo comercial americano a Cuba. Temas impessoais, está certo, mas Born tinha opiniões incisivas a respeito de tudo, muitas vezes arrojadas, heterodoxas, e, como ele expressava suas palavras num tom semizombeteiro, maroto, condescendente, eu não conseguia saber se ele estava falando sério ou não. Em certos momentos, parecia um direitista ferrenho; em outros, lançava ideias que lhe davam o aspecto de um anarquista capaz de cometer atentados a bomba. Será que ele está tentando me provocar, eu me perguntava, ou será que esse é o seu jeito normal, o modo como se entretém nas noites de sábado? Enquanto isso, a inescrutável Margot tinha se levantado do seu assento no aparelho de calefação para me filar um cigarro e, depois disso, continuou em pé e pouco contribuiu para a conversa, na verdade não disse quase nada, mas me examinava atentamente toda vez que eu falava, seus olhos fixos em mim com a curiosidade de uma criança que não deixa as pálpebras piscarem. Confesso que gostei de ser olhado por ela, ainda que aquilo tenha me deixado um pouco sem graça. Havia algo vagamente erótico, achei, mas eu não tinha experiência suficiente naquele tempo para saber se ela estava tentando me enviar algum sinal ou se apenas olhava por olhar e mais nada. A verdade era que eu nunca tinha cruzado com gente como eles até então, e, como os dois eram tão estranhos para mim, tão pouco familiares em suas emoções, quanto mais tempo eu conversava com eles, mais irreais pareciam se tornar — como se fossem personagens imaginários num conto que se passava dentro da minha cabeça.

Não consigo lembrar se estávamos bebendo, mas, se a festa era como as outras a que eu tinha ido desde a minha chegada a Nova York, devia haver garrafões de vinho tinto barato e um farto estoque de copos de papel, o que significa que provavelmente estávamos ficando cada vez mais embriagados à medida que continuávamos a conversar. Eu gostaria de conseguir desenterrar da memória mais coisas que dissemos na ocasião, mas 1967 foi há muito tempo, e, por mais que eu me esforce para descobrir as palavras, os gestos e as fugazes insinuações daquele primeiro encontro com Born, termino com as mãos quase vazias. No entanto, alguns poucos momentos mais nítidos se destacam da névoa. Born enfia a mão no bolso interno do seu paletó de linho, por exemplo, e retira a guimba de um charuto fumado até a metade, que tratou de acender com um fósforo, enquanto me informava que era um Montecristo, o melhor de todos os charutos cubanos — proibidos nos Estados Unidos na época, como são até hoje —, e que ele tinha conseguido comprar mediante *uma relação pessoal* com alguém que trabalhava na embaixada francesa em Washington. Em seguida disse algumas palavras gentis sobre Castro — isso, o mesmo homem que poucos minutos antes havia defendido Johnson, McNamara e Westmoreland por seu trabalho heroico no combate à ameaça do comunismo no Vietnã. Lembro que achei divertido ver o amarfanhado cientista político puxar do bolso aquele charuto meio fumado e disse que ele me fazia lembrar o proprietário de uma plantação de café na América do Sul que enlouqueceu depois de passar muitos anos vivendo na selva. Born riu daquele comentário e logo acrescentou que eu não estava muito longe da verdade, pois ele havia passado a maior parte da infância na Guatemala. Contudo, quando pedi que me contasse mais, fez um gesto negativo com a mão e me disse *fica para outra vez*.

    Vou contar a história completa para você, disse ele, mas num ambiente mais silencioso. A história completa da minha incrível existência até hoje. Vamos nos ver, sr. Walker. Um dia você ainda vai escrever a minha biografia. Posso garantir.

    O charuto de Born, então, e meu papel como futuro Boswell, mas também a imagem de Margot tocando meu rosto com a mão direita e sussurrando: Seja bom para você mesmo. Isso deve ter acontecido já no final, quando estávamos quase indo embora, ou já tínhamos descido para o térreo, mas não me lembro de ter saído e não me lembro de ter me despedido deles dois. Tudo isso foi riscado, apagado pelo efeito de quarenta anos. Eram dois estranhos que conheci numa festa barulhenta numa noite de primavera na Nova York da minha juventude, uma Nova York que já não existe, e nada mais além disso. Posso estar enganado, mas me sinto bastante seguro de que nem nos demos o trabalho de trocar nossos números de telefone.

Supus que nunca mais fosse encontrá-los. Born estava lecionando na universidade Columbia havia sete meses, e, como durante todo aquele tempo eu não tinha cruzado com ele, parecia improvável que agora fosse encontrá-lo. Mas as probabilidades não importam quando se trata de fatos reais, e, só porque uma coisa é improvável, não significa que não venha a acontecer. Dois dias depois da festa, entrei no West End Bar após minha última aula da tarde, imaginando que talvez encontrasse ali um dos meus amigos. O West End era um porão seboso e cavernoso com mais de uma dúzia de mesas e baias para mesas, um vasto balcão oval no centro do salão da frente e uma área perto da entrada onde era possível comprar almoços e jantares ao estilo de lanchonetes ruins — o lugar que eu mais frequentava, o preferido de estudantes, bêbados e vizinhos assíduos. Calhou de ser uma tarde quente, ensolarada, e portanto pouca gente estava ali naquela hora. Quando fiz minha ronda pelo balcão em busca de um rosto familiar, avistei Born sentado sozinho a uma mesa numa das baias, no fundo. Estava lendo uma revista de notícias alemã (*Der Spiegel*, acho), fumando outro de seus charutos cubanos e ignorando o copo de cerveja pela metade que estava sobre a mesa à sua esquerda. Mais uma vez, vestia seu terno branco — ou talvez outro, pois o paletó parecia mais limpo e menos amarrotado do que o que usara no sábado à noite —, mas a camisa branca tinha sumido, substituída por alguma coisa vermelha — um vermelho forte, carregado, a meio caminho entre o tijolo e o grená. Curiosamente, meu primeiro impulso foi dar meia-volta e sair sem cumprimentá-lo. Há muita coisa para investigar nessa hesitação, acredito, pois parece sugerir que eu já compreendia que faria bem em me manter afastado de Born, que me permitir um envolvimento com ele poderia acabar criando problemas para mim. Como eu sabia disso? Eu tinha passado pouco mais de uma hora em sua companhia, mas mesmo num tempo tão breve percebera que havia alguma coisa em torno dele, algo vagamente repulsivo. Não se tratava de negar suas outras qualidades — seu charme, sua inteligência, seu humor —, mas por baixo de tudo isso ele tinha exalado algo de sinistro e cínico, que me deixou de pé atrás, com a sensação de que não era um homem em quem se pudesse confiar. Teria eu uma impressão diferente a respeito dele se não tivesse desprezado sua posição política? Impossível dizer. Meu pai e eu discordávamos em quase todas as questões políticas do momento, mas isso não me impedia de achar que ele era, no fundo, uma pessoa boa — ou pelo menos que não era má pessoa. Mas Born não era bom. Era espirituoso, excêntrico, imprevisível, mas afirmar que a guerra é a mais pura expressão da alma humana exclui automaticamente a pessoa do reino da bondade. E, se ele havia dito aquelas palavras de brincadeira, como uma forma de provocação, para que mais um estudante antimilitarista reagisse e denunciasse a sua posição, então ele não passava de um cínico.

Sr. Walker, disse ele, erguendo os olhos da sua revista e acenando para que eu sentasse com ele, à sua mesa. Exatamente a pessoa que eu estava procurando.

Eu poderia ter inventado uma desculpa e dito que estava atrasado para um compromisso, mas não fiz nada. Isso fazia parte da outra metade da complexa equação que representava minhas relações com Born. Por mais desconfiado que eu estivesse, também me sentia fascinado por aquele indivíduo peculiar, indecifrável, e o fato de ele parecer genuinamente feliz por ter topado comigo atiçava as chamas da minha vaidade — esse invisível caldeirão de autoestima e ambição que arde e borbulha dentro de todos nós. Quaisquer que fossem as reservas que eu tinha em relação a ele, quaisquer que fossem as dúvidas que eu nutria a respeito do seu caráter dúbio, não conseguia reprimir meu desejo de que ele gostasse de mim, de que ele achasse que eu era algo mais do que um universitário americano esforçado e comum, de que ele visse a promessa que eu esperava trazer dentro de mim mas da qual eu duvidava em nove de cada dez minutos da minha vida em vigília.

Quando me acomodei na cadeira, Born olhou bem para mim, do outro lado da mesa, expeliu uma grande baforada de fumaça do seu charuto e sorriu. Você deixou uma impressão favorável em Margot naquela noite, disse.

Também fiquei impressionado com ela, respondi.

Você deve ter notado que ela não é de falar muito.

O inglês dela não é nenhuma maravilha. É difícil nos exprimirmos num idioma que nos traz dificuldades.

O francês dela é totalmente fluente, mas nem em francês ela fala muito.

Bem, as palavras não são tudo.

Comentário estranho para um homem que se imagina escritor.

Estou falando de Margot...

Sim, Margot. Exatamente. O que me traz de volta ao meu assunto. Uma mulher que tende a silêncios demorados mas que

falou sem parar em nosso caminho de volta para casa, depois da festa no sábado à noite.
Interessante, disse eu, sem saber para onde a conversa estava nos levando. E o que foi que soltou a língua dela?
Você, meu rapaz. Ela sentiu uma grande afeição por você, mas também é preciso que saiba que ela ficou extremamente preocupada.
Preocupada? Mas por que ela haveria de ficar preocupada? Ela nem mesmo me conhece.
Talvez não, mas enfiou na cabeça que o seu futuro está em perigo.
O futuro de todo mundo está em perigo. Sobretudo de homens americanos no final da adolescência e com vinte e poucos anos, como você bem sabe. Mas, contanto que eu não leve bomba na faculdade, o recrutamento militar não pode me pegar antes que eu me forme. Eu não apostaria nisso, mas é possível que a guerra já tenha terminado até lá.
Não aposte nisso, sr. Walker. Essa pequena escaramuça vai se arrastar por anos.
Acendi um Chesterfield e fiz que sim com a cabeça. Nisso eu concordo com você, disse.
De todo modo, Margot não estava falando sobre o Vietnã. Sim, você pode acabar na cadeia — ou voltar para casa num caixão daqui a dois ou três anos —, mas ela não estava pensando na guerra. Ela acredita que você é bom demais para este mundo, e, por causa disso, o mundo mais cedo ou mais tarde vai esmagar você.
Não estou entendendo o raciocínio dela.
Acha que você precisa de ajuda. Margot talvez não possua o cérebro mais ágil do mundo ocidental, mas conhece um rapaz que diz ser poeta e a primeira palavra que vem à cabeça dela é *inanição*.

Isso é um absurdo. Ela não tem a menor ideia do que está falando.

Perdoe-me por contradizer você, mas, quando lhe perguntei, na festa, quais eram seus planos, você respondeu que não tinha plano nenhum. Fora a sua nebulosa ambição de escrever poesia, é claro. Quanto ganham os poetas, sr. Walker?

Na maioria das vezes, nada. Se a pessoa tiver sorte, de vez em quando alguém pode jogar umas moedas.

Para mim, parece inanição.

Eu nunca disse que pretendia ganhar a vida como escritor. Vou ter de arranjar um emprego.

De que tipo?

É difícil dizer. Podia trabalhar numa editora ou numa revista. Podia traduzir livros. Podia escrever artigos e resenhas. Uma dessas coisas, ou várias delas combinadas. É cedo demais para saber, e, até eu sair para o mundo, não há motivo para perder meu sono, não é?

Goste disso ou não, você já está no mundo agora, e, quanto antes aprender a se defender sozinho, melhor vai ser a sua situação.

Mas por que toda essa preocupação repentina? Nós acabamos de nos conhecer, e por que você se importa com o que acontece comigo?

Porque Margot me pediu que ajudasse você, e, como ela raramente me pede alguma coisa, me sinto, por uma questão de honra, obrigado a obedecer aos desejos dela.

Diga a ela que agradeço, mas não há necessidade alguma de vocês se incomodarem. Posso me virar sozinho.

Teimoso, não é?, disse Born, colocando seu charuto quase desperdiçado na beirada do cinzeiro e depois se inclinando para a frente, até seu rosto ficar a poucos centímetros do meu. Quer dizer que, se eu lhe oferecesse um emprego, você recusaria?

Depende do emprego. Isso vamos ver depois. Tenho diversas ideias, mas ainda não tomei uma decisão. Talvez você possa me ajudar.

Não tenho certeza de ter compreendido.

Meu pai morreu faz dez meses, e parece que herdei uma considerável soma de dinheiro. Não o bastante para comprar um castelo ou uma companhia de aviação, mas o suficiente para fazer certa diferença no mundo. Eu poderia contratar você para redigir minha biografia, é claro, mas acho um pouco cedo demais para isso. Ainda estou só com trinta e seis anos, e acho inconveniente falar sobre a vida de um homem antes que ele tenha cinquenta anos. Mas e então? Pensei na hipótese de fundar uma editora, porém não tenho certeza de que terei estômago para todo o planejamento de longo prazo que isso acarretaria. Lançar uma revista, por outro lado, me parece muito mais divertido. Uma publicação mensal, ou talvez trimestral, mas algo fresco e ousado, uma publicação que sacudisse as pessoas e causasse controvérsia a cada número. Que acha, sr. Walker? Trabalhar numa revista seria do seu interesse?

Claro que sim. A única questão é: por que eu? Você vai voltar para a França daqui a alguns meses, portanto suponho que esteja falando de uma revista francesa. Meu francês não é ruim, mas não é bom o bastante para o que você precisa. Além do mais, estou na faculdade em Nova York. Não posso simplesmente largar o curso e me mudar.

Quem foi que falou em se mudar? Quem foi que falou numa revista francesa? Tenho uma boa equipe americana para gerir meus negócios por aqui, posso dar um pulo aqui de vez em quando para verificar o que andam fazendo, mas em essência eu me manteria fora da empresa. Tenho meu próprio trabalho, minha própria carreira, e não teria mesmo tempo para isso. Minha única responsabilidade seria injetar dinheiro — e depois torcer para que desse lucro.

Você é um cientista político, e eu sou um estudante de literatura. Se está pensando em criar uma revista política, não conte comigo. Estamos em lados opostos da cerca, e, se eu tentasse trabalhar para você, seria um fiasco. Mas, se estiver falando de uma revista literária, então sim, eu estaria muito interessado.

Só porque dou aulas de relações internacionais e escrevo sobre governo e política pública não quer dizer que sou um sujeito sem gosto artístico. Eu me interesso por arte tanto quanto você, sr. Walker, e não pediria que fosse trabalhar numa revista que não fosse uma revista literária.

Como sabe que sou capaz de me encarregar da tarefa?

Não sei. Mas tenho um palpite.

Não faz nenhum sentido. Você está me oferecendo um emprego sem ter lido uma palavra que escrevi.

Não é bem assim. Hoje de manhã li quatro de seus poemas no número mais recente da *Columbia Review* e seis de seus artigos no jornal dos estudantes. O texto sobre Melville era especialmente bom, achei, e fiquei comovido com o seu pequeno poema sobre o cemitério. *Quantos outros céus acima de mim/ Até que este também desapareça?* Impressionante.

Estou contente de que pense assim. Mais impressionante ainda é você ter agido tão depressa.

É meu jeito de ser. A vida é breve demais para deixarmos as coisas para depois.

Minha professora na terceira série nos dizia a mesma coisa — exatamente com essas palavras.

Que lugar maravilhoso, este país de vocês. Você teve uma educação excelente, sr. Walker.

Born riu da frivolidade do comentário, tomou um gole de cerveja e depois se reclinou para refletir sobre a ideia que ele pôs em movimento.

O que pretendo, disse afinal, é traçar um plano, fazer um projeto. Diga-me que material seria publicado na revista, a extensão de cada número, a arte de capa, o projeto gráfico, a periodicidade da publicação, que nome você daria à revista, e assim por diante. Deixe o esboço no meu escritório, quando tiver terminado. Vou examinar, e, se gostar de suas ideias, iniciamos o negócio.

Por mais jovem que eu fosse, tinha bastante compreensão das coisas para entender que Born podia estar me fazendo de bobo. Não é comum a gente entrar num bar, dar de cara com um homem que só viu uma vez na vida e sair de lá com a oportunidade de criar uma revista — em especial se *a gente* é um zé-ninguém de vinte anos de idade que ainda não deu a menor mostra do que é capaz. Aquilo era muito maluco para que alguém pudesse acreditar. Ao que tudo indicava, Born tinha levado minhas esperanças às alturas só para esmagá-las depois, e eu contava como certo que fosse jogar meu projeto na lata de lixo e me dizer que não estava interessado. Contudo, na hipótese mais que improvável de que ele estivesse falando sério, de que estivesse sinceramente com a intenção de cumprir sua palavra, achei que devia arriscar. O que tinha a perder? Um dia de reflexão e de escrita, no máximo, e, se Born acabasse recusando meu projeto, azar.

Tentando reunir forças para encarar a frustração, me lancei ao trabalho naquela mesma noite. Entretanto, afora fazer uma lista de meia dúzia de nomes fortes para a revista, não fui muito longe. Não porque eu estivesse confuso, nem porque estivesse cheio de ideias, mas pela simples razão de que me descuidara e não havia perguntado a Born que quantia ele pretendia pôr no projeto. Tudo dependia do tamanho do seu investimento, e, até eu saber quais eram suas intenções, como poderia discutir a infinidade de pontos que ele tinha levantado naquela tarde: a qualidade do papel, a extensão e a periodicidade dos números, a encadernação, a possível inclusão de arte, e quanto estava disposto a pagar aos colaboradores, se é que ia pagar alguma coisa. Afinal, revistas literárias existiam em diversas formas e feitios, desde as publicações *underground* mimeografadas e grampeadas, editadas por poetas jovens no East Village, até as massudas publicações trimestrais acadêmicas, desde os empreendimentos mais comerciais como a *Evergreen Review* até objetos de luxo financiados por anjos endinheirados que perdiam milhares de dólares a cada número. Eu teria de conversar de novo com Born, me dei conta disso, e assim, em vez de elaborar um projeto, escrevi uma carta explicando meu problema. Era um documento tão triste, tão patético — *Temos de conversar sobre dinheiro* — que resolvi incluir mais alguma coisa no envelope, só para convencê-lo de que eu não era o rematado palerma que parecia ser. Depois de nossa breve conversa sobre Bertran de Born na noite de sábado, pensei que ele poderia achar divertido ler uma das obras mais desvairadas do poeta do século XII. Por acaso eu tinha uma antologia em brochura da poesia dos trovadores — só em inglês —, e minha ideia inicial era simplesmente datilografar um dos poemas do livro. Quando comecei a ler a tradução, no entanto, ela me pareceu canhestra e descabida, uma versão que não fazia justiça à força estranha e feia do poema, e, embora eu não soubesse nem uma palavra de provençal, achei que podia criar algo melhor com base numa tradução francesa. Na manhã seguinte, encontrei o que estava procurando na biblioteca Butler: uma edição da obra completa de De Born, com o original em provençal na página da esquerda e versões literais em prosa e em francês na página da direita. Levei algumas horas para concluir a tarefa (se não estou enganado, faltei à aula por causa disso), e foi este o resultado a que cheguei:

Amo o júbilo da primavera
Quando brotam folhas e flores,
E exulto na festa do canto dos pássaros
Que ressoa por entre a mata;
E regozijo-me ao ver os prados
Enfeitados com barracas e tendas;
E grande é minha felicidade
Quando os campos estão coalhados
De cavalos e cavaleiros de armadura.

E vibro ao ver os batedores
Obrigando homens e mulheres a fugir com seus pertences;
E o contentamento me domina quando eles são acossados
Por uma densa multidão de homens em armas;
E meu coração vai às alturas
Quando contemplo castelos fortificados sob sítio
Quando suas barricadas ruem e desmoronam
Com as tropas amontoadas na borda do fosso
E paliçadas sólidas, vigorosas
Protegendo o alvo por todos os lados.

E fico igualmente exultante
Quando um barão comanda um ataque,
Montado em seu cavalo, armado e destemido,
Assim dando força a seus homens
Por meio de sua coragem e bravura.
E quando a batalha começa
Todos eles têm de estar preparados
A segui-lo com presteza,
Pois homem nenhum pode ser um homem
Antes de ter dado e recebido
Golpes e mais golpes.

No calor do combate veremos
Maças, espadas, escudos e muitos capacetes coloridos
Partidos e espatifados,
E hordas de vassalos correndo em todas as direções
Enquanto os cavalos dos mortos e feridos
Vagueiam sem rumo pelo campo.
E uma vez que tenha início o combate
Que todo homem bem-nascido pense apenas em quebrar
Cabeças e braços, pois é melhor estar morto
Do que vivo e derrotado.

Digo a vocês que comer, beber e dormir
Me dá menos prazer do que ouvir o grito
De "Atacar!" dos dois lados, e ouvir
Gritos de "Socorro! Socorro!", e ver
Os grandes e os pequenos tombarem juntos
No capim e nas valas, e ver
Cadáveres com as pontas das lanças, quebradas e com flâmulas,
Atravessadas de um lado a outro de seus corpos.

Barões, é melhor pôr em risco
Seus castelos, vilas e cidades
Do que abrir mão de fazer guerra.

No fim daquela tarde, enfiei o envelope com a carta e o poema embaixo da porta do escritório de Born na Escola de Relações Internacionais. Eu estava esperando uma reação imediata, mas alguns dias se passaram antes de ele entrar em contato comigo, e o fato de não ter me ligado acabou me levando a pensar que o projeto da revista não passava afinal de um capricho, do impulso de um momento, que já havia se desmanchado sozinho

— ou então, pior ainda, que ele tivesse se ofendido com o poema, achando que eu o estava equiparando a Bertran de Born e assim, indiretamente, o acusava de ser um fomentador de guerras. Como ficou claro depois, eu não precisava me preocupar. Quando o telefone tocou na sexta-feira, Born pediu desculpas pelo silêncio, explicando que fora a Cambridge para dar uma palestra na quarta-feira e que só tinha posto os pés no seu escritório vinte minutos antes.

Você está totalmente certo, prosseguiu ele, e eu fui totalmente idiota por ignorar a questão do dinheiro quando conversamos naquele dia. Como você poderia me apresentar um projeto se não sabe qual é o orçamento? Deve achar que sou um imbecil.

Nada disso, disse eu. Sou eu que me sinto um idiota — por não ter lhe perguntado. Mas não podia saber se você estava mesmo falando sério, e não queria pressionar.

Estou falando sério, sim, sr. Walker. Admito que tenho uma tendência a fazer piadas, mas só a respeito de coisas menores, sem consequência. Nunca tomaria o seu tempo à toa num assunto como esse.

Fico feliz em ouvir isso.

Portanto, em resposta à sua pergunta sobre dinheiro... Espero que tenhamos sucesso, é claro, mas, como em todo empreendimento desse tipo, existe um grande componente de risco, e assim, em termos realistas, tenho de estar preparado para perder até o último centavo do meu investimento. A questão é a seguinte: quanto eu posso perder? Quanto da minha herança posso desperdiçar sem causar problemas para mim no futuro? Pensei bastante sobre isso desde a nossa conversa na segunda-feira, e a resposta é vinte e cinco mil dólares. É o meu limite. A revista vai sair quatro vezes por ano, e porei cinco mil dólares em cada número, mais cinco mil dólares para o seu salário anual. Se no final do primeiro ano a revista se pagar, vou financiar mais um ano. Se ficarmos com saldo credor, porei os lucros na revista, e isso nos manterá em circulação até o fim, ou até uma parte, do terceiro ano. Se perdermos dinheiro, porém, então o segundo ano se torna algo problemático. Digamos que tenhamos um prejuízo de dez mil dólares. Porei mais quinze mil e mais nada. Compreende qual é o princípio? Tenho vinte e cinco mil dólares para queimar, mas não vou gastar nem um dólar a mais que isso. Que acha? É uma proposta razoável, ou não?

Extremamente razoável, e extremamente generosa. Com cinco mil dólares por número, podemos publicar uma revista de primeira linha, algo de que poderemos nos orgulhar.

Eu poderia pôr o dinheiro todo no seu colo amanhã mesmo, é claro, mas isso não iria ajudar grande coisa, não é? Margot está preocupada com o seu futuro, e, se você conseguir que a revista dê certo, o seu futuro está assegurado. Vai ter um emprego decente com um salário decente e, nas horas livres, pode escrever todos os poemas que quiser, vastos poemas épicos sobre os mistérios do coração humano, breves poemas líricos sobre margaridas e lírios, fogosos panfletos contra a injustiça e a crueldade. A menos que termine na cadeia, ou uma bala estoure sua cabeça, é claro, mas não vamos perder tempo com essas possibilidades lúgubres agora.

Não sei como lhe agradecer...

Não me agradeça. Agradeça a Margot, o seu anjo da guarda.

Espero vê-la outra vez em breve.

Tenho certeza de que verá. Se o seu projeto me agradar, vai vê-la quantas vezes quiser.

Farei o melhor possível. Mas, se você está atrás de uma revista que provoque controvérsia e sacuda as pessoas, duvido que a resposta esteja numa revista literária. Espero que compreenda isso.

Compreendo, sr. Walker. Estamos falando de qualidade... de coisas refinadas, rarefeitas. Arte para os *happy few*. Ou, como Stendhal pronunciaria: *ze appy foo*. Stendhal e Maurice Chevalier. O que me faz lembrar... Por falar em *chevaliers*, obrigado pelo poema. O poema. Eu me esqueci dele... O poema que traduziu para mim. Que foi que achou? Achei revoltante e magnífico. O meu falso ancestral era um verdadeiro samurai alucinado, não acha? Mas pelo menos tinha a coragem de suas convicções. Pelo menos sabia o que estava defendendo. Como o mundo mudou pouco desde o ano de 1186, por mais que nós prefiramos pensar de outro modo. Se a revista decolar, acho que devíamos publicar o poema de De Born no primeiro número.

Fiquei ao mesmo tempo empolgado e perplexo. Apesar de minhas previsões nefastas, Born tinha falado sobre o projeto como se este já estivesse prestes a se realizar, e àquela altura o projeto parecia pouco mais do que uma retórica vazia. A despeito do plano que eu traçasse, tive a sensação de que ele estava disposto a dar seu selo de aprovação. E, no entanto, por mais contente que eu estivesse com a ideia de dirigir uma revista bem financiada, que ainda por cima me pagaria um salário um tanto excessivo, eu via naquilo um mistério e não conseguia entender o que Born estava tramando. Seria Margot de fato a causa daquele inesperado arroubo de altruísmo, daquela fé cega num rapaz sem nenhuma experiência em editar, publicar ou administrar, e que uma semana antes não passava de um completo desconhecido para ele? E, mesmo que fosse esse o caso, por que a questão do meu futuro teria alguma importância para ela? Mal chegamos a nos falar naquela festa, e, embora tenha me observado com atenção e tocado em meu rosto, ela se mostrou como um zero, um vazio total. Eu não conseguia imaginar o que ela teria dito a Born para levá-lo a se dispor a arriscar vinte e cinco mil dólares por minha causa. Até onde eu podia ver, o projeto de publicar uma revista o deixava frio, e, como ele era indiferente, ficou satisfeito de poder jogar todo o trabalho nas minhas costas. Quando parei para pensar sobre a nossa conversa no bar West End na segunda-feira, me dei conta de que provavelmente fui eu quem lhe deu a ideia da revista. Eu disse que poderia procurar trabalho numa editora ou numa revista quando me formasse na faculdade, e um minuto depois ele começou a me falar da sua herança e que tinha pensado em criar uma editora ou uma revista com o seu dinheiro recém-descoberto. E se eu tivesse dito que gostaria de fabricar torradeiras? Ele teria respondido que andava mesmo pensando em investir numa fábrica de torradeiras?

Levei mais tempo do que tinha imaginado para concluir o projeto — quatro ou cinco dias, acho, mas isso aconteceu só porque fiz um trabalho exaustivo. Queria impressionar Born com o meu zelo, e assim não só elaborei um plano para o conteúdo de cada número (poesia, ficção, ensaios, entrevistas, traduções, bem como uma seção na parte de trás para resenhas de livros, cinema, música e arte), mas também forneci um relatório financeiro completo: custos de impressão, custos do papel, custos da encadernação, problemas de distribuição, tiragens, remunerações dos colaboradores, preço em banca, preços de assinatura, e os prós e os contras de incluir publicidade. Tudo isso demandou tempo e pesquisa, telefonemas para gráficas e para encadernadores, conversas com editores de outras revistas e, da minha parte, uma nova maneira de pensar, pois eu nunca tinha me incomodado com questões de comércio. Quanto ao nome da revista, anotei diversas opções, querendo deixar a escolha por conta de Born, mas minha preferência era *Estilo* — em homenagem a Poe, que havia tentado lançar uma revista com esse nome pouco antes de sua morte.

Dessa vez, Born respondeu em vinte e quatro horas. Interpretei aquilo como um sinal encorajador quando atendi o telefone e ouvi sua voz, mas como de praxe ele não entrou direto no assunto nem disse o que pensava a respeito do meu plano. Isso teria sido fácil demais, suponho, pedestre demais, objetivo demais para um homem como ele, e assim ficou brincando comigo durante alguns minutos a fim de prolongar o suspense, fez diversas perguntas irrelevantes e desconexas, que me convenceram de que ele estava ganhando tempo pois não queria ferir meus sentimentos ao rejeitar minha proposta.

Espero que esteja com boa saúde, sr. Walker, disse ele.

Acho que sim, respondi. A menos que tenha contraído alguma doença de que eu não saiba.

Mas ainda não tem nenhum sintoma.

Não, me sinto bem.

E sua barriga? Nenhum incômodo?

No momento, não.

Seu apetite está normal, então.

Sim, perfeitamente normal.

Creio que recordo que seu pai era um açougueiro kosher. Você ainda segue aqueles preceitos arcaicos, ou já abriu mão deles?

Na verdade, nunca segui.

Portanto, não tem nenhuma restrição dietética.

Não. Como tudo o que eu quero.

Peixe ou galinha? Boi ou porco? Carneiro ou vitela?

Que é que têm eles?

Qual deles prefere?

Gosto de todos.

Em outras palavras, não é difícil agradar você.
Não quando se trata de comida. Com outras coisas, sim, mas não com comida.
Então está aberto a qualquer coisa que eu e Margot prepararemos.
Não tenho certeza de que estou compreendendo.
Amanhã à noite às sete horas. Está ocupado?
Não.
Ótimo. Então venha ao nosso apartamento para jantar. É conveniente uma comemoração, não acha?
Não tenho certeza. O que estamos comemorando?
A *Estilo*, meu amigo. O início do que espero que venha a ser uma parceria duradoura e fecunda.
Quer levar adiante o projeto?
Vou ter de me repetir?
Quer dizer que gostou do projeto?
Não seja tão obtuso, rapaz. Por que mais eu ia querer comemorar, se não tivesse gostado?

Recordo que fiquei bem confuso pensando em que presente levaria para eles — flores ou uma garrafa de vinho — e que no fim optei pelas flores. Não tinha dinheiro para comprar um vinho bom o suficiente para causar uma boa impressão, e, quando analisei a questão a fundo, me dei conta afinal de que seria muita pretensão oferecer vinho a um casal de franceses. Se eu fizesse a escolha errada — o que era mais que provável —, estaria apenas expondo minha ignorância, e não queria começar a noite já me sentindo embaraçado. Por outro lado, flores seriam um modo mais direto de expressar minha gratidão a Margot, pois sempre se ofereceram flores à dona da casa, e, se Margot era uma mulher que gostava de flores (o que não era seguro de forma alguma), ela compreenderia que eu estava agradecendo por ter incentivado Born a agir em meu favor. Minha conversa com ele por telefone na tarde anterior tinha me deixado num semiestado de choque, e, mesmo na hora em que estava caminhando rumo ao apartamento deles na noite do jantar, eu me sentia estupefato com o inacreditável lance de sorte que havia me acontecido. Lembro que vesti paletó e gravata para a ocasião. Era a primeira vez em muitos meses que me vestia assim, e lá estava eu, o sr. Importante em pessoa, andando pelo campus da universidade Columbia, com um enorme buquê de flores na mão direita, a caminho da casa do *meu editor*, onde comeríamos e teríamos uma conversa de negócios.

Ele havia sublocado o apartamento de um professor que estava fora, em férias sabáticas de um ano, um lugar grande mas seguramente abafado, com excesso de mobília, num prédio na Morningside Drive, logo depois da rua 116. Acho que era no terceiro andar, e, das portas-balcões dispostas em fila na parede oriental da sala, tinha-se uma vista da área vasta e em declive do Morningside Park e também das luzes do Harlem espanhol, mais ao longe. Margot atendeu a porta quando bati, e, embora ainda consiga ver seu rosto e o sorriso que cruzou seus lábios quando me apresentei com as flores, não tenho nenhuma recordação do que ela estava vestindo. Podia ser preto de novo, mas tendo a acreditar que não, já que tenho a vaga lembrança de uma surpresa, o que sugere que havia algo diferente nela, em relação à primeira vez que nos vimos. Quando estávamos parados no limiar da porta, antes mesmo que ela me convidasse para entrar no apartamento, Margot avisou que Rudolf estava de mau humor. Havia algum tipo de crise na sua terra natal, e ele teria de partir para Paris no dia seguinte e só voltaria uma semana depois, na melhor hipótese. Agora ele estava no quarto, acrescentou Margot, falando por telefone com a Air France, marcando o seu voo, assim provavelmente demoraria mais alguns minutos para vir para a sala.

Quando entrei no apartamento, fiquei logo impressionado com o cheiro de comida no fogo — um cheiro sublime e delicioso, eu achei, mais sedutor e aromático do que qualquer outro vapor que eu já havia inalado. Por acaso a cozinha foi o primeiro lugar para onde nos dirigimos — a fim de pegar um vaso para as flores —, e, quando olhei de relance para o fogão, vi a grande panela tampada que era a fonte daquela fragrância extraordinária.

Não tenho nenhuma ideia do que está aí dentro, disse eu, apontando para a panela, mas, se meu nariz vale alguma coisa, três pessoas vão ficar muito felizes esta noite.

Rudolf me contou que você gosta de carneiro, disse Margot, então resolvi fazer um *navarin* — carneiro ensopado com batatas e *navets*.

Nabos.

Não consigo nunca lembrar essa palavra. É uma palavra feia, eu acho, e dizê-la faz minha boca doer.

Tudo bem, então. Vamos bani-la da língua inglesa.

Margot parecia apreciar cada comentário que eu fazia — ao menos o bastante para me dirigir mais um breve sorriso —, e então passou a cuidar das flores: colocou-as na pia, retirou o papel branco em que estavam embrulhadas, pegou um vaso no guarda-louça, aparou as hastes com uma tesoura, pôs as flores no vaso e depois o encheu com água. Nenhum de nós disse uma palavra enquanto ela tratava de todos aqueles detalhes, mas eu a observei com muita atenção, encantado com a maneira vagarosa e metódica como ela trabalhava, como se pôr flores num vaso fosse um procedimento extremamente delicado, que requeria o máximo de concentração e cuidado.

Dali a pouco já estávamos na sala, com drinques nas mãos, sentados lado a lado no sofá, enquanto fumávamos cigarros e olhávamos para o céu através das portas-balcões. O crepúsculo declinava para dentro da escuridão, e Born ainda não estava em parte alguma que se pudesse ver, mas a sempre serena Margot não deixava transparecer a menor preocupação com a ausência dele. Quando nos conhecemos na festa dez ou doze dias antes, eu havia ficado um tanto nervoso com os longos silêncios de Margot e com seu jeito estranhamente desconexo, mas, agora que eu já sabia o que esperar, e agora que sabia que ela gostava de mim e que achava que eu era *bom demais para este mundo*, me senti um pouco mais à vontade em sua companhia. Sobre o que falamos antes que seu homem afinal viesse unir-se a nós, minutos depois? Nova York (que ela achava suja e deprimente); sua ambição de tornar-se pintora (estava tendo aulas na Escola de Artes mas achava que não tinha talento e que era preguiçosa demais para se aprimorar); desde quando conhecia Rudolf (a vida inteira), e o que pensava a respeito da revista (ela estava cruzando os dedos). Quando tentei agradecer sua ajuda, porém, Margot se limitou a balançar a cabeça e me disse para não exagerar: ela não tinha nada a ver com o caso.

    Antes que eu pudesse perguntar o que ela queria dizer com aquilo, Born entrou na sala. De novo a calça amarrotada, de novo a cabeleira desgrenhada, mas dessa vez nenhum paletó, e também outra camisa colorida — verde-clara, se lembro bem —, e o toco de um charuto apagado preso entre o polegar e o indicador da mão direita, embora ele não parecesse ter consciência de que o estava segurando. Meu novo benfeitor estava zangado, borbulhando de irritação com não sei que crise que o obrigava a viajar para Paris no dia seguinte e, sem se dar sequer o trabalho de me dizer *olá*, ignorando completamente seus deveres de anfitrião da nossa pequena comemoração, disparou uma diatribe que não era dirigida a mim nem a Margot, mas antes à mobília da sala, às paredes em volta dele, ao mundo em geral.

Trapalhões idiotas, disse. Chorões incompetentes. Funcionários obtusos que têm purê de batatas na cabeça em lugar de um cérebro. O universo inteiro está em chamas, e tudo o que fazem é torcer as mãos e ficar olhando para o fogo.

Impassível, talvez até achando uma certa graça, Margot disse: É por isso que precisam de você, meu amor. Porque você é o rei.

Rudolf Primeiro, respondeu Born, o rapaz genial e com o pau grande. Tudo o que tenho a fazer é pôr o pau para fora da calça, mijar no fogo, e pronto, o problema está resolvido.

Exatamente, disse Margot, abrindo o maior sorriso que eu já tinha visto no seu rosto.

Estou de saco cheio disso, resmungou Born, enquanto se dirigia ao armário das bebidas, pôs o charuto de lado e serviu-se de um copo cheio de gim puro. Quantos anos eu dei para eles?, perguntou, tomando um gole da sua bebida. A gente faz isso porque acredita em determinados princípios, mas ninguém mais parece dar a mínima. Estamos perdendo a batalha, meus amigos. O navio está afundando.

Aquele era um Born diferente do que eu havia conhecido até então — o gracejador sarcástico, suscetível, que exultava com a própria presença de espírito, o dândi deslocado que saía alegremente por aí criando revistas e chamando estudantes de vinte anos de idade para jantar em sua casa. Alguma coisa o estava queimando por dentro, e, agora que aquela pessoa diferente tinha se revelado para mim, eu sentia um retraimento em relação a ele, entendendo que Born era o tipo de homem que podia explodir a qualquer momento, que era alguém que na verdade *sentia prazer* com a própria raiva. Ele sorveu mais uma dose de gim e depois voltou os olhos na minha direção, pela primeira vez reconhecendo minha presença. Não sei o que viu no meu rosto — espanto? confusão? abatimento? —, mas, fosse o que fosse, ficou alarmado o bastante para desligar o termostato e imediatamente baixar a temperatura. Não se preocupe, sr. Walker, disse, fazendo o melhor que podia para fabricar um sorriso. Estou só soltando um pouco de vapor.

Aos poucos Born se desfez do seu acesso de raiva, e, na hora em que sentamos à mesa para comer, vinte minutos depois, a tempestade parecia ter passado. Ou foi o que eu achei, quando ele felicitou Margot por seus pratos soberbos e elogiou o vinho que ela comprara para a refeição, mas logo se viu que não passava de uma bonança temporária, e, à medida que a noite avançava, outras rajadas e vendavais se precipitaram sobre nós para estragar a festa. Não sei se o gim e o borgonha afetaram o ânimo de Born, mas não havia dúvida de que ele tinha ingerido uma boa quantidade de álcool — pelo menos duas vezes mais do que Margot e eu bebemos juntos —, ou se ele estava de mau humor simplesmente por causa das más notícias que recebera mais cedo naquele dia. Talvez fosse a combinação dos dois fatores, ou talvez fosse alguma outra coisa, mas durante aquele jantar quase não houve um só momento em que eu não tivesse a impressão de que a casa estava prestes a pegar fogo.

Começou quando Born ergueu a taça para brindar ao nascimento da nossa revista. Foi um discurso pequeno e charmoso, achei, mas, quando intervim e me pus a mencionar alguns escritores a quem planejava solicitar colaborações para o primeiro número, Born me interrompeu no meio de uma frase e me disse que nunca discutisse negócios durante as refeições, era ruim para a digestão, e que já estava na hora de eu aprender a me comportar como um adulto. Era uma coisa rude e desagradável de dizer, mas disfarcei meu orgulho ferido, fingindo concordar com ele, e depois peguei mais um pedaço do ensopado de Margot. Passado um momento, Born baixou seu garfo e me disse: Está gostando, não é, sr. Walker?

Gostando de quê?, perguntei.

Do *navarin*. Você parece estar comendo com grande prazer.

Provavelmente é a melhor refeição que fiz em todo este ano.

Em outras palavras, você está atraído pela comida de Margot.

Muito. Achei deliciosa.

E quanto à própria Margot? Está atraído por ela também?

Ela está sentada à mesa, na minha frente. Parece errado falar sobre ela como se não estivesse aqui.

Tenho certeza de que ela não se importa. Não é, Margot?

Não, disse Margot. Nem um pouco.

Está vendo, sr. Walker? Nem um pouco.

Então, está certo, respondi. Na minha opinião, Margot é uma mulher extremamente atraente.

Você está se esquivando da pergunta, disse Born. Não perguntei se achava Margot atraente, quero saber se *você* se sente atraído por *ela*.

Ela é sua esposa, professor Born. Não pode querer que eu responda a isso. Não aqui, não agora.

Ah, mas Margot não é minha esposa. É minha amiga especial, digamos assim, mas não somos casados, e não temos nenhum plano de casar no futuro.

Vocês moram juntos. No que me diz respeito, é o mesmo que estar casado.

Vamos, vamos. Não seja tão pudico. Esqueça que eu tenho qualquer relação com Margot, está bem? Estamos aqui falando em termos abstratos, um caso hipotético.

Está certo. Falando em termos hipotéticos, eu hipoteticamente me sinto, sim, atraído por Margot.

Muito bem, disse Born, esfregando as mãos e sorrindo. Agora estamos chegando a algum lugar. Mas atraído a que ponto? O bastante para querer beijá-la? O bastante para querer abraçar seu corpo nu? O bastante para querer dormir com ela?

Não posso responder essas perguntas.

Não vá me dizer que você é virgem, é?

Não. Só que eu não quero responder suas perguntas, mais nada.

Devo então supor que, se Margot se jogasse em cima de você e pedisse para transar com ela, não estaria interessado? É o que está me dizendo? Pobre Margot. Você não tem ideia de como feriu seus sentimentos.

Do que você está falando?

Por que não pergunta a ela?

De repente, Margot estendeu o braço sobre a mesa e segurou minha mão. Não fique aborrecido, disse. Rudolf está só tentando se divertir um pouco. Você não precisa fazer nada, se não quiser.

A noção de diversão de Born não tinha nada a ver com a minha, infelizmente, e naquela fase da minha vida eu estava despreparado para participar do tipo de jogo para o qual ele estava querendo me arrastar. Não, eu não era virgem. Já havia dormido com várias garotas, havia me apaixonado diversas vezes, havia sofrido uma desilusão amorosa grave fazia apenas dois anos e, a exemplo da maioria dos homens no mundo, pensava em sexo quase o tempo todo. A verdade era que eu adoraria dormir com Margot, mas não aceitava que Born me induzisse a admitir aquilo. Não era um caso hipotético. Ele parecia estar de fato propondo que eu desfrutasse os favores de Margot, e, qualquer que fosse o código sexual sob o qual os dois viviam, quaisquer que fossem as brincadeiras e os flertes tortuosos em que se comprazziam na companhia de outras pessoas, achei toda aquela história uma coisa feia, perturbada, doente. Talvez eu devesse ter dito de uma vez o que eu achava, mas tive medo — não exatamente de Born, mas de causar um mal-estar que poderia levá-lo a mudar de ideia a respeito do nosso projeto. Eu queria desesperadamente que a revista desse certo e, a fim de que ele continuasse disposto a financiá-la, estava pronto para suportar toda e qualquer inconveniência ou incômodo. Portanto, fiz o que pude para me manter firme e não perder a cabeça, para absorver *golpes e mais golpes* sem tombar do meu cavalo, resistir a ele e ao mesmo tempo apaziguá-lo.

Estou decepcionado, disse Born. Até agora, tomei você por um aventureiro, um renegado, um homem que gosta de mostrar a língua para as convenções, mas no fundo você é só mais um pretensioso, só mais um burguês simplório. Que pena. Você se pavoneia de seus poetas provençais e de seus ideais elevados, de sua covardia de fugitivo do serviço militar e dessa sua gravata ridícula, e ainda acha que é uma coisa excepcional, mas o que eu vejo é só um menino mimado de classe média que vive às custas do pai, um posudo metido a besta.

Rudolf, disse Margot. Já chega. Deixe-o em paz.

Percebo que estou sendo um pouco áspero, disse-lhe Born. Mas o jovem Adam e eu somos parceiros agora, e preciso saber de que estofo ele é feito. É capaz de resistir a um insulto honesto, ou se desfaz em pedacinhos quando é atacado?

Você bebeu demais, disse eu, e, até onde consigo perceber, teve um dia ingrato. Talvez esteja na hora de eu ir andando. Podemos ter nossa conversa quando você voltar da França.

Bobagem, retrucou Born, e bateu na mesa com o punho cerrado. Ainda não demos cabo do ensopado. E ainda temos a salada e, depois da salada, o queijo e, depois do queijo, a sobremesa. Margot já foi magoada demais esta noite, e o mínimo que podemos fazer é ficar aqui e terminar o jantar extraordinário que ela preparou. Nesse meio-tempo, talvez você possa nos contar alguma coisa sobre Westfield, em Nova Jersey.

Westfield?, disse eu, surpreso ao descobrir que Born sabia onde eu tinha sido criado. Como ficou sabendo sobre Westfield?

Não foi difícil, disse ele. Na verdade, eu soube de muitas coisas a seu respeito nos últimos anos. Seu pai, por exemplo, Joseph

Walker, cinquenta e quatro anos de idade, mais conhecido como Bud, é dono e diretor do supermercado Shop-Rite na rua principal da cidade. Sua mãe, Marjorie, também chamada de Marge, tem quarenta e seis anos e deu à luz três filhos: sua irmã, Gwyn, em novembro de 1945; você, em março de 1947, e seu irmão, Andrew, em julho de 1950. Uma história trágica. O pequeno Andy se afogou quando tinha sete anos, e dói em mim pensar como essa perda deve ter sido insuportável para todos vocês. Tive uma irmã que morreu de câncer mais ou menos com a mesma idade, e sei que coisas terríveis uma morte como essa causa a uma família. Seu pai enfrentou a dor dele trabalhando catorze horas por dia, seis dias por semana, enquanto sua mãe se voltou para dentro de si, combatendo o flagelo da depressão com pesadas doses de medicamentos controlados e com sessões de psicoterapia duas vezes por semana. O milagre, a meu ver, é como você e sua irmã conseguiram se virar tão bem sozinhos, em face de tamanha calamidade. Gwyn é uma garota linda e talentosa que está no último ano da faculdade, na universidade de Vassar, e com planos de fazer pós-graduação em literatura inglesa aqui em Columbia neste outono. E você, meu jovem amigo intelectual, meu autor em embrião e tradutor de obscuros poetas medievais, revelou-se um excepcional jogador de beisebol no colégio, o capitão do time da faculdade, nada menos que isso. *Mens sana in corpore sano*. Mais especificamente, minhas fontes me revelam que você é uma pessoa de profunda integridade moral, um pilar de moderação e de juízo equilibrado que, ao contrário da maioria de seus colegas de classe, não se envolve com drogas. Álcool sim, mas droga de nenhum tipo — nem sequer uma tragada ocasional de maconha. Por que isso, sr. Walker? Com toda a propaganda disseminada hoje em dia sobre os poderes libertadores dos alucinógenos e narcóticos, por que não sucumbiu à tentação de buscar experiências novas e estimulantes?

Por quê?, disse eu, ainda me recuperando do impacto do espantoso relatório de Born a respeito da minha família. Vou lhe dizer por quê, mas antes gostaria de saber como foi que conseguiu desencavar tanta coisa sobre nós, em tão pouco tempo.

Algum problema? Houve alguma inexatidão no que eu disse?

Não. Só que estou um pouco espantado, só isso. Você pode não ser um policial, nem um agente do FBI, mas um professor visitante na Escola de Relações Internacionais sem dúvida poderia estar envolvido com algum tipo de organização de inteligência. É isso que você é? Um espião da CIA?

Born deu uma gargalhada quando eu disse isso, tratando minha pergunta como se tivesse ouvido a piada mais engraçada do século. A CIA!, bradou. A CIA! Por que diabo um francês iria trabalhar para a CIA? Desculpe ter rido, mas a ideia é tão hilariante que não fui capaz de me conter.

Pois bem, então como foi que fez isso?

Sou um homem meticuloso, sr. Walker, um homem que não age antes de saber tudo o que precisa saber, e, como estou prestes a investir vinte e cinco mil dólares numa pessoa que se credencia como pouco mais que um estranho para mim, senti que devia conhecer o máximo possível sobre essa pessoa. Você ficaria admirado ao ver a que ponto um telefone pode se revelar um instrumento eficiente.

Margot levantou-se então e começou a retirar os pratos da mesa, numa preparação para o item seguinte do jantar. Fiz menção de ajudá-la, mas Born acenou para que eu continuasse sentado na minha cadeira.

Vamos voltar à minha pergunta, não é melhor?, disse ele.

Que pergunta?, indaguei, já incapaz de seguir o rumo da conversa.

Sobre o motivo para não usar drogas. Até a adorável Margot fuma um baseado de vez em quando, e, para ser absolutamente franco com você, eu mesmo tenho um certo fraco pela maconha. Mas você, não. Estou curioso para saber por quê.

Porque as drogas me assustam. Dois amigos meus do colégio já morreram por causa de *overdose* de heroína. Meu colega de quarto quando eu era calouro pirou de tanto tomar anfetaminas e teve de largar a faculdade. Muitas e muitas vezes, vi gente subir pelas paredes por causa de viagens ruins de LSD — berrando, tremendo, pessoas que estavam dispostas a se matar ali, na hora. Não quero tomar a menor parte nisso. Se o mundo quer ficar muito louco de tanto se entupir de drogas, problema dele, não estou nem aí.

Mesmo assim, você bebe.

Sim, disse eu, erguendo minha taça e tomando mais um gole de vinho. Com imenso prazer, também, devo acrescentar. Especialmente com um vinho bom como este para me fazer companhia.

Em seguida, passamos para a salada, sucedida por um prato de queijos franceses e depois uma sobremesa assada por Margot naquela tarde (torta de maçã? torta de framboesa?), e durante os trinta minutos seguintes, mais ou menos, o drama que havia eclodido na primeira parte do jantar foi esmorecendo de maneira contínua. Born mostrou-se gentil comigo outra vez, e, embora continuasse a tomar taças e mais taças de vinho, eu estava começando a me sentir confiante em que chegaríamos ao final do jantar sem nenhuma outra explosão ou nenhum outro insulto da parte do meu anfitrião caprichoso e semiembriagado. Então abrimos uma garrafa de conhaque, acendemos um dos seus charutos cubanos e passamos a falar de política.

Felizmente, não foi tão pavoroso quanto poderia ter sido. Born já havia enchido a cara na hora em que serviu o conhaque, e depois de algumas gotas daquela aguardente abrasadora e cor de âmbar ficou alto demais para poder entabular uma conversa coerente. Sim, me chamou de covarde outra vez por me recusar a ir lutar no Vietnã, mas a maior parte do tempo falou para si mesmo, enveredando por um monólogo comprido e sinuoso acerca de diversos temas disparatados, enquanto eu escutava em silêncio e Margot lavava panelas e frigideiras na cozinha. Impossível resgatar mais que uma fração do que ele disse, mas os temas centrais ainda estão na minha memória, em especial suas lembranças da guerra na Argélia, onde ele passou dois anos com o exército francês interrogando *terroristas árabes nojentos* e perdendo todo e qualquer vestígio da fé que tinha antes na ideia de justiça. Afirmações bombásticas, generalizações desvairadas, declarações amargas sobre a corrupção de todos os governos — passados, presentes e futuros; de esquerda, de direita e de centro —, e como a nossa chamada civilização nada mais era do que uma fina tela que mascarava um interminável ataque de barbárie e crueldade. Os seres humanos eram animais, disse ele, e estetas de espírito brando como eu eram iguais a crianças que se distraíam com filosofias da arte e da literatura repletas de infinitas sutilezas a fim de se esquivar do confronto com a verdade essencial do mundo. O poder era a única constante, e a lei da vida era matar ou ser morto, dominar ou tornar-se vítima da selvageria de monstros. Falou sobre Stálin e sobre os milhões de vidas perdidas durante o movimento de coletivização na década de 30. Falou sobre os nazistas e sobre a guerra, e em seguida expôs a espantosa teoria de que a admiração de Hitler pelos Estados Unidos o havia inspirado a usar a história do país como modelo para a sua conquista da Europa. Veja os paralelos, disse Born, e a coisa não é tão forçada como você poderia imaginar: o extermínio dos índios se transforma no extermínio dos judeus; a expansão para o oeste a fim de explorar recursos naturais se transforma na expansão para o leste, com o mesmo propósito; a escravização dos negros para obter mão de obra barata se transforma na subjugação dos eslavos para produzir um resultado semelhante. Vida longa aos Estados Unidos, Adam, disse ele, servindo mais uma dose de conhaque em nossas taças. Vida longa às trevas dentro de nós.

Enquanto eu o escutava tagarelar aquelas coisas, sentia uma crescente pena dele. Por mais horrenda que fosse sua visão do mundo, não pude deixar de sentir pena de um homem que havia declinado para um tamanho pessimismo, que evitava de forma tão tenaz a possibilidade de encontrar qualquer compaixão, bondade ou beleza em seus semelhantes. Born tinha só trinta e seis anos, mas já era uma alma exaurida, uma ruína de gente, e imaginei que devia ter sofrido terrivelmente no seu íntimo, vivendo em sofrimento constante, dilacerado pelas punhaladas do desespero, da repulsa e do autodesprezo.

Margot voltou para a sala de jantar e, quando viu o estado em que Born se encontrava — olhos injetados, fala enrolada, corpo tombado para a esquerda, como que prestes a cair da cadeira —, pôs a mão nas costas dele e lhe disse delicadamente em francês que a noite havia terminado e que ele devia se mandar para a cama. De modo surpreendente, ele não protestou. Enquanto fazia que sim com a cabeça e resmungava a palavra *merde* várias vezes em voz baixa, quase inaudível, deixou que Margot o ajudasse a ficar em pé, e logo em seguida ela o conduziu para fora da sala, rumo ao corredor que levava aos fundos do apartamento. Será que me deram boa-noite? Não consigo lembrar. Durante alguns minutos, permaneci na minha cadeira esperando que Margot fosse voltar para me acompanhar até a porta, mas, como ela não voltou depois do que me pareceu um período de duração incomum, levantei-me e me encaminhei para a porta da frente. Foi então que a vi — vindo do quarto no final do corredor. Esperei enquanto ela caminhava na minha direção, e a primeira coisa que fez quando ficamos perto um do outro foi pôr a mão no meu antebraço e pedir desculpas pelo comportamento de Rudolf.

Ele sempre fica assim quando bebe?, perguntei.

Não, quase nunca, disse ela. Mas está muito aborrecido e também está com a cabeça cheia de problemas.

Bem, pelo menos não foi maçante.

Você se comportou com extraordinária discrição.

Você também. E obrigado pelo jantar. Jamais vou esquecer o *navarin*.

Margot me dirigiu mais um de seus sorrisos minúsculos, fugazes, e disse: Se quiser que eu cozinhe de novo para você, é só avisar. Ficarei contente de lhe oferecer outro jantar enquanto Rudolf estiver em Paris.

Acho ótimo, disse eu, ciente de que nunca teria coragem de telefonar para ela, mas ao mesmo tempo me sentindo comovido com seu convite.

De novo, outra centelha de sorriso, e em seguida dois beijos superficiais, um em cada bochecha. Boa noite, Adam, disse ela. Você vai ficar em meus pensamentos.

Eu não sabia se estava ou não nos pensamentos de Margot, mas, agora que Born estava fora do país, ela havia entrado nos meus pensamentos, e durante os dois dias seguintes eu praticamente não conseguia parar de pensar nela. Desde a primeira noite na festa, quando Margot focalizara seus olhos em mim e observara meu rosto com tamanha atenção, até a conversa perturbadora que Born tinha provocado no jantar a respeito do grau da minha atração por ela, uma corrente sexual estava circulando entre nós, e, embora ela fosse dez anos mais velha que eu, isso não impedia que eu me imaginasse na cama a seu lado, que eu quisesse ir para a cama com ela. Seria a oferta de outro jantar uma proposta velada, ou era apenas uma questão de generosidade, um desejo de ajudar um jovem estudante que sobrevivia com o parco cardápio de jantares baratos e latas requentadas de espaguete pré-cozido? Eu era tímido demais para descobrir. Queria ligar para ela, mas, toda vez que estendia a mão para pegar o telefone, compreendia que era impossível. Margot morava com Born e, embora ele tivesse frisado bem que um casamento não estava em seus planos, Margot já estava comprometida, e eu sentia que não tinha o direito de dar em cima dela.

Então ela me ligou. Três dias depois do jantar, às dez horas da manhã, o telefone tocou no meu apartamento, e lá estava ela do outro lado da linha, com a voz um pouco magoada, frustrada, por eu não ter entrado em contato, exprimindo à sua maneira contida mais emoção do que em qualquer outro momento em que havíamos estado juntos.

Desculpe, menti, mas eu ia ligar para você hoje, mais tarde. Você se antecipou a mim em umas poucas horas.

Menino engraçadinho, disse ela, logo percebendo a minha conversa fiada. Não precisa vir, se não quiser.

Mas eu quero, respondi, e estava falando muito sério. Quero muito.

Hoje à noite?

Hoje à noite seria ótimo.

Não precisa ficar preocupado com Rudolf, Adam. Ele viajou, e eu estou livre para fazer o que bem entender. Todos nós estamos. Ninguém pode ser dono de outra pessoa. Compreende isso?

Acho que sim.

Você gosta de peixe?

Peixe no mar ou peixe no prato?

Linguado na grelha. Com batatinhas cozidas e *choux de Bruxelles* ao lado. Isso atrai você, ou preferiria outra coisa?

Não. Já estou sonhando com o linguado.

Venha às sete. E não se dê o trabalho de trazer flores desta vez. Sei que tem pouco dinheiro, para ficar comprando flores.

Depois que desligamos, passei as nove horas seguintes numa expectativa torturante, sonhando acordado nas minhas aulas da tarde, meditando sobre os mistérios da atração carnal e tentando compreender o que é que havia em Margot capaz de desencadear em mim um grau tão alto de excitação. Minha primeira impressão dela não foi particularmente favorável. Pareceu-me uma criatura estranha e insípida, de coração compreensivo, talvez, intrigante de olhar, mas sem nenhuma eletricidade, uma mulher perdida em algum obscuro mundo interior que a tolhia de todo envolvimento genuíno com os outros, como se ela fosse uma visitante silenciosa vinda de outro planeta. Passados dois dias, topara com Born no bar West End, e, quando ele me falou sobre a reação de Margot ao nosso encontro na festa, meus sentimentos por ela começaram a mudar. Ao que parecia, ela gostava de mim e estava preocupada com meu bem-estar, e, quando a gente sabe que alguém gosta da gente, nossa reação instintiva é também gostar dessa pessoa. Depois veio o jantar. A languidez e a exatidão dos gestos de Margot quando cortou as flores e as colocou no vaso fizeram vibrar algo dentro de mim, e de repente o simples ato de vê-la se movimentar se tornou fascinante, hipnótico. Havia nela abismos de sensualidade, descobri, e a mulher insípida, desinteressante, que parecia não ter nenhuma ideia na cabeça, revelou-se muito mais astuta do que eu tinha imaginado. Defendeu-me de Born ao menos duas vezes durante o jantar, interveio nos momentos precisos, quando as coisas ameaçavam fugir ao controle. Calma, sempre calma, sua voz quase nunca mais alta do que um sussurro, mas suas palavras sempre produziam o efeito desejado. Desconcertado com as insinuações picantes de Born, convicto de que estava tentando me atrair para alguma mania voyeurística que ele tinha — me ver fazendo amor com Margot? —, supus que ela também participasse da história, e assim fiquei com um pé atrás e me recusei a participar. Mas agora Born estava do outro lado do Atlântico e Margot ainda queria me ver. Só podia ser por uma coisa. Agora eu compreendia que sempre havia sido essa mesma coisa, desde o momento em que ela me avistou sozinho na festa. Aquela era a razão por que Born se comportara de maneira tão irritada no jantar — não porque quisesse incitar uma noite de momices sexuais depravadas, mas porque estava irritado com Margot por ela ter lhe dito que se sentia atraída por mim.

Margot fez o jantar para nós por cinco noites seguidas, e por cinco noites seguidas dormimos juntos no quarto extra, no final do corredor. Poderíamos ter usado o outro quarto, que era maior e mais confortável, mas nenhum de nós quis entrar lá. Era o quarto de Born, e durante aquelas cinco noites assumimos a missão de criar um mundo só nosso, dormindo naquele quarto pequeno, com uma só janela, protegida por barras, e com uma cama estreita, que passou a ser conhecida pelo nome de cama do amor, embora o amor no fim das contas não tivesse nada a ver com o que aconteceu conosco naqueles cinco dias. Não ficamos caídos um pelo outro, como se costuma dizer, antes caímos um dentro do outro, e, no espaço profundamente íntimo que habitamos naquele período breve, muito breve, nossa única preocupação era o prazer. O prazer de comer e beber, o prazer do sexo, o prazer de tomar parte num diálogo animal sem palavras, travado numa linguagem de olhares e toques, de mordidas, paladares e carícias. Isso não quer dizer que não conversamos, mas a conversa se restringiu a um mínimo, e essa conversa tendia a se concentrar em comida — *O que vamos comer amanhã à noite?* —, e as palavras que trocávamos no jantar eram ralas e banais, sem nenhuma importância genuína. Margot nunca me fazia perguntas a respeito de mim mesmo. Não tinha curiosidade pelo meu passado, não se importava com minhas opiniões sobre literatura ou política e não tinha o menor interesse pelo que eu estava estudando. Ela simplesmente me tomava pelo que eu representava em sua própria mente — sua escolha do momento, o ser físico que ela desejava —, e, toda vez que eu olhava para ela, sentia que Margot estava me sorvendo, como se saber que eu estava ao alcance dos seus braços fosse o bastante para satisfazê-la. O que eu soube a respeito de Margot durante aqueles dias? Muito pouco, quase nada. Ela havia crescido em Paris, era a caçula de uma família de três filhos e conhecia Born porque os dois eram primos em segundo grau. Fazia dois anos que estavam juntos, mas ela não achava que ia durar muito mais tempo. Born parecia estar ficando cansado de Margot, disse ela, e ela por sua vez estava ficando cansada de si mesma. Deu de ombros ao dizer aquilo, e, quando notei uma expressão distante em seu rosto, tive a intuição terrível de que ela já se considerava meio morta. Depois disso parei de fazer pressão para ela se abrir comigo. Já bastava que estivéssemos juntos, e eu me retraía com medo de tocar acidentalmente em algo que pudesse causar dor em Margot.

Sem maquiagem, Margot era mais suave e mais concreta do que o chocante objeto feminino que apresentava em público. Margot sem roupa se revelou esguia, quase franzina, com seios pequenos e púberes, quadris delgados, e braços e pernas sinuosos. Boca de lábios fartos, barriga lisa com o umbigo ligeiramente saliente, mãos ternas, um ninho de pelos púbicos ásperos, nádegas rijas e a pele extremamente branca, com um tato mais liso que o de qualquer outra pele que eu já havia tocado. Os pormenores de um corpo, os detalhes irrelevantes, preciosos. No começo, fui hesitante com ela, sem saber o que esperar, um pouco atônito por me ver com uma mulher tão mais experiente do que eu, um iniciante nos braços de uma veterana, um desajeitado que sempre se sentia tímido e embaraçado quando ficava nu, que até então sempre havia feito amor no escuro, de preferência embaixo dos cobertores, com garotas que eram tão tímidas e desajeitadas quanto ele, mas Margot estava tão à vontade, tão senhora das artes das pequenas mordidas, lambidas e beijos, tão livre de hesitações para me explorar com suas mãos e com sua língua, para atacar, desfalecer, se entregar sem reserva nem vacilação, que em pouco tempo eu me soltei. Se dá uma sensação boa, é bom, disse Margot a certa altura, e foi esse o presente que me deu no decurso daquelas cinco noites. Ensinou-me a não ter mais medo de mim mesmo.

Eu não queria que aquilo terminasse. Viver naquele paraíso estranho com a estranha e insondável Margot foi uma das coisas melhores, e mais implausíveis, que já haviam me acontecido, mas Born ia voltar de Paris na noite seguinte e não tínhamos outra opção a não ser interromper aquilo. Na ocasião, imaginei que fosse apenas um cessar-fogo temporário. Quando nos despedimos na última manhã, disse-lhe que não se preocupasse, que mais cedo ou mais tarde iríamos encontrar um jeito de continuar, mas, apesar de toda a minha presunção e confiança, Margot parecia embaraçada, e, na hora em que eu estava quase saindo do apartamento, seus olhos inesperadamente se encheram de lágrimas.

Estou com um mau pressentimento, disse ela. Não sei por quê, mas alguma coisa me diz que isto é o final, que esta é a última vez que vou ver você.

Não diga isso, respondi. Moro a poucos quarteirões daqui. Pode ir ao meu apartamento a qualquer hora que quiser.

Vou tentar, Adam. Vou fazer o melhor possível, mas não espere muita coisa de mim. Não sou forte como você imagina.

Não estou entendendo.

Rudolf. Quando ele voltar, acho que vai me pôr no olho da rua.

Se ele fizer isso, você pode ir morar comigo.

E viver com dois colegas de faculdade, num apartamento sujo? Sou velha demais para isso.

Meu colega de apartamento não é muito ruim. E a casa é bastante limpa, levando em conta as circunstâncias.

Detesto este país. Detesto tudo deste país, a não ser você, e você não é o suficiente para me manter aqui. Se Rudolf não me quiser mais, vou fazer as malas e voltar para Paris.

Você fala como se desejasse que isso acontecesse, como se já estivesse planejando romper por sua própria conta.

Não sei. Talvez eu esteja mesmo.

E quanto a mim? Será que estes dias não significaram nada para você?

Claro que significaram. Adorei ficar com você, mas agora o nosso tempo acabou, e, na hora em que você sair daqui, vai compreender que não precisa mais de mim.

Não é verdade.

Sim, é, sim. Só que você ainda não sabe disso.

Do que está falando?

Pobre Adam. Eu não sou a resposta. Não para você — provavelmente não para ninguém.

Foi um final desolador para algo que representou para mim uma ocasião extraordinária, e saí do apartamento com a sensação de estar despedaçado, perplexo e talvez também um pouco irritado. Nos dias seguintes, relembrei sem parar aquela última conversa, e, quanto mais a analisava, menos sentido ela fazia para mim. De um lado, Margot havia chorado na hora da minha partida, confessando seu receio de nunca mais me ver. Isso sugeria que ela desejava que nosso caso continuasse, mas, quando propus que começássemos a nos encontrar em meu apartamento, ela ficou hesitante, praticamente me disse que aquilo não era possível. Por que não? Por nenhum motivo — a não ser o fato de que ela não era tão forte como eu imaginava. Eu não tinha a menor ideia do que aquilo significava. Então ela começou a falar sobre Born, o que logo se desdobrou num emaranhado de contradições e desejos contraditórios. Margot estava temerosa de que ele a pusesse no olho da rua, mas um segundo depois parecia ser exatamente isso que ela desejava. E, mais ainda, talvez ela mesma fosse tomar a iniciativa e deixá-lo por conta própria. Nada fazia sentido. Ela me queria e não me queria. Queria Born e não queria Born. Cada palavra que saía de sua boca subvertia aquilo que ela dissera no momento anterior, e no fim não havia como saber o que Margot sentia. Talvez nem ela mesma soubesse. Essa me pareceu a explicação mais plausível — Margot angustiada, Margot dividida por forças iguais e opostas —, mas, depois de passar cinco noites com ela, eu não podia deixar de me sentir magoado e abandonado. Tentei não me abater — esperei que ela ligasse, esperei que mudasse de ideia e viesse correndo ao meu encontro —, mas no fundo eu sabia que o caso estava encerrado, que seu medo de não me ver nunca mais era na verdade uma profecia e que ela havia saído de minha vida para sempre.

Nesse meio-tempo, Born voltou para Nova York, mas uma semana inteira se passou e eu não tive nenhuma notícia dele. Quanto mais demorava seu silêncio, mais eu me dava conta de quanto temia seu telefonema. Teria Margot contado para ele o que nós dois tínhamos aprontado durante sua ausência? Será que os dois continuavam juntos, ou ela já havia ido embora para a França? Depois de três ou quatro dias, eu me vi torcendo para que Born tivesse esquecido tudo a meu respeito e torcendo para que nunca mais tivesse de me encontrar com ele. Não iria existir mais revista nenhuma, é claro, mas agora eu já não dava a menor bola para isso. Eu o traíra ao dormir com sua namorada, e, ainda que ele tivesse mais ou menos me incentivado a fazer aquilo, eu não estava orgulhoso do que havia feito — sobretudo depois de Margot ter me dito que eu já não precisava mais dela, o que significava, agora eu compreendia, que ela não precisava mais de mim. Eu tinha armado uma tremenda bagunça para mim mesmo, e, covarde como era, sem dúvida, preferia me esconder debaixo da cama a ter de encarar algum dos dois.

Mas Born não tinha me esquecido. Na hora em que eu estava começando a pensar que a história havia terminado, ele ligou no início de uma noite e pediu que fosse ao seu apartamento para bater um papo. Foi essa a expressão que usou — *bater um papo* —, e fiquei admirado de ver como sua voz parecia animada no telefone, positivamente radiante de energia e bom humor.

Desculpe a demora, disse ele. Mil perdões, Walker, mas andei ocupado, muito ocupado, enrolado com isso e aquilo, mil coisas, pelo que peço mil perdões a você, mas não há tempo a perder e chegou a hora de nos sentarmos e falarmos de negócios. Devo-lhe um cheque pelo primeiro número da revista e, depois que tivermos batido o nosso papo, vou levar você para jantar em algum lugar. Passou-se um certo tempo, e acho que temos alguns assuntos para pôr em dia.

Eu não queria ir, mas fui. Não sem certa apreensão, não sem certa palpitação de pânico formigando dentro da minha barriga, mas no final achei que eu não tinha opção. Por algum milagre, a revista parecia continuar viva, e, se ele queria conversar comigo sobre isso, se estava de fato disposto a começar a preencher cheques para financiar a causa, eu não via como poderia recusar seu convite. *Acho que temos alguns assuntos para pôr em dia.* Gostasse daquilo ou não, eu estava prestes a descobrir se Born sabia o que havia acontecido nas suas costas — e, se Born sabia, o que exatamente ele fizera a respeito do assunto.

Born estava vestido de branco outra vez: terno completo, camisa de colarinho aberto, mas dessa vez limpa e bem passada, o fidalgo perfeito. Recém-barbeado, cabelo penteado, com um aspecto elegante, e mais senhor de si do que nunca. Um sorriso cordial quando abriu a porta, um aperto de mão firme quando entrei no apartamento, uma palmadinha amiga no ombro enquanto me conduzia ao armário de bebidas e perguntava o que eu queria beber, mas nada de Margot, nem sinal dela em parte alguma, e, embora aquilo não significasse necessariamente alguma coisa, comecei a desconfiar do pior. Sentamos perto das portas-balcões que davam para o parque, eu no sofá, ele numa poltrona do outro lado, de frente um para o outro, com a mesinha de centro no meio, Born sorridente de satisfação, tão contente consigo mesmo, tão tremendamente feliz quando me disse que sua viagem a Paris tinha sido um êxito retumbante e que o problema intricado que estivera martirizando seus colegas já estava agora desemaranhado, afinal. Então, após algumas perguntas erráticas sobre meus estudos e sobre os livros que eu andara lendo nos últimos dias, Born recostou-se na sua poltrona e disse, sem mais nem menos: Quero lhe agradecer, Walker. Você me prestou um serviço importante.

Agradecer a mim? Por quê?

Por me mostrar a luz da verdade. Sinto-me em grande dívida com você.

Ainda não sei do que está falando.

De Margot.

Que tem ela?

Ela me traiu.

Como?, perguntei, tentando fazer papel de bobo mas me sentindo ridículo, contraído de vergonha, enquanto Born continuava a sorrir para mim.

Ela dormiu com você.

Ela contou isso para você?

Quaisquer que sejam os defeitos dela, Margot nunca mente. Se não estou enganado, você passou cinco noites seguidas com ela — aqui mesmo, neste apartamento.

Desculpe, disse eu, olhando para o chão, constrangido demais para encarar o olhar de Born.

Não lamente. Por certo empurrei você para isso, não foi? Se estivesse no seu lugar, sem dúvida teria feito a mesma coisa. Era óbvio que Margot queria dormir com você. Por que um jovem saudável iria perder uma oportunidade como essa?

Se você queria que ela fizesse isso, por que se sentiu traído?

Ah, mas eu não queria que ela fizesse isso. Estava só fingindo.

E por que estava fingindo?

Para testar a lealdade dela, eis o motivo. E o peixe mordeu a isca. Não se preocupe, Walker. Foi bom eu me livrar dela, e tenho de agradecer a você por poder pôr Margot no olho da rua.

Onde ela está?

Em Paris, suponho.

Você a pôs para fora de casa, ou ela foi embora porque quis?

É difícil dizer. Na certa um pouco das duas coisas. Vamos chamar de separação por consentimento mútuo.

Pobre Margot...

Uma cozinheira excepcional, maravilhosa para trepar, mas no fundo só mais uma piranha sem nada na cabeça. Não sinta pena, Walker. Ela não vale isso.

Palavras duras para uma pessoa com quem você conviveu durante dois anos.

Talvez. Como você já deve ter percebido, minha boca às vezes tende a escapar do meu controle. Mas fatos são fatos e o fato é que não estou ficando mais jovem. Chegou a hora de pensar em casamento, e nenhum homem mentalmente são pensaria em casar com uma garota como Margot.

Tem alguém em mente, ou é só uma declaração de intenções?

Estou noivo. Faz duas semanas. Mais uma coisa que consegui realizar em minha viagem para Paris. Por isso me encontro num estado de espírito tão animado esta noite.

Parabéns. E quando será o dia feliz?

Ainda não está claro. Há algumas questões complicadas para resolver, e o casamento não pode se realizar antes da próxima primavera, no mínimo.

É uma pena ter de esperar tanto tempo.

Não há outro jeito. Tecnicamente, ela ainda está casada com outra pessoa, e temos de esperar que a justiça cumpra a sua parte. Mas vale a pena esperar. Conheço essa mulher desde o tempo em que eu tinha sua idade, e ela é uma pessoa exemplar, a parceira que desejei toda a vida.

Se gosta dela tanto assim, por que ficou com Margot durante os últimos dois anos?

Porque eu não sabia que estava apaixonado por ela, até vê-la de novo em Paris.

Sai Margot, entra a esposa. Sua cama não vai ficar vazia por muito tempo, não é?

Você me subestima, meu jovem. Por mais que eu deseje morar com ela já, vou me conter até estarmos casados. É uma questão de princípio.

Cavalheirismo em ação.

Isso mesmo. Cavalheirismo em ação.

Como o nosso velho amigo de Périgord, o sempre nobre e amante da paz Bertran.

A menção ao nome do poeta pareceu deixar Born paralisado. *Merde!*, disse ele, dando uma pancada no joelho com a palma da mão esquerda, quase esqueci. Estou lhe devendo dinheiro, não é? Fique aí mesmo enquanto vou pegar meu talão de cheques. Só um minuto.

Com essas palavras, Born se ergueu de um salto e correu para a outra extremidade do apartamento. Levantei-me para esticar as pernas, e, na hora em que cheguei à mesa da sala de jantar, que não ficava a mais de três metros e meio do sofá, Born já tinha voltado. Puxando bruscamente uma cadeira, sentou-se, abriu o talão de cheques e começou a escrever — usando uma caneta-tinteiro com pintinhas verdes, recordo, de bico grosso e tinta azul-escura.

Vou lhe dar seis mil, duzentos e cinquenta dólares, disse. Cinco mil para pagar o primeiro número, mais mil duzentos e cinquenta para cobrir um quarto do seu salário anual. Não tenha pressa, Adam. Se conseguir reunir o conteúdo para... digamos... final de agosto ou início de setembro, já estaremos com um bom prazo. A essa altura, eu já terei partido há muito tempo, é claro, mas podemos nos manter em contato pelo correio, e, se algo urgente aparecer, pode me telefonar a cobrar.

Era o maior cheque que eu já tinha visto, e, quando ele o destacou do talonário e me entregou, olhei para a quantia e me senti tonto de apreensão. Tem certeza de que quer levar o projeto adiante?, indaguei. É uma tremenda quantidade de dinheiro, você entende.

Claro que quero levar o projeto adiante. Fizemos um trato, e agora cabe a você montar a melhor revista que for possível.

Mas agora Margot saiu de cena. Você não tem mais nenhuma obrigação com ela.

Do que está falando?

Foi ideia de Margot, lembra? Você me deu esse emprego por causa dela.

Bobagem. Foi ideia minha, desde o começo. A única coisa que Margot queria era se enfiar na cama junto com você. Não tinha o mais remoto interesse em empregos e revistas, nem no estado precário do seu futuro. Se eu lhe disse que foi ela que me induziu a isso, foi só porque eu não queria deixar você constrangido.

Por que diabo você faria uma coisa dessas por mim?
Para ser totalmente franco, não sei. Mas vejo algo em você, Walker, algo de que eu gosto, e por alguma razão inexplicável me sinto propenso a fazer uma aposta em você. Estou apostando que você vai transformar isso num sucesso. Prove que estou certo.

Era uma noite quente de primavera, uma noite suave e linda, com um céu sem nuvens, o aroma de flores no ar e nem um pingo de vento, nem a mais leve brisa sequer. Born estava planejando me levar a um restaurante cubano na Broadway, na esquina com a rua 109 (o Ideal, um de seus prediletos), mas, quando caminhávamos no rumo oeste pelo campus da universidade Columbia, ele sugeriu que prosseguíssemos pelo outro lado da Broadway e fôssemos para a Riverside Drive, onde pararíamos para olhar o rio Hudson por alguns momentos e depois seguiríamos para o centro pela beira do parque. É o tipo de noite perfeito para isso, disse ele, e, como não tínhamos nenhuma pressa, por que não prolongar o passeio um pouco mais e aproveitar o tempo bom? Assim, fizemos nossa pequena caminhada no ar agradável de primavera, conversando sobre a revista, sobre a mulher com quem Born planejava casar, sobre as árvores e arbustos do Riverside Park, sobre a composição geológica dos penhascos de Nova Jersey, do outro lado do rio, e recordo que me sentia feliz, inundado por uma sensação de bem-estar, e, quaisquer que fossem meus receios a respeito de Born, eles estavam começando a se dissipar, ou pelo menos estavam em suspenso, por enquanto. Born não me culpou por eu ter me deixado seduzir por Margot. Ele acabara de me dar um cheque de uma enorme soma de dinheiro. Não estava me passando nenhum sermão com suas tortuosas ideias políticas. Para variar, parecia estar relaxado e sem se pôr na defensiva, e talvez estivesse mesmo apaixonado, talvez sua vida estivesse tomando uma direção nova e melhor, e naquela noite em particular, pelo menos, eu estava propenso a conceder a Born o benefício da dúvida.

Atravessamos para a calçada leste da Riverside Drive e começamos a caminhar rumo ao centro. Muitas luzes de postes de iluminação tinham queimado, e, quando nos aproximamos da esquina da rua 112 Oeste, nos vimos penetrando num trecho escuro e tenebroso, com um quarteirão de extensão. A essa altura, a noite caíra de todo, e era difícil enxergar qualquer coisa a mais de um ou dois metros à frente. Acendi um cigarro e, no clarão do fósforo aceso perto da minha boca, vi de relance a silhueta sombria de um vulto saindo de uma porta enegrecida. Um segundo depois, Born agarrou meu braço e me disse que parasse. Só uma palavra: *Pare*. Deixei o fósforo cair da mão e joguei o cigarro na sarjeta. O vulto vinha na nossa direção, e após uns poucos passos vi que era um garoto negro de roupas pretas. Era bem baixo, na certa não mais de dezesseis ou dezessete anos, mas depois de mais três ou quatro passos compreendi afinal por que Born havia agarrado meu braço, vi por fim o que ele tinha visto. O garoto estava segurando uma arma na mão esquerda. A arma estava apontada para nós, e de uma hora para outra, com um simples tique-taque do relógio, o universo inteiro havia se transformado. O garoto não era mais uma pessoa. Era aquela arma e mais nada, a arma de pesadelo que habita a imaginação de todo morador de Nova York, a arma desumana, sem coração, que está destinada a nos encontrar sozinhos, à noite, numa rua escura, e mandar-nos para a sepultura antes da hora. Entregue tudo. Esvazie os bolsos. Cale a boca. Um momento antes, eu estava no topo do mundo e agora, de repente, tinha mais medo do que nunca em minha vida.

O garoto parou a mais ou menos meio metro de nós, na nossa frente, a arma apontada para o meu peito, e disse: Não se mexa.

Estava perto o bastante agora para que eu visse o seu rosto e, até onde eu podia notar, parecia assustado, nem um pouco seguro do que estava fazendo. Como eu poderia saber isso? Talvez fosse algo em seus olhos, ou talvez eu tivesse detectado um ligeiro tremor em seu lábio inferior — não posso ter certeza. O medo me deixou cego, e qualquer ideia que eu tenha formado a respeito dele deve ter vindo através dos meus poros, uma osmose subliminar, por assim dizer, um conhecimento sem consciência, mas eu tive quase certeza de que ele era um iniciante, um bandido noviço em seu primeiro ou segundo trabalho.

Born estava à minha esquerda, e passado um momento ouvi que dizia: Que quer de nós? Havia um ligeiro tremor na voz dele, mas ao menos tinha conseguido falar, o que já era mais do que eu, naquele instante, era capaz de fazer.

Seu dinheiro, disse o garoto. Seu dinheiro e seu relógio. Dos dois. As carteiras primeiro. E depressa. Não tenho a noite inteira.

Meti a mão no bolso para pegar a carteira, mas Born, inesperadamente, optou por um gesto de resistência. Um movimento tolo, pensei, um gesto de desafio que podia acabar nos levando à morte, mas eu não podia fazer absolutamente nada a respeito daquilo.

E se eu não quiser lhe dar meu dinheiro?, perguntou.

Então vou dar um tiro em você, *mister*, disse o garoto. Vou dar um tiro em você e tomar sua carteira de todo jeito.

Born soltou um suspiro longo e teatral. Você vai se arrepender disso, rapazinho, disse. Por que não vai embora de uma vez e nos deixa em paz?

Por que não fecha essa boca de merda e me dá logo a carteira?, retrucou o garoto, brandindo a arma no ar uma ou duas vezes para enfatizar suas palavras.

Como preferir, respondeu Born. Mas não diga que não avisei.

Eu ainda estava olhando para o garoto, o que significa que tinha apenas uma visão vaga, periférica, de Born, mas no último segundo virei a cabeça de leve para a esquerda e vi que ele estava enfiando a mão no bolso interno do paletó. Supus que fosse pegar sua carteira, mas, quando a mão saiu do bolso, estava com o punho cerrado, como se estivesse escondendo alguma coisa, ocultando um objeto entre os dedos fechados. Nem tive tempo para tentar adivinhar o que poderia ser aquilo. Um instante depois, ouvi um estalo, e a lâmina de uma faca saltou de sua bainha. Com um impulso brusco para cima, Born imediatamente esfaqueou o garoto com o canivete de mola — em cheio na barriga, um golpe certeiro. O garoto soltou um grunhido enquanto o aço rasgava sua carne, agarrou a barriga com a mão direita e, lentamente, afundou até o chão.

Que merda, cara, disse ele. Nem estava carregada.

A arma caiu de sua mão e retiniu na calçada. Eu mal consegui assimilar o que estava vendo. Demasiadas coisas haviam acontecido num tempo muito curto, e nenhuma delas já parecia muito real. Born arrebatou a arma e a jogou no bolso lateral do paletó. O garoto agora estava gemendo, segurando a barriga com as duas mãos e se contorcendo na calçada. Estava escuro demais para enxergar qualquer coisa, mas depois de alguns momentos achei que estava vendo o sangue escorrer pelo chão.

Temos de levá-lo ao hospital, disse eu, finalmente. Tem uma cabine telefônica na Broadway. Você fica esperando aqui, com ele, enquanto dou uma corrida até o telefone.

Não seja idiota, disse Born, segurando meu paletó e me sacudindo com força. Nada de hospital. O garoto vai morrer, e a gente não pode ter nada a ver com essa história.

Ele não vai morrer se a ambulância chegar aqui em dez ou quinze minutos.

E se ele ficar vivo, que vai acontecer? Quer passar os próximos três anos da vida respondendo a um processo?

Não me importo. Vá embora você, se quiser. Vá para casa e tome mais uma garrafa de gim, mas eu vou correr até a Broadway agora mesmo e chamar uma ambulância.

Ótimo. Faça como quiser. Vamos fingir que somos bons escoteiros, vou ficar aqui junto com esse saco de lixo e esperar que você volte. É o que você quer? Acha que sou tão burro assim, Walker?

Não me dei o trabalho de responder. Em vez disso, dei meia-volta e saí correndo pela rua 112 na direção da Broadway. Demorei uns dez minutos, quinze no máximo, mas, quando voltei para o lugar onde havia deixado Born e o garoto ferido, os dois tinham desaparecido. Exceto por uma mancha de sangue que congelava na calçada, não havia mais sinal de nenhum dos dois.

Fui para casa. Não fazia o menor sentido esperar a ambulância agora, por isso subi a ladeira de volta rumo à Broadway e tomei o rumo do centro da cidade. Minha mente estava vazia, incapaz de produzir qualquer pensamento coerente, mas, quando abri a fechadura da porta do apartamento, me dei conta de que estava soluçando, na verdade fazia alguns minutos que estava soluçando. Por sorte, meu colega de quarto estava fora, o que me livrou do problema de ter de falar com ele naquele estado. Continuei a chorar no meu quarto e, quando as lágrimas afinal cessaram, rasguei o cheque de Born e pus os pedacinhos num envelope, que mandei para ele pelo correio na manhã seguinte. Não enviei nenhuma carta junto. Tinha confiança em que o gesto falaria por si só e que Born entenderia que eu não queria mais saber dele e não queria ter mais nada a ver com a sua revista escrota.

Naquela tarde, a última edição do *New York Post* informava que o corpo de Cedric Williams, de dezoito anos, fora encontrado no Riverside Park, com mais de doze ferimentos de faca na barriga e no peito. Em minha mente, não havia dúvida de que Born era o responsável. No momento em que eu o deixara para telefonar chamando uma ambulância, ele pegara Williams, que se esvaía em sangue, e o levara para o parque a fim de terminar o trabalho que tinha começado na calçada. Considerando a quantidade de tráfego que passa pela Riverside Drive, achei incrível que ninguém tivesse visto Born atravessar a rua com o garoto nos braços, mas segundo o jornal os investigadores que trabalhavam no caso ainda estavam atrás de alguma pista.

Ciente do que eu fizera, tinha a clara obrigação de ligar para a delegacia local e contar a respeito de Born e da faca, e da tentativa de Williams de nos assaltar. Topei com a reportagem no jornal enquanto bebia uma xícara de café no Lions Den, a lanchonete no térreo do centro acadêmico dos alunos da graduação, e, em vez de usar um telefone público, resolvi andar até meu apartamento na rua 107 e fazer a ligação de lá. Ainda não havia contado a ninguém o que acontecera. Tinha tentado entrar em contato com minha irmã em Poughkeepsie — a única pessoa com quem eu era capaz de me abrir —, mas ela não estava. Quando cheguei ao edifício onde eu morava, peguei minha correspondência na portaria antes de tomar o elevador. Só havia uma carta para mim: um envelope sem selo, escrito a mão, com meu nome em letras pretas, de forma, dobrado em três e depois enfiado na fenda estreita da caixa do correio. Abri o envelope no elevador a caminho do nono andar. *Nem uma palavra, Walker. Lembre-se: ainda tenho a faca e não tenho medo de usá-la.*

Não estava assinado embaixo, mas isso não parecia nem um pouco necessário. Era uma ameaça sórdida, e, agora que eu tinha visto Born em ação, agora que eu havia testemunhado a brutalidade de que ele era capaz, tive certeza de que ele não hesitaria em fazer o que dizia. Viria atrás de mim, se eu tentasse denunciá-lo. Se eu não fizesse nada, me deixaria em paz. Eu continuava com a firme intenção de telefonar para a polícia, mas o dia passou e em seguida se passaram outros dias e eu não conseguia me decidir a fazer aquilo. O medo me reduziu ao silêncio, mas o fato era que só o silêncio podia me proteger e impedir que eu topasse de novo com ele em meu caminho, e agora era só isso que importava: manter Born fora da minha vida para sempre. Aquela incapacidade de agir foi, sem sombra de dúvida, a coisa mais condenável que jamais fiz, o ponto mais baixo em minha carreira de ser humano. Aquilo não só permitiu que um assassino escapasse livre, mas também produziu o efeito insidioso de me obrigar a encarar minha própria fraqueza moral, reconhecer que eu nunca fora a pessoa que pensava ser, que eu era menos bom, menos forte, menos corajoso do que tinha imaginado que era. Verdades horrendas, implacáveis. Minha covardia me dava enjoo, mas afinal como eu poderia não ter medo daquela faca? Born metera a faca na barriga de Williams sem o menor vestígio de arrependimento, e ainda que a primeira facada pudesse se justificar como um gesto de autodefesa, e as outras doze que ele havia desferido no parque, e a decisão de matar a sangue-frio? Depois de ficar me torturando por quase uma semana, por fim encontrei a coragem necessária para ligar de novo para minha irmã e, quando ouvi minha voz pondo para fora toda aquela história sórdida durante minha conversa de duas horas com Gwyn, me dei conta de que eu não tinha escolha. Tinha de ir em frente. Se eu não contasse para a polícia, perderia todo o respeito por mim mesmo e a vergonha continuaria a me perseguir pelo resto da vida.

 Tenho toda a certeza de que acreditaram na minha história. Logo de cara entreguei a eles o bilhete de Born, e, embora não tivesse assinatura, a faca estava citada, a ameaça era explícita, e, se existia alguma dúvida sobre a identidade do autor, um especialista em grafologia poderia facilmente comprovar que o bilhete fora escrito por Born. Havia também uma mancha de sangue na calçada perto da esquina da Riverside Drive com a rua 112 Oeste. E havia ainda o registro do meu telefonema de emergência chamando uma ambulância, o que confirmava as informações que eles tinham, e o fato adicional de que fui capaz de lhes dizer que ninguém estava presente no local quando a ambulância chegou. De início, relutaram em acreditar que um professor da universidade Columbia, da Escola de Relações Internacionais, pudesse cometer um crime tão hediondo, quanto mais que uma pessoa como aquela andasse por aí com um canivete de mola no bolso, mas no final me garantiram que iriam investigar. Saí da delegacia convicto de que em breve a questão estaria solucionada. Era o fim de maio, o que quer dizer que ainda faltavam duas ou três semanas para terminar o semestre, e, como eu tinha adiado meu comunicado à polícia por seis longos dias após a descoberta do corpo de Williams, achei que Born devia ter imaginado que seu bilhete de ameaça cumprira seu papel. Mas eu estava enganado, infeliz e tragicamente enganado. Como haviam prometido, os policiais foram de fato interrogá-lo, mas logo um diretor da Escola de Relações Internacionais lhes comunicou que o professor Born tinha regressado a Paris dias antes. Sua mãe morrera de repente, segundo as informações que receberam, e, como faltava tão pouco tempo para o fim do semestre, as últimas aulas dele seriam dadas por um substituto. Em outras palavras, o professor Born não ia voltar.

 Ele havia ficado com medo de mim, afinal. Apesar do bilhete, supôs que eu ia ignorar sua ameaça e, de um jeito ou de outro, procuraria a polícia. Sim, procurei a polícia — mas não tão depressa, não a tempo, e, como desse modo dei a ele um tempo extra, Born aproveitou a chance e fugiu, foi embora do país e escapou da jurisdição das leis de Nova York. Eu tinha absoluta certeza de que a história sobre a morte de sua mãe era um engodo. Durante nossa primeira conversa na festa em abril ele contara que seu pai e sua mãe tinham morrido, e, a menos que nesse ínterim sua mãe houvesse ressuscitado, eu achava muito difícil entender como era possível ela morrer duas vezes. Quando o detetive me ligou para contar o que acontecera, me senti esmagado, humilhado, zonzo. Born tinha me derrotado. Havia me mostrado algo a respeito de mim mesmo que me enchia de repugnância, e pela primeira vez na vida entendi o que era odiar alguém. Eu nunca poderia perdoar Born — e nunca poderia me perdoar.

II.

Na idade das trevas da juventude, Walker e eu fomos amigos. Entramos juntos na universidade Columbia em 1965, dois calouros de dezoito anos vindos de Nova Jersey, e ao longo dos quatro anos seguintes frequentamos os mesmos círculos, lemos os mesmos livros, compartilhamos as mesmas ambições. Então nossa turma se formou, e perdi contato com ele. No início da década de 70, encontrei uma pessoa que me contou que Adam estava morando em Londres (ou talvez fosse Roma, ela não tinha certeza), e foi aquela a última vez que ouvi alguém mencionar o nome dele. Durante os trinta e poucos anos seguintes, ele raramente surgia em meus pensamentos, mas, sempre que isso ocorria, eu me via imaginando como Walker havia conseguido desaparecer de maneira tão completa. Entre todos os jovens excêntricos em nossa pequena gangue na faculdade, Walker foi o que mais chamou minha atenção como o mais promissor, e eu considerava inevitável que mais dia, menos dia eu começaria a ler sobre os livros que ele escrevera ou toparia com algo que ele publicara numa revista — poemas ou romances, contos ou resenhas, talvez uma tradução de um de seus adorados poetas franceses —, mas esse momento nunca aconteceu, e eu só pude deduzir que o rapaz destinado a uma vida no mundo literário tinha resolvido se ocupar com outros assuntos.

Há pouco menos de um ano (primavera de 2007), o correio entregou um pacote em minha casa no Brooklyn. Continha o manuscrito do relato de Walker sobre Rudolf Born (Parte I deste livro), juntamente com uma carta de Adam que dizia o seguinte:

Caro Jim,
Desculpe a intromissão depois de um silêncio tão longo. Se não me falha a memória, faz trinta e oito anos que não nos falamos, mas recentemente topei com o anúncio de que você estaria promovendo um evento em San Francisco no mês que vem (moro em Oakland) e imaginei que talvez você tivesse um tempo livre para gastar comigo — talvez para jantar na minha casa, por exemplo —, pois estou precisando de ajuda urgente e acho que você é a única pessoa que conheço que pode me dar essa ajuda. Não digo isso para deixar você alarmado, mas por causa da enorme admiração que tenho pelos livros que você escreveu — que me deixam muito orgulhoso de você, orgulhoso de um dia ter sido um de seus amigos.

Para ir logo ao assunto, anexo a esta carta o rascunho do primeiro capítulo de um livro que estou tentando escrever. Quero levá-lo adiante, mas parece que o livro esbarrou num muro de incerteza e luta — *medo* talvez seja a palavra que estou procurando —, e tenho esperança de que uma conversa com você possa me dar a coragem necessária para pular esse muro ou para derrubá-lo. Devo acrescentar (caso você esteja em dúvida) que não é uma obra de ficção.

Mesmo correndo o risco de soar melodramático, também devo acrescentar que não estou bem, na verdade estou morrendo

lentamente de leucemia, e terei sorte se durar mais um ano. Assim você já sabe em que está se metendo, no caso de aceitar. Estou com um aspecto medonho agora (nenhum cabelo! magro feito um palito!), mas a vaidade já não tem lugar no meu mundo, e fiz o melhor que pude para aceitar o que me aconteceu, enquanto continuo, apesar disso, a luta com os tratamentos. Dois séculos atrás, um homem de sessenta anos era considerado um velho, e, como nenhum de nós pensava que fosse passar dos trinta, chegar ao dobro disso não é nada mau, não acha?
Eu poderia continuar, mas não quero mais tomar o seu tempo. Mandar este manuscrito para você não foi uma decisão fácil (você deve receber uma enxurrada de cartas de pirados e de pseudorromancistas), mas ficarei contente de pôr você a par das minhas idas e vindas ao longo das últimas quatro décadas, se resolver aceitar meu convite — o que espero ardentemente que faça. Quanto ao manuscrito, guarde-o para a viagem de avião para a Califórnia, caso fique ocupado demais até lá. É curto o bastante para ser consumido em uma hora.
Estou esperançoso de receber uma resposta.
A seu dispor e solidário,
Adam Walker.

Não foi uma amizade muito íntima — não trocávamos confidências, não havia conversas em particular, não escrevíamos cartas um para o outro —, mas não havia dúvida de que eu admirava Walker e eu não tinha dúvida de que ele me encarava como um igual, pois nunca deixou de me mostrar respeito e boa vontade. Ele era um pouco tímido, recordo, um traço que parecia estranho numa pessoa de inteligência tão aguçada e que, por acaso, também era um dos jovens mais bonitos do campus — *bonito que nem um astro de cinema*, como disse certa vez uma namorada minha. Mas é melhor ser tímido do que arrogante, suponho, melhor se aproximar com delicadeza do que intimidar todo mundo com a própria intolerável perfeição humana. Era um tipo meio solitário na época, mas era cordial e engraçado quando saía da sua casca, com um senso de humor cortante, original, e o que me agradava especialmente nele era a amplitude de seus interesses, sua capacidade de falar sobre Cavalcanti, digamos, e John Donne, e em seguida, com a mesma agudeza de conhecimento, dar meia-volta e falar sobre beisebol, dizendo algo que nunca passara pela minha cabeça. No entanto, com relação à sua vida interior, eu não sabia nada. Além do fato de que ele tinha uma irmã mais velha (de uma beleza notável, aliás, o que levava a gente a desconfiar que todo o clã dos Walker fora abençoado com os genes dos anjos), eu não sabia nada acerca de sua família ou de sua formação, e sem dúvida não sabia nada acerca da morte de seu irmão mais velho. Agora o próprio Walker estava morrendo, um mês depois de completar sessenta anos, ele estava começando a fazer suas despedidas, e, depois de ler sua carta hesitante e comovente, eu não podia deixar de pensar que aquilo era o começo, que os rapazes brilhantes de outrora estavam finalmente ficando velhos e em pouco tempo toda a nossa geração teria ido embora. Em vez de seguir o conselho de Adam e ignorar seu manuscrito até pegar o avião para a Califórnia, sentei e o li na mesma hora.

Como definir minha reação? Fascinação, surpresa, um crescente sentimento de medo, e depois de horror. Se eu não tivesse sido avisado de que era uma história real, na certa teria me deixado levar por ela, pensando que aquelas sessenta e poucas páginas eram o início de um romance (afinal, os escritores às vezes introduzem personagens com seu próprio nome em obras de ficção), e então eu teria achado o final implausível — ou talvez abrupto demais, o que o tornaria insatisfatório —, mas, como eu já havia começado a ler com a ideia de que se trata de um texto autobiográfico, a confissão de Walker me deixou abalado e cheio de dor. Pobre Adam. Foi tão severo consigo mesmo, tão cheio de desprezo por sua própria fraqueza em face de Born, tão desgostoso com suas aspirações banais e seus esforços de juventude, tão pesaroso com sua incapacidade de reconhecer que estava lidando com um monstro, mas quem pode condenar um jovem de vinte anos por ficar desorientado com a nuvem de sofisticação e depravação que envolve uma pessoa como Born? *Havia me mostrado algo a respeito de mim mesmo que me enchia de repugnância.* Mas que foi que Walker fez de errado? Chamou a ambulância na noite da facada e depois, após um momentâneo lapso de coragem, procurou a polícia e contou tudo. Nas circunstâncias, ninguém poderia fazer mais que isso. Qualquer que fosse a repugnância que Walker sentia por si mesmo, ela não poderia ser causada pelo modo como ele se portou no fim. Foi o início que o arrasou, o simples fato de que tinha se deixado seduzir, e continuou a se torturar por causa disso o resto da vida — a tal ponto que agora, mesmo com sua vida chegando ao fim, ele se sentira levado a retornar ao passado e contar a história de sua vergonha. Segundo a carta, aquilo era só o primeiro capítulo. Tentei imaginar o que poderia vir depois.

Respondi a Walker naquela mesma noite, assegurei que tinha recebido o pacote, manifestei minha preocupação e solidariedade pelo seu estado de saúde, disse-lhe que apesar de tudo estava contente por ter recebido notícias dele após tantos anos, que estava comovido por suas palavras gentis sobre os livros que eu publicara, e assim por diante. Sim, prometi, eu organizaria meus compromissos de modo a garantir que pudesse ir à sua casa para jantar e ficaria contente de conversar sobre os problemas que ele estava enfrentando no segundo capítulo de suas memórias.

Não tenho uma cópia de minha carta, mas recordo que a escrevi num espírito de incentivo e apoio, chamei o capítulo que ele me mandara de *excelente e perturbador*, ou palavras desse tipo, e lhe disse ter a impressão de que valia a pena levar o projeto até o fim. Eu não precisava dizer mais nada, mas a curiosidade me venceu e concluí com o que pode ter soado uma impertinência. Desculpe perguntar, escrevi, mas não tenho certeza de que eu consiga esperar até o mês que vem para descobrir o que aconteceu com você desde a última vez que nos vimos. Se você estiver a fim, eu gostaria muito de receber outra carta sua antes de viajar para a sua terra. Não um relato muito minucioso, é claro, mas os pontos principais, as coisas que você gostaria de me contar.

Como não queria entregar minha carta aos caprichos do serviço postal dos Estados Unidos, mandei-a pelo serviço expresso na manhã seguinte. Dois dias depois, recebi a resposta de Walker.

Agradecido, satisfeito, ansiosamente à espera do mês que vem.
Em resposta à sua pergunta, fico mais que feliz em atendê-lo, embora eu receie que ache minha história um bocado maçante. Junho de 1969. Apertamos as mãos, eu lembro, juramos nos manter em contato e depois caminhamos em direções opostas, para nunca mais nos encontrarmos. Voltei para a casa dos meus pais em Nova Jersey com planos de fazer uma visita de alguns dias, embriaguei-me com minha irmã naquela noite, me droguei, caí da escada e quebrei a perna. Azar, ao que parecia, mas no final foi a melhor coisa que poderia ter acontecido comigo. Passados dez dias, *Parabéns!*, e um convite do governo federal para me apresentar ao exame físico do exército. Entrei de muletas e mancando na sala da junta de recrutamento, recebi uma dispensa de um ano por causa da perna quebrada, e, quando a fratura se consolidou, o Serviço de Seleção tinha instituído uma loteria. Acabei

sorteando um número alto, um número obscenamente alto (346), e de uma hora para outra, literalmente num piscar de olhos, o confronto que eu vinha temendo havia tanto tempo foi apagado para sempre do meu futuro. Afora esse presente prematuro dos deuses, andei aos trancos e barrancos a maior parte do tempo, penando para me manter em pé, oscilando entre intermitentes surtos de otimismo e ofuscantes períodos de desespero. Inexplicável, desconcertante, desconcertado. No outono de 1969 me mudei para Londres — não porque a Inglaterra me atraísse, mas porque eu não conseguia mais suportar viver nos Estados Unidos. O veneno do Vietnã, as lágrimas do Vietnã, o sangue do Vietnã. Estávamos todos meio loucos naquele tempo, não é? Fomos todos levados à loucura por uma guerra que detestávamos e não conseguíamos impedir. Portanto, dei adeus ao nosso belo país, me vi num apartamento escroto em Hammersmith e passei os quatro anos seguintes dando duro nas sarjetas onde os escritores na miséria ganham a vida — rodando a manivela para fabricar incontáveis resenhas de livros e aceitando toda e qualquer tradução que pintava no meu caminho, livros franceses em geral, um ou dois italianos, vomitando tudo em inglês, desde uma sacal história acadêmica da Idade Média até um estudo antropológico do vodu e ficção policial. Enquanto isso, continuava a escrever meus poemas gnósticos e ilegíveis. Em 1972, um livro foi publicado por uma editora pequena e obscura com sede em Manchester, uma edição de trezentos ou quatrocentos exemplares, uma resenha numa revista igualmente pequena e obscura, vendas por volta de cinquenta — um eco daquelas linhas hilariantes da peça *A última fita de Krapp*, de Beckett (da qual eu lembro que você gostava tanto): "Dezessete exemplares vendidos, dos quais onze a preço de custo para bibliotecas de além-mar que emprestavam livros de graça. Estava ficando conhecido". De fato, ficando conhecido.

Insisti nessa vida durante mais um ano e então, depois de um debate amargo e aflitivo comigo mesmo, concluí que não estava fazendo progresso suficiente e parei. Não que eu achasse que o que eu escrevia era ruim. Havia umas centelhas ocasionais, alguns poemas que me pareciam conter algum frescor e alguma premência, versos dos quais eu autenticamente me orgulhava, mas no geral os resultados eram medíocres, e a perspectiva de passar minha vida como uma mediocridade me assustou e me fez desistir.

Os anos de Londres. As sombrias revelações de esperanças espatifadas, sexo sem amor na cama de prostitutas, uma relação séria com uma garota inglesa chamada Dorothy, que de repente foi por água abaixo quando ela descobriu que eu era judeu. Mas, acredite se quiser, embora tudo isso possa parecer muito lúgubre para você, acho que eu estava ficando mais forte, finalmente estava começando a amadurecer e a cuidar da minha vida. Terminei meu último poema em junho de 1973, queimei-o de modo cerimonial na pia da cozinha e voltei para os Estados Unidos. Havia jurado não voltar antes que o último soldado dos EUA tivesse deixado o Vietnã, mas agora eu tinha outro plano e não tinha mais tempo para aquele tipo de papo furado encharcado de altos princípios. Eu ia me jogar nas trincheiras e lutar de mãos nuas. Adeus, literatura. Boas-vindas para a coisa em si, o sensório do real.

Berkeley, Califórnia. Três anos na faculdade de direito. A ideia era fazer algo de bom, trabalhar com os pobres, os oprimidos, envolver-me com os explorados e os invisíveis e ver se eu podia defendê-los das crueldades e da indiferença da sociedade americana. Mais papo furado encharcado de altos princípios? Alguns poderiam achar que sim, mas para mim nunca dava essa sensação. Da poesia para a justiça, então. Justiça poética, se preferir. Pois o triste fato permanece: existe muito mais poesia do que justiça no mundo.

Agora que minha doença me obrigou a parar de trabalhar, tenho tempo de sobra para meditar sobre meus motivos por optar pela vida que levei. De um modo muito concreto, acho que começou naquela noite de 1967 quando vi Born esfaquear Cedric Williams na barriga — e depois, enquanto eu corria para chamar uma ambulância, ele o levou para o parque e o assassinou. Por nenhum motivo, absolutamente nenhum motivo, e depois, pior ainda, por ele ter escapado impune, por ter fugido do país e nunca ter sido julgado por seu crime. Seria impossível exagerar a forma terrível como isso me atormentou, e continuou a me atormentar. Justiça traída. A raiva e a frustração não diminuíram, e, se é assim que me sinto, se esse sentimento de justiça é o que arde com mais força dentro de mim, então tenho certeza de que escolhi o caminho correto para mim.

Vinte e sete anos de trabalho na justiça, ativismo comunitário nos bairros de negros de Oakland e Berkeley, boicotes de pagamento de aluguéis, ações judiciais coletivas contra diversas empresas, casos de brutalidade policial, a lista continua. No cômputo geral, não acho que eu tenha feito muita coisa. Um certo número de vitórias satisfatórias, sim, mas este país não está menos cruel agora do que estava na época, talvez esteja mais cruel do que nunca, e, no entanto, para mim seria impossível não ter feito nada. Eu teria a impressão de que vivia uma relação fraudulenta comigo mesmo.

Será que estou começando a falar como um pedante metido a santo? Espero que não.

Os honorários eram escassos, é claro. O tipo de trabalho que eu fazia nunca deixou ninguém rico. Mas havia bens de família que caíram no meu colo — no meu e no da minha irmã — após a morte de nossos pais (a mãe em 1974, o pai em 1976). Vendemos a casa e o supermercado do meu pai por uma quantia considerável, e, como Gwyn é uma mulher inteligente e prática, investiu bem o dinheiro, o que significa que sempre tive dinheiro bastante para viver (de maneira modesta, mas confortável), sem ter de me preocupar demais com o que meu trabalho rendia. Jogar com o sistema a fim de derrotar o sistema. Um belo e pequeno desvio de hipocrisia, suponho, mas todo mundo tem de pôr a comida na mesa, todo mundo precisa de um teto. Infelizmente as contas dos médicos causaram um grave dano às minhas economias nos últimos dois anos, mas acho que tenho o suficiente para aguentar até o fim — supondo que eu não dure muito tempo, o que não parece provável.

Quanto aos assuntos do coração, andei para lá e para cá, do meu jeito canhestro, lerdo, durante muitos anos, demasiados anos, subindo e descendo de diversas camas, me apaixonando por diversas mulheres e brigando com elas, mas nunca senti a menor tentação de me estabelecer e casar, até chegar aos trinta e seis anos, quando conheci a única pessoa que de fato era importante para mim, uma assistente social chamada Sandra Williams — sim, o mesmo sobrenome do rapaz assassinado, um nome de escravo, um nome comum de escravo usado por centenas de milhares, se não por milhões, de afro-americanos —, e, embora um casamento inter-racial possa trazer inúmeros problemas sociais para o casal (de ambas as partes), nunca julguei que isso representasse um impedimento, pois a verdade era que eu amava Sandra, eu a amei desde o primeiro dia até o último. Uma mulher sensata, só seis meses mais jovem que eu, já casada e divorciada quando nos conhecemos, com uma filha de doze anos, Rebecca, minha enteada, agora casada e mãe de dois filhos, e os dezenove anos que passei com Sandra me transformaram numa pessoa melhor do que eu era antes, melhor do que eu teria sido sozinho ou com qualquer outra pessoa, e, agora que ela morreu (de câncer cervical, cinco anos atrás), não se passa um dia sequer sem que eu sinta saudade. Meu único arrependimento é que não conseguimos ter um filho, mas formar uma família é algo além das forças de um homem que afinal nasceu estéril. Que mais tenho a dizer? Sou bem tratado por minha empregada (que vai preparar o jantar para nós no dia da sua visita), vejo Rebecca e sua família muitas vezes, falo com minha irmã por telefone quase todo dia, tenho muitos amigos. Quando a saúde permite, continuo a devorar livros (poemas, história, romances, entre eles os seus — na hora em que são publicados), ainda tenho forte interesse por beisebol (uma doença incurável) e de vez em quando me entrego ao escapismo de ver filmes (graças ao DVD, amigo leal dos solitários e confinados deste mundo). Porém, o que mais faço é pensar no passado, nos velhos tempos, aquele ano remoto (1967) em que tanta coisa aconteceu comigo, aconteceu em mim e ao meu redor, as inesperadas reviravoltas e descobertas daquele ano, a loucura daquele ano, que me impeliu para a frente, rumo à vida que acabei vivendo, para o bem ou para o mal. Nada como uma doença mortal para aguçar nossos pensamentos, para nos levar a querer fazer as contas, somar nossos pontos e chegar a um resultado definitivo. O plano é escrever o livro em três partes, três capítulos. Não é um livro comprido, não é um livro complicado, mas tem de ser escrito direito, e o fato de eu ter empacado na segunda parte se tornou uma fonte de perplexidade. Fique tranquilo, não espero que você solucione o problema para mim. Mas tenho a suspeita, talvez uma suspeita infundada, de que uma conversa com você vai me dar o empurrão de que preciso. Além disso — e antes disso —, ou seja, acima e além de meus minúsculos escritos, haverá o tremendo prazer de ver você outra vez...

Eu estava torcendo para receber uma resposta dele, mas jamais passou pela minha cabeça que ele fosse escrever mais que uns poucos parágrafos, que fosse dedicar tanto tempo e esforço para me oferecer um relato tão completo de sua vida — logo a mim, que era pouco mais que um estranho para ele, àquela altura. *Muitos amigos* ou não, ele devia ser um solitário, pensei, devia estar mais do que ligeiramente desesperado, e, embora eu ainda não conseguisse depreender por que havia sido eu a pessoa escolhida para ser seu confessor, ele tinha me envolvido de tal maneira que se tornou impensável não fazer tudo o que fosse possível para ajudá-lo. Como o tempo muda de uma hora para outra. Um amigo à beira da morte reingressou em minha vida após uma ausência de quase quarenta anos, e de repente senti a obrigação de não deixá-lo na mão. Mas que tipo de ajuda eu poderia dar? Ele estava tendo dificuldades com seu livro e, por alguma razão inexplicável, havia abraçado a ilusão de que eu tinha a capacidade de dizer as palavras mágicas que o poriam de novo no caminho certo. Será que ele esperava que eu lhe prescrevesse uma pílula que curava autores em apuros de seus bloqueios criativos? Era só isso que ele queria de mim? Parecia tão mesquinho, tão penosamente irrelevante. Walker era um homem inteligente e, se seu livro precisava ser escrito, ele encontraria um meio de fazer isso.

Foi mais ou menos o que eu lhe disse em minha carta seguinte. Não de forma direta, pois havia outros assuntos a serem tratados antes (minha tristeza com a morte de sua esposa, minha surpresa com a profissão que ele escolhera, minha admiração pelo trabalho que havia feito e pelas batalhas que tinha travado), mas, depois que esses assuntos foram tratados, eu disse de forma bem simples e seca que acreditava que ele iria descobrir sozinho a solução. O medo é bom, continuei, repetindo as palavras que ele mesmo tinha usado em sua primeira carta, o medo é o que nos leva a correr riscos e ir além de nossos limites normais, e qualquer escritor que ache que está em território seguro dificilmente vai produzir algo de valor. Quanto à barreira com que ele havia topado, escrevi que todo mundo em algum momento dá de cara com barreiras desse tipo, e na maioria das vezes a condição para ficar com um bloqueio provém de alguma falha no pensamento do escritor — isto é, ele não compreende plenamente o que está tentando dizer ou, de modo mais sutil, abordou seu assunto por um ângulo errado. A título de exemplo, contei-lhe os problemas que enfrentei ao escrever um de meus primeiros livros — também de memórias (mais ou menos), que era dividido em duas partes. A Parte Um era escrita na primeira pessoa, e, quando comecei a Parte Dois (que tratava de mim mesmo de maneira mais direta do que a primeira parte), continuei a escrever na primeira pessoa, fui ficando cada vez mais insatisfeito com o resultado e acabei parando. A interrupção durou vários meses (meses difíceis, meses de angústia), e então, certa noite, a solução me ocorreu. Meu ângulo estava errado, me dei conta. Ao escrever sobre mim mesmo na primeira pessoa, eu havia abafado a mim mesmo, havia me tornado invisível, e tornei impossível, para mim, encontrar aquilo que estava procurando. Eu precisava me separar de mim mesmo, dar um passo para trás e abrir um espaço entre mim e o meu tema (que era eu mesmo), e portanto voltei ao início da Parte Dois e comecei a escrever na terceira pessoa. *Eu* virou *ele*, e a distância criada por essa pequena mudança permitiu que eu terminasse o livro. Talvez ele (Walker) estivesse com o mesmo problema, sugeri. Talvez ele estivesse perto demais do seu tema. Talvez o material fosse demasiadamente pessoal e aflitivo para que ele pudesse escrever na primeira pessoa com a objetividade necessária. O que ele achava? Existia alguma chance de que um novo ângulo pusesse as engrenagens para rodar outra vez?

Quando mandei a carta, ainda faltavam seis semanas para minha viagem à Califórnia. Walker e eu já havíamos marcado a data e a hora de nosso jantar, ele tinha me fornecido as orientações para chegar à sua casa, e eu não estava contando receber outra carta dele antes de minha partida. Passou-se um mês, talvez um pouco mais, e então, quando eu menos esperava, Walker entrou em contato comigo novamente. Não pelo correio, dessa vez, mas por telefone. Haviam se passado anos desde nossa última conversa, mas reconheci sua voz na mesma hora — e, no entanto (como exprimir isso?), não era nem de longe a voz de que eu me lembrava, ou então era a mesma voz mas com algo acrescentado ou subtraído, a mesma voz num registro ligeiramente distinto: Walker apartado do mundo e ao mesmo tempo apartado de si mesmo, incapacitado, doente, de fala suave, lenta, com uma palpitação quase imperceptível embutida em cada palavra que escapava de sua boca, como se estivesse reunindo todas as suas forças para conseguir fazer o ar subir pela traqueia e chegar ao telefone.

Oi, Jim, disse. Espero não estar interrompendo seu jantar.

Nada disso, respondi. Só vamos comer daqui a vinte ou trinta minutos.

Bom. Então deve estar na hora dos aperitivos. Supondo que você ainda beba.

Ainda bebo. O que é exatamente o que estamos fazendo agora. Minha mulher e eu acabamos de abrir uma garrafa de vinho e estamos pouco a pouco nos afundando num estupor, enquanto uma galinha está assando no forno.

Os prazeres da vida doméstica.

Mas e você? Como andam as coisas aí na sua terra?

Não podiam andar melhor. Um pequeno revés no mês passado, mas agora tudo está bem outra vez e ando trabalhando feito um louco. Eu queria que você soubesse.

Trabalhando no livro?

Trabalhando no livro.

O que quer dizer que você desatolou.

Foi por isso que telefonei. Para agradecer sua última carta.
Então, um novo ângulo?
Sim, e ajudou imensamente.
Que boa notícia.
Espero que sim. Ingredientes um tanto brutais, eu receio.
Coisas feias que, durante anos, não tive ânimo ou força de vontade para examinar, mas agora já ultrapassei essa fase e estou planejando furiosamente o terceiro capítulo.
Quer dizer que o segundo capítulo está terminado?
Um rascunho. Cheguei ao fim faz uns dez dias.
Por que não mandou para mim?
Não sei. Nervoso demais, acho. Inseguro demais.
Não seja ridículo.
Estava pensando se não seria melhor esperar até tudo estar escrito para só então lhe mostrar.
Não, não, me mande a segunda parte agora. A gente pode conversar sobre ela quando se encontrar em Oakland na semana que vem.
Depois que você ler, talvez não queira mais vir aqui.
Do que está falando?
É nojento, Jim. Toda vez que paro para pensar nisso, me dá vontade de vomitar.
Mande mesmo assim. Não importa a minha reação, prometo que não vou deixar de ir jantar com você. Quero ver você de novo.
E eu quero ver você.
Ótimo. Então está decidido. Dia 25 às sete horas.
Você foi muito gentil comigo.
Não fiz nada.
Mais do que imagina, bom senhor, mais do que imagina.
Procure se cuidar direito, está bem?
Farei o melhor possível.

A gente se vê no dia 25, então.
Sim, dia 25. Sete horas em ponto.

Só depois que desliguei o telefone percebi como aquela conversa havia me deixado abalado. Para encurtar a história, eu tinha certeza de que Walker estava mentindo a respeito do seu estado de saúde — que não era bom, nada bom, e sem dúvida estava piorando a cada minuto — e, embora fosse perfeitamente compreensível que ele quisesse esconder de mim a verdade, desviar qualquer impulso de minha parte para sentir pena dele, e rechaçasse isso com um muro de falsa jovialidade estoica (*Não podiam andar melhor!*), eu, entretanto, sentia (e isso é uma espécie de paradoxo) um tom de *auto*piedade percorrendo suas palavras, como se desde o início até o fim de nossa conversa ele estivesse contendo as lágrimas, num esforço para não perder o controle e começar a chorar no telefone. Seu estado de saúde já era um motivo de grave preocupação, mas agora eu estava igualmente preocupado com seu estado mental. A certa altura de nossa conversa, ele me pareceu um homem à beira de um colapso nervoso, um homem que a duras penas conseguia manter as ideias no lugar, graças a uns pedaços de cordão puído e de arame. Como era possível que escrever o capítulo novo de seu livro o havia esgotado a tal ponto? Ou aquele foi apenas um elemento entre vários, entre muitos? Walker estava morrendo, afinal, e talvez o simples fato de sua morte iminente, o horror corrosivo daquela morte iminente, fosse mais do que ele conseguia encarar então. No entanto, o toque trêmulo e choroso em sua voz poderia muito bem ter sido provocado por uma reação adversa de algum medicamento que estava tomando, um efeito colateral de algum remédio que o ajudava a manter-se vivo. Eu não sabia. Não sabia nada, mas depois do retrato lúcido e franco de si mesmo na primeira parte de seu livro, junto com as duas cartas articuladas e corajosas que me enviara, me vi um pouco desconcertado ao descobrir como ele parecia diferente, falando no telefone. Tentei imaginar como seria passar uma noite em sua companhia, fechado no mundo particular de seu ser definhante, devastado, e, pela primeira vez desde que havia aceitado seu convite, comecei a ter pavor de nosso encontro.

Dois dias depois do telefonema, a segunda parte de seu livro chegou à minha casa num envelope da FedEx. Uma breve carta anexa me informava que finalmente ele havia encontrado um título, *1967*, e que cada capítulo receberia o nome de uma estação do ano. A primeira parte era *Primavera*, a parte que eu tinha acabado de receber era *Verão*, e a parte em que ele estava trabalhando agora era *Outono*. Eu já tinha ouvido pelo telefone sua descrição de como seriam as novas páginas, e, com as palavras *brutais*, *feias* e *nojento* ainda recentes na minha memória, me preparei para algo intolerável, uma história que seria mais árdua e perturbadora do que *Primavera*.

VERÃO

Primavera se transforma em verão. Para você, é o verão após a primavera de Rudolf Born, mas para o resto do mundo é o verão da Guerra dos Seis Dias, o verão dos distúrbios raciais em mais de cem cidades americanas, o Verão do Amor. Você tem vinte anos de idade e acabou de terminar o segundo ano da faculdade. Quando estoura a guerra no Oriente Médio, você pensa em entrar para o exército de Israel e virar soldado, muito embora seja um pacifista juramentado e nunca tenha mostrado o menor interesse pelo sionismo, mas, antes de você tomar uma decisão e fazer qualquer plano, a guerra termina de repente e você acaba ficando em Nova York.

No entanto, sente um forte impulso de deixar o país, de estar em qualquer lugar menos onde está agora, e assim já procurou o professor orientador e disse que deseja se inscrever no Programa Um Ano de Estudos no Exterior, para alunos do penúltimo ano da faculdade (após uma demorada consulta ao seu pai, que, de má vontade, deu sua aprovação). Você escolheu Paris. Não está indo para lá só porque gosta de Paris, que visitou pela primeira vez dois verões antes, mas porque deseja muito aprimorar seu francês, que agora já é adequado mas podia ser melhor. Você tem consciência de que Born está em Paris, ou ao menos você supõe que esteja, mas você calcula bem as probabilidades e chega à conclusão de que as chances de topar com ele em seu caminho são ínfimas. E, caso tal fato venha a ocorrer, você se sente preparado para enfrentá-lo de maneira apropriada às circunstâncias. Qual a dificuldade de virar a cabeça, continuar andando e passar por ele? É o que você diz a si mesmo, ao menos, e no ponto mais fundo do seu coração você imagina cenas em que não vira a cabeça, em que encara Born no meio da rua e o estrangula até a morte com as mãos nuas.

Você mora num apartamento de dois quartos num prédio na rua 107 Oeste, entre a Broadway e a avenida Amsterdam. Seu colega de quarto acabou de se formar, vai partir da cidade, e, como você precisa de alguém para dividir o apartamento, já convidou sua irmã para ocupar o outro quarto — pois, por um lance de sorte, os anos de curso de Gwyn na universidade de Vassar chegaram ao fim e ela está prestes a começar a pós-graduação no Departamento de Inglês da universidade Columbia. Você e sua irmã sempre foram muito ligados — melhores amigos, parceiros de conspiração, guardiões obsessivos da memória do irmão que morrera, estudantes de literatura, confidentes —, e você ficou muito satisfeito com esse arranjo. É só para o verão, está claro, pois você vai se mandar para Paris em setembro, mas durante parte de junho, julho e agosto os dois estarão juntos, morando sob o mesmo teto pela primeira vez em anos. Depois que você for embora, sua irmã vai assumir o aluguel e achar outra pessoa para morar no quarto que você vai deixar vago. Sua família tem uma boa situação financeira, mas não uma situação excepcionalmente boa, não são ricos, pelos padrões dos ricos, e, embora seu pai seja generoso o bastante para lhe proporcionar uma mesada que cubra as despesas básicas, é preciso mais dinheiro para os livros e discos que você deseja comprar, para os filmes que quer ver, para os cigarros que quer fumar, e assim você começa a procurar um emprego de verão. Sua irmã já arranjou um emprego para ela. É só dezesseis meses mais velha do que você, mas suas interações com o mundo sempre foram mais sensatas e prudentes que as suas, e, alguns dias depois de saber que ia estudar na universidade Columbia e dividir um apartamento com você na rua 107 Oeste, ela tratou rapidamente de procurar um trabalho compatível com seus interesses e aptidões. Em consequência, tudo está organizado de antemão, e, logo que ela chega a Nova York, começa a trabalhar como assistente editorial numa grande editora comercial no centro da cidade. Você, por outro lado, à sua maneira fortuita, dispersiva, adia a procura de um emprego até o último minuto e, como resiste à ideia de passar quarenta horas por semana num escritório com uma gravata no pescoço, agarra a primeira oportunidade que aparece. Um amigo partiu da cidade para passar o verão fora, e você se inscreve para ocupar seu cargo de assistente da biblioteca Butler no campus da universidade Columbia. O salário é menos da metade do que sua irmã está ganhando, mas você se consola com a ideia de que pode ir e voltar do seu trabalho a pé, o que exime você do martírio de ter de se espremer duas vezes por dia num vagão de metrô entupido de hordas de suados trabalhadores que vão e vêm do trabalho para casa.

Antes de ser contratado, você é submetido a um teste. Uma bibliotecária experiente lhe entrega um maço de fichas, talvez oitenta, talvez cem, cada uma com o título de um livro, o nome do autor do livro, o ano de publicação do livro e o número decimal no sistema de classificação de Dewey que indica o lugar das estantes onde o livro deve ser guardado. A bibliotecária é uma mulher alta, carrancuda, de uns sessenta anos, uma certa srta. Greer, e de cara ela se mostra desconfiada de você, decidida a não ceder um milímetro. Como ela acabou de conhecê-lo e não consegue saber de jeito nenhum quem você é, você imagina que ela seja desconfiada com todo mundo que é jovem — por uma questão de princípio — e assim o que ela vê quando olha para você não é você mesmo, mas apenas mais um guerrilheiro numa guerra contra a autoridade, mais um rebelde amotinado que não tem nada de vir meter o nariz no recinto sagrado da sua biblioteca e pedir emprego ali. Assim é a época em que você vive, a época em que vocês dois vivem. Ela diz que você deve pôr as fichas em ordem, e você pode sentir como ela deseja ardentemente que você fracasse, como ela ficaria feliz de poder recusar o seu pedido de emprego, e, como você quer o emprego tanto quanto ela não quer que você tenha o emprego, você dá tudo de si para não fracassar. Quinze minutos depois, você lhe devolve as fichas. Ela senta e começa a examiná-las, uma a uma, uma após a outra, desde a primeira até a última, e, enquanto você observa a expressão cética no rosto da bibliotecária se dissolver numa espécie de perplexidade, compreende que se saiu bem. O rosto de pedra se abre num pequeno sorriso. Ela diz: Ninguém consegue fazer isso com perfeição. É a primeira vez em trinta anos que vejo isso acontecer.

Você trabalha das dez da manhã até quatro da tarde, de segunda a sexta. Transforma num hábito chegar pontualmente ao trabalho, entrar no vasto e pretensioso prédio pseudoclássico projetado por James Gamble Rogers, com seu almoço num saco de papel pardo. Pompa e caretice de lado, o prédio nunca deixa de lhe causar alguma impressão, com sua imponência e grandiosidade, mas o toque supremo de idiotice, você sente, o maior constrangimento de todos, são os nomes dos mortos ilustres entalhados na fachada — Heródoto, Homero, Platão, junto com inúmeros outros — e toda manhã você imagina como a biblioteca seria diferente se fosse enfeitada com outro elenco de nomes: os nomes de músicos de jazz, por exemplo (Fats Waller, Charlie Parker, Benny Goodman), ou de deusas do cinema da década de 40 (Ingrid Bergman, Hedy Lamarr, Gene Tierney), ou de jogadores de beisebol obscuros, quase esquecidos (Gus Zernial, Wayne Terwilliger, Clyde Kluttz), ou, pura e simplesmente, os nomes de seus amigos. E assim o dia começa. Você entra pela porta da frente, a porta pesada com seus acessórios de bronze polido, sobe a escadaria de mármore, olha de relance para o retrato de Eisenhower (ex-reitor da universidade, mais tarde presidente que reinou no país durante a sua infância) e entra numa sala pequena à direita da escrivaninha da recepção, onde dá bom-dia ao sr. Goines, seu supervisor, homem pequeno com óculos de coruja e barriga protuberante, que determina suas tarefas para o dia. Em essência, só existem duas tarefas a serem cumpridas. Ou você põe os livros de volta nas estantes ou, por um elevadorzinho, manda, de algum dos andares acima para a mesa principal, os livros solicitados pouco antes. Todo emprego tem suas vantagens e suas desvantagens, e todo trabalho pode ser executado por qualquer um que possua a habilidade mental de uma mosca-das-frutas.

    Quando você põe os livros de volta nas prateleiras, deve confirmar e depois reconfirmar que o número decimal da classificação de Dewey que consta no livro que está guardando é um ponto maior do que o livro à esquerda e um ponto menor do que o livro à direita. Os livros são postos num carrinho de madeira provido de quatro rodas, em cada operação de repor os volumes nas prateleiras são levados de cinquenta a cem livros, e, enquanto você conduz seu pequeno veículo entre as estantes labirínticas, você está só, sempre e eternamente só, pois as estantes se encontram fora do alcance de toda e qualquer pessoa além dos funcionários da biblioteca, e a única outra pessoa que você vê sempre é um de seus colegas assistentes, municiando a mesa em frente ao elevadorzinho. Todos os diversos andares são idênticos: um enorme espaço sem janelas repleto de fileiras e mais fileiras de grandiosas estantes de metal cinzentas, todas abarrotadas de livros até a capacidade máxima, milhares de livros, dezenas de milhares de livros, centenas de milhares de livros, um milhão de livros, e às vezes até você, que ama os livros o máximo que se pode imaginar, até você fica estupefato, aflito e mesmo nauseado quando pensa em quantos bilhões de palavras, quantos trilhões de palavras aqueles livros contêm. Você fica isolado do mundo por horas todos os dias, habitando aquilo que passa a representar como uma bolha sem ar, mesmo que deva existir ar ali pois você está respirando, mas é um ar morto, um ar que há séculos não se agita, e nesse ambiente sufocante você muitas vezes fica sonolento, narcotizado até a semi-inconsciência, e precisa lutar para resistir à vontade de deitar no chão e dormir.

Todavia, suas missões de arrumar os livros nas prateleiras às vezes levam a descobertas inesperadas, e a nuvem de tédio que o envolve se ergue momentaneamente. Por exemplo, encontrar por acaso uma edição de *Paraíso perdido* de 1670. Não é a edição original de 1667, mas é muito próxima, um exemplar que saiu do prelo durante a vida de Milton, um livro que o poeta supostamente pode ter tido nas mãos, e você se deslumbra com o fato de que esse tomo precioso não esteja trancado num recinto para livros raros, com temperatura controlada, mas misturado aos outros nas estantes bolorentas. Por que essa descoberta é tão importante para você, por que suas mãos tremem quando você abre o livro e começa a examinar suas páginas? Porque você passou os últimos meses mergulhado em John Milton, estudando Milton mais detidamente do que qualquer outro poeta que você já leu. Durante a atormentada primavera de Rudolf Born, você foi um dos muitos alunos de graduação matriculados nas aulas de Edward Tayler, o famoso curso sobre Milton ministrado pelo melhor professor que você teve naquele ano inteiro, frequentando conferências e seminários, desbravando com afinco os meandros de *Areopagítica*, *Paraíso perdido*, *Paraíso recuperado*, *Sansão agonista* e de uma enxurrada de obras mais breves, e, agora que você passou a amar Milton e considerá-lo superior a todos os poetas de sua época, você experimenta um arroubo de felicidade instantâneo ao topar com aquele livro em seu caminho, um livro de trezentos anos de idade, enquanto fazia uma de suas soturnas rondas de arrumador de prateleiras nas estantes da biblioteca Butler.

Infelizmente, tais momentos de felicidade não ocorrem com frequência. Não que você esteja particularmente infeliz com seu emprego na biblioteca, mas, à medida que o tempo passa e as horas que você passa ali dentro se acumulam, vai se tornando cada vez mais difícil para você concentrar sua mente naquilo que se espera que esteja fazendo, por mais mecânicas que sejam tais tarefas. Uma sensação de irrealidade o invade toda vez que você põe os pés entre as estantes silenciosas, uma sensação de que você não está de fato ali, de que está aprisionado num corpo que deixou de lhe pertencer. E assim acontece que, uma tarde, apenas duas semanas depois de ter conseguido sua vaga para trabalhar ali com o único teste perfeito nos anais dos assistentes de bibliotecários, quando você se encontra em mais uma incursão para arrumar os livros nas prateleiras, trabalhando num corredor de história medieval da Alemanha, você leva um susto e fica quase fora de si quando alguém, pelas costas, lhe dá um tapinha no ombro. Instintivamente, você dá meia-volta para ficar de frente para a pessoa que tocou em você — sem dúvida alguém que se esgueirou às escondidas naquela área restrita a fim de atacar e/ou roubar a primeira vítima que encontrasse —, e lá, para seu grande alívio, está o sr. Goines, olhando para você com uma expressão triste no rosto. Sem dizer uma palavra, ele ergue a mão direita no ar, arqueia o dedo indicador na sua direção e, com um gesto impaciente, ondulante, faz sinal para que você o siga. O homenzinho desce pelo corredor entre as estantes num passo gingado, vira à direita quando chega ao final, passa por uma fileira de estantes, depois por outra, e aí dobra de novo à direita e entra num corredor de estantes com livros sobre história medieval francesa. Você e seu carrinho estavam naquele trecho vinte minutos antes, arrumando nas prateleiras diversos livros sobre a vida na Normandia no século X, e, como era de prever, o sr. Goines vai direto para o local onde você estava trabalhando. Aponta para uma prateleira e diz: Olhe isto aqui, e então você se curva e observa. A princípio, não consegue notar nada fora do comum, mas então o sr. Goines puxa dois livros da prateleira, dois livros separados por uma distância de trinta centímetros, com três ou quatro livros entre eles. Seu supervisor empurra os dois livros perto da sua cara, deixando claro que quer que você leia os números decimais de Dewey fixados nas lombadas, e é só então que você toma consciência do seu erro. Você inverteu a posição dos livros, colocou o primeiro onde o segundo deveria ficar e o segundo onde o primeiro deveria ficar. Por favor, diz o sr. Goines com uma voz muito arrogante, não faça isso nunca mais. Se um livro for colocado no lugar errado, pode ficar perdido durante vinte anos ou mais, talvez para sempre.

 É uma coisa à toa, talvez, mas você se sente humilhado por seu descuido. Não que os dois livros em questão pudessem estar perdidos (estavam na mesma prateleira, a poucos centímetros de distância um do outro), mas você compreende a ideia que o sr. Goines está tentando defender e, apesar de você ficar melindrado com o tom complacente que ele adota com você, pede desculpas e promete ser mais atento no futuro. Você pensa: Vinte anos! Para sempre! Fica espantado com a ideia. Ponha uma coisa no lugar errado, e, muito embora ela ainda esteja lá — muito provavelmente bem embaixo do seu nariz —, pode ficar desaparecida pelo resto dos tempos.

Você volta para o seu carrinho e continua a arrumar os livros nas prateleiras de história medieval da Alemanha. Até agora, você não sabia que estava sendo espionado. Isso traz um gosto enjoativo à sua boca, e você diz a si mesmo para ser cuidadoso, ficar de olhos bem abertos, nunca mais achar que o jogo está ganho, nem mesmo no recinto benigno e soporífero de uma biblioteca universitária.

Expedições pelas estantes para colocar livros de volta nas prateleiras devoram aproximadamente metade de seu dia. A outra metade você consome sentado atrás de uma escrivaninha num dos andares acima, à espera de que um cilindro venha voando por um tubo pneumático através das entranhas do prédio, com uma papeleta de solicitação de retirada ordenando que você apanhe este ou aquele livro para o estudante ou para o professor que acabou de fazer o pedido, lá embaixo. O tubo pneumático faz um barulho característico, trepidante, enquanto o cilindro sobe ligeiro rumo ao seu destino, e você pode ouvir o cilindro desde o momento em que ele começa sua ascensão. As estantes estão distribuídas em vários andares, e, como você é apenas um dos diversos assistentes sentados atrás de escrivaninhas naqueles diversos andares, não sabe se a papeleta de solicitação de retirada enrolada dentro do cilindro no tubo pneumático é endereçada a você ou algum de seus colegas. Você só descobre isso no último segundo, mas, se ela é de fato endereçada a você, o cilindro metálico irrompe de súbito por um buraco na parede atrás de você e pousa na caixa com um baque impetuoso, o que instantaneamente dispara um mecanismo que acende as quarenta ou cinquenta lâmpadas vermelhas alinhadas no teto, de uma ponta à outra do andar. Essas luzes são essenciais, porque muitas vezes acontece de você estar longe de sua escrivaninha, procurando outro livro, quando o cilindro chega, e, ao ver que as luzes acenderam, você é avisado de que acabou de chegar mais um pedido. Se você não estiver longe de sua escrivaninha, puxa a papeleta de solicitação de retirada do interior do cilindro, vai procurar o livro ou os livros requisitados, volta para sua escrivaninha, enfia as papeletas de solicitação de retirada entre as folhas dos livros (certificando-se de que a parte superior fique alguns centímetros para fora), põe os livros no elevadorzinho na parede atrás da sua escrivaninha e aperta o botão do segundo andar. Para coroar a operação, você devolve o cilindro vazio enfiando-o num buraquinho na parede. Você ouve um chiado agradável na hora em que o cilindro é sugado pelo vácuo e, na maioria das vezes, você continua ali por alguns momentos, acompanhando com o ouvido o barulho do míssil chacoalhante enquanto ele mergulha pelo tubo, rumo ao térreo. Depois você volta para sua escrivaninha. Você se instala na sua cadeira. Senta e espera o próximo pedido.

À primeira vista, não tem nada de mais. O que poderia ser mais simples ou menos desafiador do que colocar livros num elevadorzinho e apertar um botão? Depois da faina de devolver os livros às prateleiras, era de imaginar que as tarefas atrás de uma escrivaninha seriam recebidas com alívio. Contanto que não haja livros para serem apanhados (e há muitos dias em que o tubo pneumático é dirigido a você apenas três ou quatro vezes em várias horas), você pode ficar fazendo o que bem entender. Pode ler ou escrever, por exemplo, pode passear pelo andar e xeretar volumes muito antigos, pode fazer desenhos, pode tirar um cochilo eventual. De vez em quando, consegue fazer todas essas coisas, ou tenta fazer isso, mas a atmosfera entre as estantes é tão opressiva, que você acha difícil concentrar a atenção por um tempo um pouco maior no livro que está lendo ou no poema que está tentando escrever. Tem a sensação de que está aprisionado numa incubadora e, pouco a pouco, vai compreendendo que a biblioteca é boa para uma coisa só e mais nada: entregar-se a fantasias sexuais. Você não sabe por que isso acontece, porém, quanto mais tempo você passa naquele ar irrespirável, mais sua cabeça fica cheia de imagens de mulheres nuas, lindas mulheres nuas, e a única coisa que você consegue pensar (se é que *pensamento* é a palavra adequada nesse contexto) é em trepar com lindas mulheres nuas. Não num *boudoir* ornamentado de modo sensual, não numa serena campina arcádica, mas ali mesmo, no chão da biblioteca, rolando num relaxamento suado, enquanto a poeira de um milhão de livros paira no ar à sua volta. Você trepa com Hedy Lamarr. Você trepa com Ingrid Bergman. Você trepa com Gene Tierney. Você copula com morenas e louras, com negras e chinesas, com todas as mulheres a quem desejou, uma a uma, duas a duas, três ao mesmo tempo. As horas custam a passar, e, enquanto você fica sentado atrás da sua escrivaninha no quarto andar da biblioteca Butler, sente o pau ficar duro. Agora ele está duro o tempo todo, sempre duro com o maior tesão do mundo, e há ocasiões em que a pressão fica tão grande que você até sai da escrivaninha, dispara pelo corredor rumo ao banheiro masculino e entra feito uma bala no compartimento da privada. Tem nojo de si mesmo. Fica estarrecido ao ver como cede rapidamente aos seus desejos. Na hora em que fecha o zíper, jura que nunca mais vai acontecer, exatamente a mesma coisa que disse vinte e quatro horas antes. A vergonha está à sua espreita quando você volta para a escrivaninha, e você senta pensando que talvez haja algo de grave em você. Conclui que nunca esteve tão solitário, que é a pessoa mais solitária do mundo. Acha que pode estar no caminho de um colapso nervoso.

Sua irmã lhe diz: O que você acha, Adam? A gente devia ir passar o final de semana em casa ou aguentar esse calor até o fim aqui em Nova York?

Vamos ficar, você responde, ao imaginar a viagem de ônibus até Nova Jersey e as longas horas que vai ter de passar conversando com seus pais. Se ficar quente demais no apartamento, diz, a gente pode ir ao cinema. Tem uns filmes legais passando no New Yorker e no Thalia no sábado e no domingo, e o ar refrigerado vai nos refrescar.

É o início de julho, e você e sua irmã já moram juntos há duas semanas. Como todos os seus amigos se mandaram da cidade para passar o verão fora, Gwyn é a única pessoa que você vê — sem falar daqueles com quem trabalha, na biblioteca, mas eles não contam muito. Você não tem namorada no momento (Margot foi a última mulher com quem dormiu), e sua irmã acabou de desmanchar um namoro de um ano e meio com um jovem professor. Portanto, os dois só têm um ao outro como companhia, mas não há nada errado nisso, no que diz respeito a você, e no fim você está mais que satisfeito com a maneira como as coisas têm andado desde que ela veio morar com você. Fica inteiramente à vontade na companhia dela, pode falar com sua irmã mais francamente do que com qualquer outra pessoa que conhece, e as relações entre vocês são incrivelmente isentas de conflitos. Lá de vez em quando, ela fica aborrecida com você porque não lava sua louça ou faz bagunça no banheiro, mas, toda vez que você deixa um furo no front doméstico, você promete que vai corrigir seus hábitos relaxados e, pouco a pouco, vai melhorando.

É um arranjo feliz, exatamente como você imaginava que seria quando deu a ideia, e, agora que você está aos poucos entrando em parafuso no seu emprego no Castelo dos Bocejos, compreende que morar no apartamento com sua irmã está, sem dúvida nenhuma, ajudando você a manter a sanidade, que mais do que qualquer outra pessoa ela tem o poder de aliviar o desespero que você traz dentro de si. Por outro lado, o fato de estarem juntos de novo produziu alguns efeitos curiosos, consequências que você não previu quando vocês dois conversaram, na primavera, sobre a possibilidade de unir suas forças. Agora você se pergunta como pôde ser tão cego. Você e Gwyn são irmãos, pertencem à mesma família, e assim é simplesmente natural que, durante as longas conversas que têm um com o outro, assuntos de família sejam mencionados — comentários sobre os pais, referências ao passado, lembranças de pequenos detalhes da vida que compartilharam na infância —, e, como esses assuntos foram trazidos à tona muitas vezes nas semanas que vocês dois passaram juntos, você se vê pensando sobre isso mesmo quando fica sozinho. Não quer pensar nisso, mas pensa. Passou os dois últimos anos tentando conscientemente evitar seus pais, fazendo todo o possível para mantê-los a uma certa distância, e só voltava para Westfield quando tinha certeza de que Gwyn também estaria lá. Você ainda ama seus pais, mas não gosta mais deles, pessoalmente. Chegou a essa conclusão depois que sua irmã foi para a faculdade e o deixou sozinho com seus pais durante os dois últimos anos do ensino médio, e, quando afinal você também saiu de casa para cursar a faculdade, teve a sensação de que havia fugido de uma prisão. Não que você se orgulhe de sentir-se assim — na verdade, fica revoltado com isso, estarrecido com a própria frieza e falta de compaixão —, e constantemente se recrimina por aceitar dinheiro do seu pai, que financia você e banca a sua educação, mas você precisa frequentar a faculdade a fim de se manter longe dele e da sua mãe, e, como você não tem nenhum dinheiro, e como seu pai ganha demais para que você consiga obter uma bolsa de estudos, que opção lhe resta senão chafurdar na ignomínia da sua posição hipócrita? Portanto, você sai de casa e, quando vai embora, sabe que está saindo para sempre e que, a menos que mantenha a distância entre você e seus pais, vai começar a definhar e morrer, certamente como o seu irmão Andy morreu quando se afogou no lago Echo no dia 10 de agosto de 1957, aquele pequeno lago em Nova Jersey com seu nome sinistro e bem adequado, pois Echo também definhou e morreu, e, depois que seu amado Narciso se afogou, nada mais restou dela a não ser um monte de ossos e o gemido de sua voz desencarnada e inextinguível.

Você não quer pensar nessas coisas. Não quer pensar nos seus pais e nos oito anos que passou emparedado numa casa de luto. Você tinha dez anos quando Andy morreu, e você e Gwyn haviam sido embarcados para uma colônia de férias de verão no estado de Nova York, o que significou que nem você nem ela estavam presentes quando ocorreu o acidente. Sua mãe estava sozinha com Andy, que tinha sete anos, com planos de passar uma semana no pequeno chalé à beira do lago que seu pai comprara em 1949, quando você e sua irmã eram criancinhas que mal sabiam andar, a casa de veraneio da família, local de churrascos fumacentos e de crepúsculos acossados por mosquitos, e a ironia era que, como eles estavam tentando vender a casa, aquele seria o último verão no lago Echo, que ficava a uma hora de carro de casa e já não era o reduto sossegado de antes, agora que havia muitas casas novas sendo construídas, e assim, com os dois filhos mais velhos fora de casa, em viagem, sua mãe sucumbiu a um ataque de nostalgia e resolveu levar Andy até o lago, apesar de seu pai estar ocupado e não poder ir junto. Andy não estava muito afiado na natação àquela altura, ainda estava pelejando para pegar o jeito, mas seu irmão tinha uma chama de audácia dentro de si e provocava situações arriscadas com uma exuberância tão diabólica que todo mundo achava que ele ia acabar tirando diploma em Travessuras. No terceiro dia da visita, por volta das seis da manhã, quando sua mãe ainda dormia no quarto, Andy meteu na cabeça que devia dar uma nadada sem ninguém ver. Antes de sair, o aventureiro de sete anos sentou-se a fim de redigir este curto bilhete, ainda pouco alfabetizado: *Qirida mamãe tou no lago Amô Andy*. Depois saiu do chalé na ponta dos pés, pulou na água e se afogou. *Tou no lago*.

Você não quer pensar nisso. Agora você tem de fugir e não tem coragem de voltar àquela casa de gritos e silêncios, de ouvir sua mãe soltar uivos no quarto do primeiro andar, reabrir o armário de remédios e contar as gotas de tranquilizantes e de antidepressivos, pensar nos médicos, nas crises, na tentativa de suicídio e na longa temporada passada no hospital quando você tinha doze anos. Não quer lembrar os olhos do seu pai e como, durante anos, seus olhos pareceram olhar através de você, não quer lembrar seu robótico dia a dia de trabalho, acordando às seis horas em ponto toda manhã para só voltar para casa às nove da noite, não quer lembrar sua recusa de dizer o nome do filho morto para você e para sua irmã. Você o via só raramente, e, com sua mãe quase incapaz de cuidar da casa e preparar as refeições, o ritual do jantar em família terminou. As tarefas da cozinha e da limpeza eram entregues a uma série de supostas empregadas, sobretudo mulheres negras meio acabadas, com seus cinquenta ou sessenta anos de idade, e, como sua mãe preferia comer sozinha no quarto na maioria das noites, em geral eram só você e sua irmã que sentavam frente a frente à mesa de fórmica cor-de-rosa na cozinha. Onde seu pai jantava era um mistério para você. Imaginava que ele devia ir a restaurantes, ou talvez ao mesmo restaurante toda noite, mas seu pai nunca dizia nada sobre o assunto.

É doloroso para você pensar nessas coisas, mas, agora que sua irmã está outra vez com você, não consegue se conter, as lembranças voltam com força e contra sua vontade, e, quando você senta para trabalhar no poema longo que começou a escrever em junho, muitas vezes se vê parando no meio de uma frase, olhando fixo para a janela e recordando sua infância. Agora você se dá conta de que começou a fugir de casa e dos pais muito antes do que imaginava. Se não fosse a morte de Andy, você na certa teria continuado a ser um filho dócil, bem-comportado, até a hora de sair de casa, mas, como a casa começou a desmoronar — com sua mãe se retraindo num estado de luto permanente, assolada pela culpa, e com seu pai quase nunca presente —, você tinha de procurar em outro lugar algum tipo de existência sustentável. No mundo circunscrito da infância, esse outro lugar era a escola e os campos onde você jogava beisebol com os amigos. Você queria se sobressair em tudo, e, como teve a sorte de ser dotado de uma inteligência razoável e de um corpo vigoroso, suas notas estavam sempre próximas dos primeiros lugares da sua turma e você se destacava em diversos esportes. Você nunca parou para pensar a fundo em nenhuma dessas coisas (era jovem demais para isso), mas tais sucessos ajudavam a neutralizar uma parte das amarguras que o cercavam em casa, e, quanto mais sucesso você obtinha, mais garantia sua independência da sua mãe e do seu pai. Eles tinham afeição por você, é claro, não agiam sistematicamente contra você, mas chegou o momento (você devia ter uns onze anos) em que você passou a almejar a admiração dos seus amigos tanto quanto desejava o amor dos seus pais.

Horas depois de sua mãe ser levada de ambulância para um hospital de doentes mentais, você fez um juramento, em nome da memória do seu irmão, de que seria uma pessoa boa pelo resto da vida. Estava sozinho no banheiro, você lembra, sozinho no banheiro lutando para não chorar, e com uma pessoa boa você queria dizer uma pessoa honesta, bondosa, generosa, queria dizer que nunca ia fazer pouco de ninguém, nunca ia sentir-se superior a ninguém e nunca mais ia se meter em brigas. Tinha doze anos. Aos treze, parou de acreditar em Deus. Aos catorze, passou o primeiro de três verões consecutivos trabalhando no supermercado do seu pai (ensacando, arrumando as prateleiras, operando a máquina registradora, conferindo as entregas, retirando o lixo — aprimorando assim os conhecimentos profissionais que levariam você a uma posição de destaque como assistente de bibliotecário na universidade Columbia). Aos quinze anos, se apaixonou por uma garota chamada Patty French. No fim daquele ano, disse à sua irmã que ia ser poeta. Quando você tinha dezesseis anos, Gwyn saiu de casa e você entrou num exílio interno.

Sem Gwyn, você nunca teria chegado a tal ponto. Por mais que quisesse forjar uma vida para si fora do alcance de sua família, era na casa da família que você morava, e, sem Gwyn para protegê-lo naquela casa, você teria sido sufocado, aniquilado, levado à beira da loucura. Lembranças dos primeiros tempos não existem, mas a primeira coisa que você vê é sua irmã aos cinco anos de idade quando vocês dois estão nus dentro da banheira, sua mãe está lavando o cabelo de Gwyn, o xampu espuma em brancos cachos borbulhantes e em ondulações bizarras quando sua irmã sacode a cabeça para trás, rindo, e você olha para ela num enlevo maravilhado. Você já a amava mais que a qualquer outra pessoa no mundo e, até os seis ou sete anos de idade, achava que ia morar a vida toda junto com ela, que vocês iam acabar vivendo como marido e mulher. Nem é preciso dizer que às vezes vocês brigavam e faziam brincadeiras maldosas um com o outro, mas essas brigas não eram habituais, não chegavam nem à metade das que costumam acontecer com a maioria dos irmãos.

Vocês se pareciam tanto um com o outro, o cabelo preto e os olhos cinzentos e esverdeados, o corpo esguio e a boca pequena, eram tão parecidos que poderiam passar pelas versões masculina e feminina da mesma pessoa, e depois entrou em cena de repente o Andy, de pele muito branca, de cachinhos louros e corpo baixote e rechonchudo, e desde o início vocês dois acharam Andy um personagem cômico, um anão esperto, metido em fraldas molhadas, que havia se unido à família com o único propósito de distrair vocês. No primeiro ano da vida dele, você o tratou como a um brinquedo ou um cachorrinho de estimação, mas depois ele começou a falar, e você, com relutância, concluiu que ele devia ser um ser humano. Uma pessoa de verdade, portanto, mas ao contrário de você e de sua irmã, que tendiam a ser contidos e ter boas maneiras, seu irmãozinho era um dervixe de humores flutuantes, ora turbulento ora amuado, propenso a repentinos e incontroláveis ataques de choro e longos acessos de risadas loucas e desvairadas. Para ele, não devia ser nada fácil tentar penetrar naquele círculo fechado, tentar se igualar à irmã e ao irmão mais velhos — mas o abismo se estreitava à medida que ele crescia, as frustrações pouco a pouco diminuíam, e perto do fim o chorão estava virando um bom menino — às vezes meio maluco (*Tou no lago*), mas mesmo assim um bom menino.

Pouco antes de Andy nascer, seus pais passaram você e sua irmã para quartos contíguos, no terceiro andar. Era um reino à parte, lá no alto, sob os beirais do telhado, um pequeno principado separado do resto da casa, e depois da catástrofe no lago Echo em agosto de 1957 o lugar se transformou no seu refúgio, o único ponto naquela floresta de dor em que você e sua irmã conseguiam escapar dos pais amargurados. Você também sofria, é claro, mas, como fazem as crianças, de um jeito mais egoísta, talvez mais solene, e durante vários meses você e sua irmã torturaram a si mesmos recapitulando todas as coisas nem um pouco gentis que tinham feito com o Andy — os insultos, os comentários mordazes, os tapas e empurrões, os socos fortes demais —, como se um sombrio sentimento de culpa os impelisse a fazer penitência, a rastejar na sua própria maldade, reconstituindo interminavelmente o monte de pequenos delitos que vocês haviam cometido ao longo dos anos. Aquelas recitações sempre aconteciam à noite, no escuro, depois que vocês dois iam para a cama, e vocês ficavam conversando através da porta aberta entre os dois quartos, ou então um ia para a cama do outro, ficavam deitados de costas, lado a lado, olhando para o teto invisível. Sentiam-se como órfãos, naquela ocasião, com os fantasmas dos seus pais assombrando o andar de baixo, e dormir juntos tornou-se um reflexo natural, um consolo permanente, um meio de evitar os tremores e as lágrimas que acudiam tantas vezes nos meses seguintes à morte de Andy.

Intimidades desse tipo eram o terreno inquestionável de suas relações com Gwyn. Isso remontava aos primórdios, ao ponto inicial da memória consciente, e você não consegue recordar nem um momento sequer em que tenha sentido timidez ou medo na presença da sua irmã. Tomava banho com ela quando eram pequenos, exploravam avidamente o corpo um do outro em brincadeiras de "médico", e em tardes de chuvarada, quando se viam confinados em casa, a atividade predileta de Gwyn era ficarem os dois pulando na cama completamente nus. Não era só pelo prazer de pular, como ela dizia, mas porque ela gostava de ver o seu pênis balançando para cima e para baixo, e, por diminuto que pudesse ser o órgão àquela altura de sua vida, você fazia o que ela pedia, pois isso sempre a fazia rir e nada deixava você mais feliz do que ver sua irmã rir. Que idade você tinha na época? Quatro anos? Cinco anos? Com o tempo, as crianças começam a se afastar do nudismo anárquico, calibânico, dos primeiros anos de vida, e, quando chegam aos seis ou sete anos de idade, as barreiras do pudor já se ergueram. Por algum motivo, isso não aconteceu com você e Gwyn. Acabaram-se as guerrinhas de água na banheira, talvez, não havia mais as brincadeiras de médico, não havia mais a pulação em cima da cama, mas continuava a haver uma informalidade totalmente antiamericana, no que dizia respeito a seus corpos. A porta do banheiro que vocês dividiam com frequência ficava aberta, e quantas vezes você passou diante daquela porta e viu de relance Gwyn fazendo xixi na privada, quantas vezes ela viu de relance você saindo do chuveiro sem roupa nenhuma? Parecia totalmente natural um ver o outro nu, e agora, no verão de 1967, quando você baixa a caneta e olha para a janela para pensar na infância, reflete sobre essa falta de inibição e conclui que deve ter sido porque você sentia que seu corpo pertencia a ela, que cada um de vocês pertencia ao outro, e portanto seria inimaginável agir de outra forma. É verdade que, à medida que o tempo passava, vocês dois iam ficando um pouco mais reservados, mas, mesmo quando seus corpos começaram a mudar, vocês não se afastaram totalmente um do outro. Você lembra o dia em que Gwyn entrou no seu quarto, sentou na cama e levantou a blusa para mostrar o primeiro e pequeno inchaço de seus mamilos, o primeiro sinal de seus seios incipientes, que começavam a crescer. Lembra que mostrou para ela seu primeiro pelo púbico e uma de suas primeiras ereções de adolescente, e também recorda ter ficado perto dela no banheiro e ver o sangue escorrer pelas pernas de Gwyn quando ela teve a primeira menstruação. Nenhum dos dois hesitou nem um segundo para procurar o outro, na hora em que esses milagres ocorreram. Acontecimentos capazes de alterar o rumo da vida precisavam de uma testemunha, e que pessoa serviria melhor para aquele papel do que um de vocês dois?

Então veio a noite da grande experiência. Seus pais iam passar o fim de semana fora, e resolveram que você e sua irmã já estavam bastante crescidos para cuidar de si mesmos sem a supervisão deles. Gwyn tinha quinze anos, e você catorze. Ela era quase uma mulher, e você estava só saindo da infância, mas vocês dois eram reféns das agruras desesperadoras da primeira adolescência, pensavam em sexo desde a manhã até a noite, se masturbavam sem parar, enlouquecidos de desejo, os corpos ardiam com fantasias luxuriosas, cheios de vontade de que alguém os tocasse, de que alguém os beijasse, vorazes e insatisfeitos, excitados e sozinhos, marcados por uma maldição. Na semana anterior à partida dos pais, vocês dois haviam discutido abertamente o seu dilema, a grande contradição de serem crescidos o bastante para querer mas jovens demais para ter. O mundo havia pregado uma peça em vocês, ao obrigá-los a viver em meados do século XX, cidadãos de um país industrial avançado, grande coisa, ao passo que, se tivessem nascido numa tribo primitiva em algum lugar da Amazônia ou dos Mares do Sul, já não seriam virgens. Foi aí que engendraram seu plano — logo depois daquela conversa —, mas esperaram que seus pais saíssem de casa para só então pô-lo em prática.

Iam fazer aquilo uma vez, só uma vez. Era para ser uma experiência, não um novo modo de vida, e, por mais que gostassem, teriam de parar depois daquela única noite, porque, se continuassem aquilo depois, as coisas poderiam acabar saindo do controle, vocês dois poderiam facilmente ser levados pelo entusiasmo e então teriam de explicar o problema dos lençóis sujos de sangue, para não mencionar a possibilidade grotesca, a possibilidade impensável, sobre a qual nenhum dos dois se atrevia a falar em voz alta. Resolveram que, fizessem o que fizessem, não haveria penetração, toda a gama de oportunidades e posições, tudo o que os dois quisessem e pelo tempo que os dois quisessem, mas teria de ser uma noite de sexo sem intercurso. Como nenhum dos dois havia tido nenhuma experiência sexual com ninguém, a perspectiva já era bastante excitante, e vocês passaram os dias anteriores à partida dos pais num delírio de ansiedade — mortos de medo, chocados com a audácia do plano, enlouquecidos. Era a primeira oportunidade que você tinha de dizer a Gwyn como a amava, de dizer como a achava linda, de empurrar sua língua para dentro da boca de Gwyn e beijá-la como sonhava fazer havia meses. Você estava tremendo quando tirou as roupas, tremia da cabeça aos pés quando se esgueirou para a cama e sentiu os braços dela se fecharem apertados em volta de você. Estava escuro no quarto, mas você conseguia entrever vagamente o brilho dos olhos de sua irmã, os contornos do seu rosto, a silhueta do seu corpo, e, quando você se enfiou embaixo do lençol e sentiu a nudez daquele corpo, a pele nua de sua irmã de quinze anos pressionando a pele nua do seu próprio corpo, você estremeceu, sentiu-se quase sem ar por causa do ímpeto de sensações que o atravessavam. Ficaram nos braços um do outro por alguns momentos, as pernas enroscadas, as faces juntas, espantados demais para fazer qualquer coisa a não ser grudar um no outro e torcer para que não se separassem por puro pavor. Depois, Gwyn começou a correr as mãos pelas suas costas e em seguida levou a boca até o seu rosto e o beijou, beijou com força, com uma agressividade que você não esperava, e, quando a língua dela entrou ligeiro em sua boca, você entendeu que não existia nada melhor no mundo do que ser beijado da maneira como ela estava beijando você, que aquilo era, de forma indiscutível, a mais importante justificativa para estar vivo. Vocês continuaram se beijando por bastante tempo, vocês dois ronronando e manuseando um ao outro, enquanto as línguas palpitavam e a saliva escorria dos lábios. Afinal, você tomou coragem e pôs as mãos nos peitos dela, seus peitos pequenos, ainda não plenamente desenvolvidos, e pela primeira vez na vida você disse consigo: Estou tocando nos peitos nus de uma garota. Depois de ficar passando as mãos neles por um tempo, você começou a beijar os locais onde havia tocado, a esfregar a língua de leve em volta dos mamilos, a chupar os mamilos, e se surpreendeu quando eles ficaram mais duros e mais eretos, firmes e eretos como estava o seu pênis desde o instante em que tinha ficado em cima de sua irmã nua. Era demais para você aguentar, aquela iniciação nas glórias da anatomia feminina impeliram você além de seus limites, e sem nenhum estímulo de Gwyn você teve de repente sua primeira ejaculação naquela noite, um espasmo furioso que contraiu todo o seu abdômen. Felizmente, o constrangimento que você sentiu foi efêmero, pois, na mesma hora em que as secreções estavam jorrando de você, Gwyn começou a rir e, a título de brinde ao seu feito, esfregou alegremente a mão sobre a barriga.

Durou horas. Vocês eram tão jovens e inexperientes, os dois estavam tão inebriados e infatigáveis, os dois tão enlouquecidos em sua fome um do outro, e, como haviam prometido que seria aquela a única vez, nenhum dos dois queria que acabasse. Então você continuou. Com a força e a perseverança de seus catorze anos, rapidamente se refez de sua descarga acidental e, quando sua irmã pôs delicadamente a mão em torno do seu pênis revitalizado (transe sublime, alegria inexprimível), você deu mais um passo na sua lição de anatomia percorrendo com as mãos e a boca outras áreas do corpo de Gwyn. Descobriu as deliciosas regiões macias da nuca e da parte interna da coxa, os prazeres indeléveis da região lombar e das nádegas, o deleite quase insuportável da orelha lambida. O êxtase tátil, mas também o cheiro do perfume que Gwyn tinha passado para aquela ocasião, o toque cada vez mais escorregadio de seus corpos suados e a pequena sinfonia de sons que os dois emitiam na noite, individualmente e juntos: os gemidos e os lamentos, os suspiros e os uivos, e depois, quando Gwyn gozou pela primeira vez (esfregando seu clitóris com o dedo médio da mão esquerda), o som do ar que entrava e saía com força pelas narinas, a velocidade cada vez maior daquela respiração, o soluço triunfante no final. A primeira vez, seguida por mais duas vezes, talvez até por uma terceira. No seu próprio caso, depois do primeiro tropeço solo, a mão de sua irmã envolveu seu pênis, a mão se mexeu para cima e para baixo enquanto você estava deitado numa névoa de excitação crescente, e então veio a boca de Gwyn, também se mexendo para cima e para baixo, a boca em volta do seu pênis duro outra vez, e a intimidade profunda que os dois sentiram quando você gozou dentro daquela boca — o fluido de um corpo passando para dentro de outro corpo, a fusão de uma pessoa com outra, os espíritos integrados. Então sua irmã tombou de costas na cama, abriu as pernas e disse para você tocar nela. Aí não, disse ela, aqui, pegou sua mão e guiou você até o local onde ela queria, o lugar onde você nunca havia estado, e você, que não sabia de nada antes daquela noite, começou lentamente sua educação como um ser humano.

Seis anos depois, você está sentado na cozinha do apartamento que divide com sua irmã na rua 107 Oeste. É o início de julho de 1967, e você acabou de dizer a ela que preferia ficar em Nova York naquele fim de semana, que não tem a menor vontade de fazer a viagem de ônibus até a casa dos seus pais. Gwyn está sentada na sua frente, do outro lado da mesa, de short azul e camiseta branca, o cabelo escuro e comprido amarrado no alto da cabeça por causa do calor, e você repara que os braços dela estão bronzeados, que, apesar do emprego num escritório que a mantém longe do ar livre durante boa parte do dia, ela andou pegando sol o bastante para sua pele adquirir um lindo tom de gengibre, que de algum modo faz você lembrar a cor de panquecas. São seis e meia da tarde de uma sexta-feira, e os dois chegaram do trabalho, estão bebendo cerveja direto nas latinhas e fumando Chesterfield sem filtro. Dali a mais ou menos uma hora você vai jantar num restaurante chinês barato — mais pelo ar-refrigerado do que pela comida —, mas por ora você se contenta em ficar sentado sem fazer nada, em refazer-se após mais um dia maçante na biblioteca, que você começou a chamar de Castelo dos Bocejos. Depois do seu comentário de que não queria ir para Nova Jersey, você não tem nenhuma dúvida de que Gwyn vai começar a falar sobre seus pais. Você está preparado para isso e vai conversar sobre o assunto, se for preciso, mas no fundo torce para que a conversa não dure muito. O capítulo Nove Milhões da saga de Marge e Bud. Quando foi que você e sua irmã passaram a chamar seus pais pelos prenomes? Não consegue lembrar exatamente, mas foi mais ou menos na ocasião em que Gwyn saiu de casa para cursar a faculdade. Eles ainda são mamãe e papai quando vocês estão com eles, mas são Marge e Bud quando você e sua irmã estão sozinhos. Uma ligeira afetação, talvez, mas ajuda a separá-los de vocês em sua mente, ajuda a criar uma ilusão de distância, e é disso que você precisa, você diz consigo, é disso que você precisa, mais que de qualquer outra coisa.

Não entendo, diz-lhe sua irmã. Você nunca quer ir para lá.

Eu gostaria de querer, responde você, dando de ombros num gesto defensivo, mas, toda vez que ponho os pés naquela casa, me sinto sugado de volta para o passado.

E isso é tão terrível assim? Não vá me dizer que todas as suas recordações são ruins. Seria ridículo. Ridículo e falso.

Não, não, não são todas ruins. São boas e ruins ao mesmo tempo. Mas o estranho é que, sempre que estou lá, são as ruins que me vêm à cabeça. Quando não estou lá, penso muito mais nas recordações boas.

Por que eu não me sinto assim?

Não sei. Vai ver que é porque você não é um homem.

Que diferença faz?

Andy era um menino. Houve uma época em que nós dois estávamos lá, eu e ele, e agora só eu existo — o único sobrevivente do naufrágio.

E daí? Melhor um do que nenhum, puxa vida.

São os olhos deles, Gwyn, a expressão no rosto deles quando olham para mim. Num momento, tenho a sensação de que estão me recriminando. Por que você?, parece que estão me perguntando. Por que você continua vivo, enquanto seu irmão não está mais vivo? E no momento seguinte os olhos deles me afogam em ternura, num amor preocupado, nauseante, superprotetor. Dá vontade de abrir um buraco e me enterrar no chão.

Você está exagerando. Não há nenhuma recriminação, Adam. Eles têm muito orgulho de você, devia ouvir como ficam falando quando você não está lá. Louvores intermináveis ao rapaz formidável que eles criaram, o príncipe coroado da dinastia dos Walker.

Agora é você que está exagerando.

Não, é verdade mesmo. Se eu não gostasse tanto de você, até ficaria com ciúme.

Não sei como você consegue aguentar. Quer dizer, ver os dois juntos. Toda vez que olho para eles, me pergunto por que ainda estão casados.

Porque querem ficar casados, esse é o motivo.

Não faz nenhum sentido. Não conseguem mais nem falar um com o outro.

Os dois já enfrentaram juntos as maiores dificuldades, e agora não precisam mais falar um com o outro se não têm vontade. Enquanto quiserem ficar juntos, não é da nossa conta como fazem para levar em frente a vida deles.

Antigamente ela era tão linda.

Ainda é linda.

É triste demais para ser linda. Ninguém pode ser tão triste assim e continuar sendo linda.

Você para um momento a fim de assimilar o que acabou de dizer. Depois, afastando seu olhar de Gwyn, incapaz de encarar sua irmã enquanto formula a frase seguinte, você acrescenta: Sinto muita pena dela, Gwyn. Não sou capaz de lhe dizer quantas vezes quis telefonar para casa e dizer a ela que está tudo bem, que agora ela pode parar de se odiar, que ela já se castigou o suficiente.

Você devia fazer isso.

Não quero ofendê-la. A piedade é uma emoção tão horrível, inútil — é melhor a gente pôr dentro de uma garrafa, arrolhar bem e guardar. No instante em que a gente tenta exprimir essa emoção, vê que isso só serve para piorar ainda mais as coisas.

Sua irmã sorri para você, de um jeito um pouco inadequado, você tem a sensação, mas, quando observa melhor o rosto dela e vê o olhar sério e pensativo nos seus olhos, compreende que Gwyn estava torcendo para que você dissesse algo assim, que ela está aliviada por saber que você não está tão fechado e com o coração tão frio quanto dá a impressão de estar, por saber que, afinal de contas, existe alguma compaixão em você. Ela diz: Está certo, irmãozinho. Agora você vai ficar aqui em Nova York aguentando este calor, se quiser. Mas, para seu governo, uma viagem para casa de vez em quando pode levar você a algumas descobertas muito interessantes.

Como por exemplo?

Como, por exemplo, a caixa que achei embaixo da minha cama na última vez que estive lá.

O que tinha dentro dela?

Pouquíssimas coisas, na verdade. Por acaso, uma delas era aquela peça de teatro que nós dois escrevemos juntos no colégio.

Sinto calafrios só de pensar...
Rei Ubu Segundo.
Você deu uma olhada?
Não consegui resistir.
E aí?
Nada muito brilhante, eu receio. Mas tem algumas falas engraçadas, e duas cenas quase me fizeram rir. Quando Ubu manda prender a esposa porque deu um arroto na mesa, e o trecho em que Ubu declara guerra aos Estados Unidos para poder devolver o país aos índios.
Bobagens de adolescentes. Mas a gente se divertiu, não foi? Lembro que rolava no chão e ria com tanta força que minha barriga chegava a doer.
A gente se revezava para redigir as frases, acho. Ou eram as falas inteiras?
As falas. Mas não me faça jurar isso num tribunal. Posso estar enganado.
A gente andava maluco naquele tempo, não andava? Nós dois — cada um mais louco que o outro. E ninguém nem desconfiava. Todos achavam que éramos crianças bem-sucedidas, bem ajustadas. As pessoas nos olhavam com admiração, tinham inveja de nós, e bem lá no fundo nós dois estávamos doidos.
Você olha de novo nos olhos da sua irmã e pode sentir que ela deseja falar a respeito da grande experiência, um assunto que nenhum dos dois menciona há anos. Vale a pena tocar nisso agora, você se pergunta, ou é melhor desviar a conversa para outra direção? Antes que você possa decidir o que fazer, ela diz:
Quer dizer, o que a gente fez naquela noite foi uma coisa totalmente louca.
Você acha mesmo?
Você não?

Na verdade, não. Meu pau ficou ardendo durante uma semana depois daquilo, mas ainda lembro como se fosse a melhor noite da minha vida.

Gwyn sorri, desarmada pela sua atitude despreocupada em relação ao que a maioria das pessoas julgaria ser um crime contra a natureza, um pecado mortal. Ela diz: Não se sente culpado?

Não. Não me senti culpado na hora, e não me sinto agora também. Sempre achei que você se sentia da mesma forma.

Eu quero me sentir culpada. Digo a mim mesma que devia me sentir culpada, mas a verdade é que não me sinto. Por isso é que tenho a impressão de que nós éramos malucos. Porque saímos sem nenhuma cicatriz.

A gente não pode se sentir culpado, a menos que ache que fez uma coisa errada. O que fizemos naquela noite não foi errado. Não fizemos mal um ao outro, fizemos? Um não forçou o outro a fazer algo que não queríamos fazer. Nós nem mesmo chegamos às últimas consequências. O que fizemos foi uma pequena experiência de juventude, só isso. E estou feliz de termos feito aquilo. Para ser franco, meu único arrependimento é não termos feito de novo.

Ah. Então você estava pensando a mesma coisa que eu. Por que não me disse?

Estava assustada demais, acho. Com muito medo de que, se continuássemos fazendo aquilo, poderíamos acabar nos metendo numa grande confusão.

E então, em vez disso, você arranjou um namorado. Dave Cryer, o rei dos animais.

E você se apaixonou por Patty French.

Águas passadas, camarada.

Pois é, tudo isso são águas passadas, não são?

Você e sua irmã conversam sobre o passado, sobre o casamento silencioso dos seus pais, sobre a morte do irmão, sobre a farsa infantil que redigiram em parceria numas férias de primavera anos antes, mas esses assuntos ocupam apenas uma pequena fração do tempo que vocês passam juntos. Outra fração é consumida por breves conversas a respeito da manutenção doméstica (compras, faxina, cozinha, pagamento do aluguel e das contas dos serviços públicos), mas o grosso das palavras que trocam naquele verão trata do presente e do futuro, da guerra no Vietnã, de livros e escritores, poetas, músicos e cineastas, bem como das histórias que os dois trazem de seus respectivos empregos para casa. Você e sua irmã sempre conversaram, vocês dois estão envolvidos num diálogo complexo e contínuo desde a mais tenra infância, e essa disposição para partilhar seus pensamentos e ideias é provavelmente aquilo que define melhor sua amizade. Fica claro que vocês concordam na maioria das coisas, mas de maneira nenhuma em tudo, e você gosta de brigar em torno de suas diferenças. Suas discussões sobre os méritos relativos de vários escritores e artistas têm um certo aspecto cômico, porém, pois raramente acontece de um dos dois conseguir convencer o outro a mudar de opinião. Um exemplo: os dois acham que Emily Dickinson é a maior poeta americana do século XIX, mas, embora tenham um fraco por Whitman, Gwyn o acha bombástico e bruto, um falso profeta. Você lê em voz alta para ela um dos poemas líricos mais breves (*O galanteio das águias*), mas ela não se convence, diz para você desculpá-la, mas um poema sobre águias trepando em pleno ar a deixa fria. Outro exemplo: ela admira *Middlemarch* mais que todos os outros romances e, quando você confessa que nunca passou da página 50, ela insiste que você deve tentar outra vez, o que você faz, e novamente desiste antes de chegar à página 50. Outro exemplo: suas posições sobre a guerra e a política americana são quase idênticas, mas, como a comissão de recrutamento vai estar à sua espera na porta na hora que você terminar a faculdade, você se mostra muito mais acalorado e esbravejante do que ela, e, toda vez que você desembesta numa de suas ladainhas apopléticas contra o governo Johnson, Gwyn sorri para você, enfia os dedos nos ouvidos e espera que você pare de falar.

Os dois amam Tolstói e Dostoiévski, Hawthorne e Melville, Flaubert e Stendhal, mas naquela fase da vida você não tem estômago para Henry James, ao passo que Gwyn defende que ele é o gigante dos gigantes, o colosso que faz todos os outros romancistas parecerem pigmeus. Vocês estão em perfeita harmonia quanto à grandeza de Kafka e Beckett, mas, quando você lhe diz que Céline faz companhia a eles, ela ri de você e chama Céline de louco fascista. Wallace Stevens sim, mas o segundo da lista para você é William Carlos Williams, e não T. S. Eliot, cuja obra Gwyn sabe recitar de cor. Você defende Keaton, ela defende Chaplin, e, enquanto vocês dois uivam vendo os Irmãos Marx, o seu adorado W. C. Fields não consegue despertar um simples sorriso de Gwyn. Truffaut, em sua melhor forma, toca a ambos, mas Gwyn acha Godard pretensioso, e você não, e, embora ela louve Bergman e Antonioni como mestres gêmeos do universo, você lhe diz com relutância que se sente entediado com seus filmes. Nenhum conflito quanto à música clássica, com J. S. Bach no topo da lista, mas você anda cada vez mais interessado por jazz, ao passo que Gwyn se apega à agitação do *rock and roll*, que parou de dizer grande coisa para você. Ela gosta de dançar, e você não. Ela ri mais do que você e fuma menos. Ela é uma pessoa mais livre e mais feliz do que você e, sempre que você está com ela, o mundo parece mais luminoso e mais acolhedor, um local onde sua personalidade emburrada, introvertida, quase consegue começar a sentir-se à vontade.

A conversa continua ao longo do verão. Vocês falam sobre livros e filmes e sobre a guerra, falam sobre seus empregos e seus planos para o futuro, falam sobre o passado e o presente, e também falam sobre Born. Gwyn sabe que você está sofrendo. Compreende que a experiência ainda pesa muito em você e escuta com paciência você contar a história vezes seguidas, a mesmíssima história vezes e vezes seguidas, a história obsessiva que se enfiou pela sua alma adentro e se tornou uma parte integrante do seu ser. Ela tenta tranquilizá-lo dizendo que você agiu bem, que não havia mais nada que pudesse fazer, e, embora você concorde que não podia ter evitado o assassinato de Cedric Williams, sabe que sua hesitação covarde antes de procurar a delegacia de polícia permitiu que Born escapasse impune e não consegue se perdoar por causa disso. Agora é sexta-feira, a primeira noite do fim de semana do início de julho que você resolveu passar em Nova York, e, enquanto você e sua irmã estão sentados à mesa da cozinha, tomando suas cervejas depois do trabalho e fumando seus cigarros, a conversa mais uma vez se volta para Born.

Andei refletindo sobre esse assunto, diz Gwyn, e tenho certeza de que tudo começou porque Born estava sexualmente atraído por você. Não foi apenas Margot. Eram os dois ao mesmo tempo.

Espantado com a teoria da sua irmã, você fica quieto um momento a fim de refletir se aquilo faz algum sentido, recapitulando dolorosamente suas intricadas relações com Born daquela perspectiva modificada, mas no fim você diz que não, não concorda.

Pense bem, insiste Gwyn.

Estou pensando, você responde. Se fosse verdade, ele teria me passado uma cantada. Mas não fez nada disso. Nunca tentou nem me tocar.

Não importa. Na certa, nem ele tinha consciência disso. Mas um homem não entrega de mão beijada milhares de dólares a um rapaz de vinte anos, que nunca viu na vida, só porque está preocupado com seu futuro. Ele faz isso movido por uma atração homoerótica. Born se apaixonou por você, Adam. Se ele sabia ou não sabia disso é irrelevante.

Ainda não estou convencido, mas, agora que mencionou o assunto, eu bem que gostaria que ele *tivesse* me passado uma cantada. Eu teria dado um murro no meio da cara dele e teria dito para ele ir se foder, e assim nunca teríamos feito aquela caminhada pela Riverside Drive e o garoto Williams nunca teria sido morto.

Alguém já tentou alguma coisa assim com você?

Do que está falando?

De outro homem. Outro homem já tentou cantar você?

Já recebi uns olhares curiosos, mas ninguém nunca me disse nada.

Então você nunca fez isso.

Nunca fiz o quê?

Sexo com outro homem.

Puxa, eu não.

Nem mesmo quando era pequeno?

Do que está falando? Meninos pequenos não fazem sexo. Não podem fazer sexo — pela simples razão de que são meninos.

Não estou falando de meninos muito pequenos. Estou falando de pouco antes da puberdade. Treze, catorze anos. Pensei que todos os garotos dessa idade gostassem de masturbar uns aos outros.

Eu não.

E a famosa rodinha da punheta? Você deve ter participado de uma delas.

Que idade eu tinha a última vez que fui passar uma temporada numa colônia de férias?

Não consigo lembrar.

Treze... Devia ter treze anos, porque comecei a trabalhar no Shop-Rite aos catorze. De todo modo, no último ano que fui para a colônia de férias, alguns dos garotos na minha cabana fizeram isso. Uns seis ou sete deles, mas eu era tímido demais para participar.

Tímido demais ou enojado demais?

Um pouco das duas coisas, acho. Sempre achei o corpo masculino um tanto repugnante.

Não o seu próprio corpo, espero.

Estou falando do corpo dos outros homens. Não tenho nenhum desejo de tocar neles, nenhum desejo de ver seus corpos nus. Para dizer a verdade, muitas vezes eu paro e me pergunto por que as mulheres se sentem atraídas pelos homens. Se eu fosse mulher, na certa seria lésbica.

Gwyn sorri do absurdo do seu comentário. Isso é porque você é homem, diz ela.

E quanto a você? Já se sentiu atraída por outra garota?

Claro. As garotas vivem tendo paixonites umas pelas outras. É uma questão de território.

Mas estou falando de atração sexual. Já sentiu uma vontade forte de dormir com uma garota?

Acabei de passar quatro anos no alojamento de uma faculdade só para mulheres, esqueceu? Numa atmosfera claustrofóbica feito essa, certas coisas acabam tendo de acontecer.

É verdade?

É verdade, sim.

Você nunca me contou.

Você nunca me perguntou.

E eu tinha de perguntar? E o Pacto de Nenhum Segredo de 1969?

Isso não é um segredo. É muito pouco importante para ser classificado de segredo. Só para constar — para que você não fique com a impressão errada —, aconteceu exatamente duas vezes. Na primeira, eu estava chapada de maconha. Na segunda, estava bêbada.

E aí?

Sexo é sexo, Adam, e todo sexo é bom, contanto que as duas pessoas estejam a fim. Os corpos gostam de ser tocados, e, se a gente fecha os olhos, pouco importa quem está tocando ou beijando a gente.

Como uma declaração de princípios, eu não poderia estar mais de acordo com você do que estou. Só quero saber se você gostou e, se gostou, por que não fez isso mais vezes?

Sim, gostei. Mas não imensamente, não tanto quanto gostei de fazer sexo com homens. Ao contrário da sua visão do assunto, adoro o corpo dos homens e tenho uma afeição especial pela coisa que eles têm e que o corpo das mulheres não tem. Ficar com uma garota é bastante gostoso, mas não tem o poder da boa e fora de moda trepada de dois sexos.

O capital investido rende menos.

Exatamente. Digamos que é um jogo da segunda divisão.

A divisão das peladas, digamos assim.

Contendo o riso, Gwyn joga o maço de cigarros dela em cima de você e grita com uma raiva fingida: Você é impossível!

É exatamente isso que você é: impossível. No instante em que a palavra escapa da boca de sua irmã, você se arrepende da sua piada boba e indecente, e, durante o resto da noite e até o meio do dia seguinte, aquela palavra fica presa em você feito uma maldição, feito uma condenação implacável da pessoa e daquilo que você é. Sim, você é impossível. Você e sua vida são impossíveis, e você fica admirado de como conseguiu abrir caminho para tocar sua vida adiante em meio a esse beco sem saída, cheio de desespero e autodesprezo. Será Born o único responsável pelo que aconteceu com você? Poderia um único lapso de coragem momentâneo ter causado tamanho dano à sua fé em si mesmo que você não consegue mais acreditar no seu próprio futuro? Poucos meses antes, você ia pôr o mundo em chamas com sua inteligência, e agora você acha que é um burro e um incapaz, uma máquina imbecil de masturbação, aprisionado no ar morto de um emprego odioso, um zé-ninguém. Se não fosse por Gwyn, você podia até pensar em se internar num hospital. Ela é a única pessoa com quem você consegue conversar, a única pessoa que faz você se sentir vivo. E, no entanto, por mais feliz que esteja de estar com ela outra vez, você sabe que não deve sobrecarregar sua irmã com seus problemas, que não pode esperar que ela se transforme na cirurgiã divina que vai abrir seu peito e remendar seu coração enfermo. Você tem de cuidar de si mesmo. Se alguma coisa se partiu dentro de você, tem de colar as partes de novo com as próprias mãos.

Após vinte e quatro horas de uma introspecção desoladora, a angústia esmorece lentamente. A reviravolta começa no sábado, a segunda noite do fim de semana do início de julho que você preferiu passar em Manhattan. Depois do jantar, você e sua irmã pegam o ônibus 104 na Broadway rumo ao cinema New Yorker e entram no frio daquele recinto escuro a fim de assistir ao filme de Carl Dreyer, de 1955, *Ordet* (*A palavra*). Em geral, você não teria interesse num filme sobre cristianismo e questões de fé religiosa, mas a direção de Dreyer é tão precisa e tão penetrante que você é rapidamente arrebatado pela história, que faz você pensar numa composição musical, como se o filme fosse a tradução visual de uma invenção de Bach em duas partes. A estética do luteranismo, você sussurra na orelha de Gwyn a certa altura, mas, como ela não conhece os seus pensamentos, também não faz a menor ideia do que você está falando e responde seu comentário com uma cara perplexa, de sobrancelhas franzidas.

Há pouca necessidade de repisar os meandros da história. Por mais envolventes que possam ser essas guinadas e reviravoltas, elas redundam numa história única em meio a uma infinidade de histórias, um filme em meio a uma multidão de filmes, e, não fosse pelo final, *Ordet* não teria produzido em você um efeito maior do que qualquer outro bom filme que você tinha visto ao longo dos anos. É o final que conta, pois o final faz com você algo totalmente inesperado e vai de encontro a você com toda a força de um machado que abate um carvalho.

A lavradora que morreu no parto está estirada num caixão aberto, enquanto o marido em prantos está sentado a seu lado. O irmão louco que pensa representar a segunda vinda de Cristo entra no recinto segurando a mão da filha caçula do casal. Quando o pequeno grupo de parentes e amigos de luto ergue os olhos, se perguntando que blasfêmia ou sacrilégio está prestes a ser praticado naquele momento solene, a suposta encarnação de Jesus de Nazaré se dirige à mulher morta com uma voz calma e serena. Levante-se, ordena ele, erga-se, saia do seu caixão e retorne ao mundo dos vivos. Segundos depois, as mãos da mulher começam a se mexer. Você acha que deve ser uma alucinação, que o ponto de vista se deslocou da realidade objetiva para a mente do irmão perturbado. Mas não. A mulher abre os olhos e segundos depois ela senta, completamente de volta à vida.

Há uma grande plateia no cinema, e metade dos espectadores irrompe numa gargalhada ao ver essa ressurreição milagrosa. Você não os inveja por seu ceticismo, mas para você é um momento transcendente e você fica quieto em sua poltrona, apertando o braço da sua irmã, enquanto as lágrimas escorrem no seu rosto. O que não pode acontecer aconteceu, e você fica chocado com o que presenciou.

Algo muda em você depois disso. Você não sabe o que é, mas as lágrimas que derramou quando viu a mulher voltar à vida parecem ter dissolvido uma parte do veneno que se formou dentro de você. Os dias passam. Em vários momentos, você pensa que o seu pequeno colapso nervoso no balcão do cinema New Yorker podia ter alguma relação com seu irmão Andy, ou, se não com o Andy, então com Cedric Williams, ou talvez com ambos ao mesmo tempo. Em outros momentos, você está convencido de que, por alguma estranha e solidária sobreposição de sujeito e objeto, você sentiu que estava vendo a si mesmo levantar-se e retornar do reino dos mortos. Durante as duas semanas seguintes, seus passos pouco a pouco se tornam menos pesados. Ainda se sente um condenado, mas tem a impressão de que, quando chegar seu dia de ser levado ao cadafalso, talvez tenha ânimo de lançar uma piada de despedida ou trocar gracejos com seu carrasco encapuzado.

Todo ano, desde a morte de seu irmão, você e sua irmã comemoram o aniversário dele. Só vocês dois, sem pais nem parentes nem nenhum convidado. Nos três primeiros anos, quando ainda eram jovens o bastante para passar o verão numa colônia de férias, dormindo fora de casa, promoviam a festa ao ar livre. Vocês dois saíam de suas cabanas na ponta dos pés no meio da noite, corriam pelos campos de beisebol escuros até a campina na margem norte do terreno da colônia de férias e então avançavam para dentro da mata com lanternas para iluminar o caminho entre as árvores e as moitas — cada um segurava um bolinho gelado ou um biscoito que tinham roubado da cantina após o jantar naquela noite. Por três verões consecutivos, depois que terminaram as temporadas na colônia de férias, vocês trabalharam no supermercado do seu pai, e por isso estavam em casa no dia 26 de julho e podiam comemorar o aniversário do irmão no quarto de Gwyn, no terceiro andar. Os dois anos seguintes foram os mais difíceis, pois vocês viajaram durante aqueles verões e estavam muito distantes um do outro no dia do aniversário de Andy, mas conseguiram executar versões truncadas do ritual pelo telefone. No último ano, você pegou um ônibus para Boston, onde Gwyn estava alojada com seu namorado da época, e você e ela foram a um restaurante a fim de erguer um brinde em homenagem ao irmão falecido. Agora mais um 26 de julho chegou, e vocês estão juntos de novo, pela primeira vez em muitos verões, prestes a promover sua pequena *fête* na cozinha do apartamento que dividem na rua 107 Oeste. Não se trata de uma festa no sentido tradicional da palavra. Ao longo dos anos, você e sua irmã desenvolveram uma série de protocolos rigorosos relativos ao evento, e com ligeiras variações, dependendo da idade de vocês, todo dia 26 de julho é uma reconstituição de todos os dias 26 de julho precedentes, nos últimos dez anos. Em essência, o jantar de aniversário é uma conversa dividida em três partes. Serve-se e come-se a refeição, e, uma vez encerradas as três partes da conversa, surge um pequeno bolo de chocolate, enfeitado com uma única vela acesa no meio. Vocês não cantam a canção. Pronunciam as palavras em uníssono, falando com suavidade, erguem a voz apenas um pouco acima de um sussurro, mas não cantam. Também não sopram a vela. Deixam que ela queime até o fim e em seguida escutam o chiado, enquanto a chama se apaga no charco da glace de chocolate. Depois de comer uma fatia de bolo, abrem uma garrafa de uísque escocês. O álcool é um elemento novo, introduzido apenas a partir de 1963 (o último dos verões passados no supermercado, quando você tinha dezesseis anos e Gwyn dezessete), mas nos dois anos seguintes vocês ficaram afastados um do outro e sem beber, e no último ano estavam num local público, o que significava que você tinha de tomar cuidado com o seu consumo. Nesse ano, sozinhos em seu apartamento em Nova York, os dois pretendem encher a cara.

Gwyn passou batom e se maquiou para o jantar, e chega à mesa com brincos de argolas de ouro e um vestido leve de verão, preso por tiras finas nos ombros, de cor verde-clara, o que torna ainda mais vivo o verde acinzentado de seus olhos. Você está de camisa branca de abotoar, de mangas curtas, com botões no colarinho, e em volta do pescoço está a única gravata que você tem, a mesma gravata que Born ridicularizou na primavera anterior. Gwyn ri quando vê você paramentado desse jeito e diz que você parece um mórmon — um desses rapazes seriíssimos que andam pelo mundo batendo nas portas e distribuindo livretos, fazendo proselitismo numa missão sagrada. Absurdo, você diz a ela. Você não usa o cabelo à escovinha e seu cabelo não é louro, portanto você nunca poderia ser confundido com um mórmon. Mesmo assim, diz Gwyn, você está com um aspecto muito, mas muito estranho mesmo. Se não é um mórmon, continua, então quem sabe um contador novato. Ou um estudante de matemática. Ou uma imitação de astronauta malfeita. Não, não, você retruca — um militante dos direitos civis no Sul. Está certo, diz ela, você venceu, e um instante depois você tira a gravata e também a camisa, deixa tudo na cozinha e veste alguma outra coisa. Quando volta, Gwyn sorri, mas não diz mais nada sobre suas roupas.

 Como de costume, o tempo está quente, e, como você não quer aumentar a temperatura na cozinha, evitou acender o forno e preparou um jantar leve de verão que consiste em uma sopa fria, uma travessa de frios (presunto, salame, rosbife) e uma salada de alface e tomate. Há também um pão italiano, junto com uma garrafa de Chianti gelado, envolta numa capa de palha (o vinho barato predileto entre os estudantes daquele tempo). Depois de tomar seus primeiros goles da sopa fria de agrião, dá início à conversa em três partes. Para você, esse é o cerne da experiência, a razão mais importante para promover esse evento anual. Todo o resto — a refeição, o bolo, a vela, as palavras da canção de feliz aniversário, a bebida — é mero chamariz.

Primeiro Passo: Vocês conversam sobre Andy com os verbos no passado, trazem de volta à memória tudo aquilo que conseguem lembrar sobre ele enquanto estava vivo. Invariavelmente, essa é a parte mais longa do ritual. Vocês recordam suas reminiscências dos anos passados, mas outras sempre parecem também aflorar do seu inconsciente. Vocês tentam manter o tom leve e alegre. Não é um exercício de morbidez, é uma comemoração, e o riso é permitido em qualquer momento. Vocês repetem algumas das pronúncias erradas das primeiras palavras do irmão: hangabúrguer em vez de hambúrguer, cera humana em vez de ser humano, bocheia em vez de bochecha — como em *Dei um beijo na bocheia* — e o perfeitamente lógico mas desmiolado *Mamãe Ami*, depois que sua mãe disse alguma coisa sobre Miami. Vocês falam da coleção de besouros de Andy, da sua capa de Super-Homem e do seu ataque de catapora. Vocês lembram que lhe ensinaram como andar de bicicleta. Lembram sua aversão a ervilhas. Lembram o primeiro dia dele na escola (lágrimas de sofrimento), seus ombros descarnados, seus ataques de soluço. Só sete anos neste mundo, mas todo ano você e Gwyn chegam à mesma conclusão: a lista é inesgotável. E, no entanto, todo ano, não podem deixar de ter a sensação de que um pouco mais do irmão de vocês desapareceu, de que apesar de seus mais zelosos esforços cada vez menos de Andy retorna à memória de vocês, que vocês não são capazes de impedir que ele desapareça de todo.

Segundo Passo: Vocês falam sobre ele no presente. Imaginam que tipo de pessoa ele teria se tornado se ainda estivesse vivo agora. Há dez anos que ele vive essa existência de sombra dentro de vocês, um ser fantasma que cresceu em outra dimensão, invisível mas respirando, respirando e pensando, pensando e sentindo, e vocês o acompanharam desde os oito anos de idade, morto há mais anos do que conseguiu viver, e, agora que ele está com dezessete anos, o abismo entre vocês se tornou ainda menor, menos significativo ainda, e vocês ficam chocados com isso, você e sua irmã ficam chocados simultaneamente ao se dar conta de que aos dezessete anos ele, na certa, não é mais virgem, que ele fumou maconha e se embriagou, que ele faz a barba e se masturba, sabe dirigir, lê livros difíceis, está pensando que faculdade vai fazer e está prestes a se tornar uma pessoa igual a vocês. Gwyn começa a chorar, diz que não consegue mais suportar, que quer parar, mas você lhe diz para aguentar só mais alguns minutos, que vocês dois nunca mais terão de fazer isso outra vez, que essa vai ser a última festa de aniversário de sua vida, mas, pelo Andy, vocês precisam levar isso até o fim dessa vez.

    Terceiro Passo: Vocês falam sobre o futuro, sobre o que vai acontecer com o Andy entre agora e o próximo aniversário. Sempre foi a parte mais fácil, a mais prazerosa, e nos últimos anos você e Gwyn fizeram seus lances no jogo das previsões sempre com imenso entusiasmo e audácia. Mas não nesse ano. Antes que possam começar a terceira e última parte da conversa, sua irmã, abalada demais, aperta a mão com força por cima da boca, se levanta e corre para a cozinha.

    Você vai encontrá-la na sala, soluçando no sofá. Senta-se a seu lado, põe o braço nos seus ombros e fala com ela numa voz tranquilizadora. Calma, diz. Está tudo bem, Gwyn. Desculpe... desculpe ter feito tanta pressão sobre você. É culpa minha.

    Você sente como são finos os seus ombros trêmulos, os ossos delicados por baixo da pele, as costelas arquejantes de encontro às suas próprias costelas, o quadril de Gwyn junto ao seu quadril, a perna dela contra a sua. Em todos os anos que você a conhece, acha que nunca a viu tão infeliz, tão esmagada pela tristeza.

    Não adianta, diz ela afinal, com os olhos voltados para baixo, dirigindo suas palavras para o chão. Perdi o contato com ele.

Agora ele foi embora e nunca mais vamos encontrá-lo. Daqui a duas semanas vai fazer dez anos. É metade da sua vida, Adam. Ano que vem, vai ser metade da minha. É tempo demasiado. O espaço continua aumentando. O tempo continua aumentando, e a cada minuto ele se afasta mais, vai para mais longe de nós. Adeus, Andy. Mande um cartão-postal um dia, está bem? Você não diz nada. Fica ali sentado com o braço em volta da sua irmã e deixa que ela continue chorando, ciente de que não adianta nada interferir, que deve deixar a explosão seguir seu curso. Quanto tempo dura? Você não faz a menor ideia, mas por fim chega o momento em que você percebe que as lágrimas cessaram. Com a mão esquerda, a mão livre que não está em volta dos ombros de Gwyn, você segura seu queixo e vira seu rosto para você. Os olhos dela estão muito inchados. Riachos de maquiagem escorreram pelas bochechas. O muco está gotejando do nariz. Você recua a mão esquerda, põe no bolso de trás da calça e apanha um lenço. Começa a enxugar o rosto da sua irmã com o pano. Pouco a pouco, enxuga as lágrimas, o muco e a maquiagem preta, e durante esse procedimento meticuloso e demorado sua irmã não se mexe. Fitando você atentamente, os olhos lavados e limpos de qualquer emoção que se possa discernir, ela fica numa imobilidade absoluta, enquanto você repara o dano causado pela tormenta. Quando o trabalho termina, você se levanta e diz a ela: Hora de tomar um drinque, srta. Walker. Vou pegar o uísque.

Você parte para a cozinha. Um minuto depois, quando você volta para a sala com uma garrafa de Cutty Sark, dois copos e um jarro de cubos de gelo, ela está exatamente onde estava quando você saiu — sentada no sofá, a cabeça encostada no espaldar, os olhos fechados, a respiração normal outra vez, purgada. Você põe a garrafa e os copos sobre um dos três engradados de leite, feitos de madeira, que estão na frente do sofá, os caixotes maltratados, virados de cabeça para baixo, que você e seu antigo parceiro de aluguel apanharam na rua um dia e que agora fazem o papel de mesinha de centro. Gwyn abre os olhos e dirige a você um sorriso abatido, esgotado, como se lhe pedisse para perdoar seu descontrole, mas não há nada para perdoar, nada para dizer, nada que você pudesse dizer contra ela, e, quando começa a servir a bebida e colocar gelo nos copos, sente-se aliviado por aquela história com o Andy ter chegado ao fim, aliviado porque não vai mais haver nenhuma comemoração de aniversário para seu irmão ausente, sente-se aliviado por você e sua irmã terem afinal deixado para trás aquela coisa infantil.

Você entrega a Gwyn sua bebida e depois senta ao lado dela no sofá. Durante alguns minutos, nenhum dos dois diz nada. Tomando pequenos goles do uísque e olhando para a frente, na direção da parede diante de ambos, vocês sabem o que vai acontecer nessa noite, sentem isso como uma certeza que está no seu sangue, mas também sabem que têm de ser pacientes e dar ao álcool o tempo necessário para fazer o seu trabalho. Quando você se inclina para a frente a fim de preparar a segunda rodada de drinques, Gwyn começa a falar sobre seu namoro rompido com Timothy Krale, o professor-assistente de trinta anos que entrou na vida dela há mais de dezoito meses e a deixou no último mês de abril, mais ou menos na mesma época em que você estava apertando a mão de Born pela primeira vez. O professor que lecionava no curso de poesia modernista, tinha de ser essa matéria, e foi esse homem que pôs em risco o próprio emprego para dar em cima de Gwyn, e ela se apaixonou de verdade por ele, sobretudo no início, nos primeiros meses loucos de encontros furtivos e passeios de fim de semana até quartos de motéis distantes, em cidades esquecidas, em regiões remotas do estado de Nova York. Você mesmo o encontrou algumas vezes e entendeu o que Gwyn via nele, concordava que Krale era um homem bonito e inteligente, mas também sentia que havia uma certa secura naquele homem, um alheamento dos outros que tornava difícil criar uma relação calorosa com ele. Você não ficou surpreso quando Gwyn recusou seu pedido de casamento e deu fim ao namoro. Ela disse a Krale que se sentia jovem demais, que não estava pronta para se comprometer a longo prazo, mas essa não era a razão verdadeira, sua irmã lhe explica agora, ela o deixou porque ele não era um amante gentil o bastante. Sim, sim, diz Gwyn, ela sabe que Krale a amava, a amava o máximo que podia amar alguém, mas ela o achava egoísta na cama, desatento, excessivamente guiado pelas próprias necessidades, e ela não conseguia se imaginar suportando um homem assim pelo resto da vida. Agora ela se volta para você e, com um olhar da maior seriedade e convicção, apresenta sua definição de amor e quer saber se você compartilha sua opinião ou não. Amor verdadeiro, diz ela, é quando a gente obtém tanto prazer em proporcionar prazer quanto sente em receber prazer. O que você acha, Adam? Estou certa ou errada? Você lhe diz que ela está certa. Diz que é uma das coisas mais perspicazes que ela já disse.

Quando isso começa? Quando é que a ideia que está rodando na cabeça de ambos se manifesta como ação no mundo concreto? Na altura do terceiro drinque, quando Gwyn se inclina para a frente e põe seu copo sobre o arremedo de mesa. Você promete a si mesmo que não vai fazer o primeiro gesto, que vai se conter e evitar tocar em Gwyn antes que ela toque em você, e só então você vai saber, fora de qualquer dúvida, que ela quer o que você quer e que você não entendeu mal os desejos de Gwyn. Você está um pouco embriagado, é claro, mas não completamente, não está tão alto que tenha perdido a noção das coisas, e compreende perfeitamente o alcance do que está prestes a fazer. Você e sua irmã não são mais os filhotinhos tateantes e ignorantes que eram na noite da grande experiência, e o que estão propondo agora é uma transgressão monumental, uma coisa sombria e iníqua à luz das leis dos homens e de Deus. Mas você não liga. Esta é a mais pura verdade: você não tem vergonha do que sente. Você ama sua irmã. Mais do que a qualquer outra pessoa que já conheceu ou vai conhecer em toda a face deste mundo infeliz, e, como você vai deixar o país mais ou menos dentro de um mês e vai ficar fora durante um ano inteiro, esta é sua única chance, a única chance de ambos, pois é simplesmente inevitável que um novo Timothy Krale entre na vida de Gwyn enquanto você estiver fora. Não, você não esqueceu o juramento que fez quando tinha doze anos, a promessa que fez a si mesmo de que viveria como um ser humano ético. Você quer ser uma pessoa boa e todo dia luta para seguir o juramento que fez em memória de seu irmão morto, mas sentado no sofá, olhando sua irmã pôr o copo sobre a mesa, você diz a si mesmo que o amor não é uma questão moral, o desejo não é uma questão moral, e, contanto que não cause mal nenhum ao outro, você não vai quebrar seu juramento.

Um instante depois, você também põe seu copo sobre a mesa. Vocês dois se recostam no sofá, e Gwyn segura sua mão, entrelaçando os dedos com os seus. Pergunta: Está com medo? Você lhe diz que não, não está com medo, está extremamente feliz. Eu também, diz ela, e então lhe dá um beijo no rosto, com muita delicadeza, nada mais que um ligeiro toque, um levíssimo contato da boca na sua pele. Você entende que tudo deve caminhar lentamente, tudo deve se desenvolver com os incrementos mais sutis, que por um longo tempo será uma dança tateante, descontínua, de sim e não, e você prefere que seja assim, pois, se um dos dois mudar de ideia, haverá tempo para voltar atrás e cancelar tudo. Na maioria das vezes, aquilo que agita a imaginação fica mais bem guardado na imaginação, e Gwyn tem consciência disso, ela é sensata o bastante para saber que a distância entre o pensamento e os fatos pode ser enorme, um abismo do tamanho do próprio mundo. Assim vocês vão tateando o terreno com todo o cuidado, um passinho de bebê depois do outro, roçam a boca no pescoço um do outro, roçam os lábios nos lábios um do outro, mas durante vários minutos não abrem a boca, e, embora tenham fechado os braços em volta um do outro num abraço bem apertado, suas mãos não se mexem. Uma boa meia hora se passa, e nenhum dos dois demonstra a menor inclinação para parar. É aí que sua irmã abre a boca. É aí que você abre a boca, e juntos mergulham de cabeça na noite.

Não existem mais regras. A grande experiência foi um evento único, mas, agora que ambos já passaram dos vinte anos de idade, as restrições da sua travessura de adolescentes já não se sustentam, e vocês continuam a fazer sexo um com o outro todo dia durante os trinta e quatro dias seguintes, até o dia em que você parte para Paris. Sua irmã toma pílula, há cremes e pomadas espermicidas na gaveta da mesinha de cabeceira dela, você tem acesso a preservativos, os dois sabem que estão protegidos, que o inominável nunca acontecerá, e assim podem fazer tudo e qualquer coisa um com o outro sem o temor de destruir suas vidas. Vocês não discutem a questão. Exceto pela breve troca de palavras na noite do aniversário de seu irmão (*Está com medo? Não, não estou com medo*), vocês nunca dizem nenhuma palavra sobre o que está acontecendo, se recusam a explorar as ramificações do seu caso de um mês, do seu casamento de um mês, pois afinal é disso que se trata, agora vocês formam um jovem casal, um par de recém-casados, nas garras da luxúria incessante, avassaladora — feras do sexo, amantes, melhores amigos: as últimas duas pessoas que restaram no universo.

Exteriormente, suas vidas prosseguem como antes. Cinco dias por semana, o despertador acorda vocês de manhã cedo, e, após um desjejum mínimo, de suco de laranja, café e torradas com manteiga, os dois saem depressa do apartamento e seguem para seus empregos, Gwyn para seu escritório no vigésimo andar de uma torre de vidro no coração de Manhattan, e você para seu posto desolador de funcionário do Palácio da Nulidade. Você preferia ter sua irmã ao alcance dos olhos o tempo todo, ficaria absolutamente satisfeito se ela nunca se distanciasse de você nem por um minuto, mas, se essas separações inevitáveis provocam uma certa dor em você, também aumentam seu desejo por ela, e talvez isso não seja ruim, você conclui, pois passa os dias dominado por uma ansiedade sufocante, agitado e alerta, contando as horas que faltam para vê-la e abraçá-la de novo. Intenso. Essa é a palavra que usa para definir a si mesmo agora. Você é intenso. Seus sentimentos são intensos. Sua vida tornou-se cada vez mais intensa.

No trabalho, você não fica mais sentado atrás de sua escrivaninha elaborando fantasias com Ingrid Bergman e Hedy Lamarr. De vez em quando, uma ereção ainda ameaça romper sua calça, mas você não precisa mais tocar em sua ereção, e parou de dar suas corridas para o banheiro masculino no final do corredor. Isso é a biblioteca, afinal, e pensamentos sobre mulheres nuas são uma parte indissociável do trabalho na biblioteca, mas o único corpo nu em que você pensa agora pertence à sua irmã, o corpo real da mulher real com quem você divide as noites, e não alguma quimera que só existe no seu cérebro. Não há a menor dúvida de que Gwyn é tão linda quanto Hedy Lamarr, talvez ainda mais linda — por certo, mais linda. Isso é um fato objetivo, e você passou os últimos sete anos vendo homens pararem de repente em plena rua a fim de olhar para ela enquanto passa, testemunhou uma incrível quantidade de viradas de cabeça rápidas, espantadas, uma incrível quantidade de olhares dissimulados no metrô, nos restaurantes, nos cinemas — centenas e centenas de homens, e todos eles com o mesmo olhar malicioso, difuso, pasmo. Sim, é esse o rosto que desencadeou mil esperanças, o rosto que engendrou mil sonhos eróticos, e, enquanto você espera na sua escrivaninha que o próximo cilindro com um pedido suba chacoalhando do segundo andar pelo tubo pneumático, você vê em sua mente aquele rosto, fica olhando para os olhos grandes, animados e verde-acinzentados de Gwyn, e, enquanto aqueles olhos fitam os seus, você a vê abrir as costas do seu vestido branco de verão que desliza e cai ao longo do seu corpo alto e esguio. Vocês ficam juntos na banheira. Essa é a nova rotina depois do trabalho e, em vez de passar uma hora na cozinha como fizeram na festa de aniversário do seu irmão, agora pegam suas cervejas e soltam baforadas de seus cigarros enquanto ficam de molho numa banheira de água morna. Isso não só proporciona um repouso para o dia de calor sufocante como também lhes dá uma chance a mais de olharem para o corpo nu um do outro, o que vocês, pelo visto, nunca se cansam de fazer. Vezes sem conta você diz à sua irmã como adora olhar para ela, diz que adora cada centímetro da sua pele palpitante, luminosa, e que, além dos locais francamente femininos em que todos os homens pensam, adora seus cotovelos e joelhos, seus pulsos e canelas, as costas das mãos e os dedos compridos e finos (você jamais conseguiu sentir atração por uma mulher com polegares pequenos, conta para ela um dia — uma declaração absurda mas completamente sincera), e você se sente completamente assombrado e encantado ao ver como um corpo delicado como o dela pode ser tão forte, que ela seja ao mesmo tempo um cisne e um tigre, um ser mitológico. Ela fica fascinada com os pelos que cresceram no seu peito (uma novidade surgida nos últimos doze meses) e tem um interesse incessante pelas mutações do seu pênis: do membro flácido, oscilante, retratado nos livros didáticos de biologia, até o titã fálico plenamente desabrochado no auge da excitação, e o bonequinho encolhido, esgotado, no retraimento do pós-coito. Ela chama seu pau de um espetáculo de variedades. Diz que ele tem múltiplas personalidades. Afirma que quer adotá-lo.

Agora que você está vivendo com ela em tamanha intimidade, Gwyn surgiu como uma pessoa ligeiramente diferente daquela que você conheceu a vida toda. É ao mesmo tempo mais engraçada e mais maliciosa do que você imaginava, mais vulgar e idiossincrática, mais apaixonada, mais divertida, e você fica espantado ao ver como ela se empolga com o linguajar indecente e com as gírias bizarras do sexo. Gwyn raramente dizia palavrões diante de você. É uma mulher culta, de boa educação, que fala com frases bem construídas e perfeitamente corretas, mas a não ser na noite da grande experiência, muito tempo atrás, você nunca soube nada sobre a sexualidade dela e portanto não podia imaginar que Gwyn iria se tornar uma mulher que gosta de falar sobre sexo, além de praticá-lo. Palavras comuns do século xx não interessam a ela. Evita a expressão *fazer amor*, por exemplo, em favor de locuções mais antigas e engraçadas, como afogar o ganso, pôr o quibe no forno e trocar o óleo. Um bom orgasmo é chamado de treme-ossos. Sua bunda é uma padaria. Sua vagina é a periquita, a baratinha, a ximbica, a passarinha, a perereca. Seus peitos são as tetas, as mamas, os melões, as gêmeas. Conforme a ocasião, seu pênis é o badalo, o pingolim, a manjuba, a rola, a trolha, a bimba, a varinha mágica, Charles Dickens, Dick Driver* e Adam Junior. As palavras excitam e divertem Gwyn, e você, depois que se refaz do choque inicial, fica excitado e também acha graça. Sob as garras do orgasmo que se avizinha, porém, ela tende a retroceder para os padrões usuais, retorna aos termos mais simples, mais rudes no léxico inglês a fim de exprimir seus sentimentos. Boceta, xoxota,

* Em inglês, a palavra *dick* designa o pênis.

trepar. Trepe comigo, Adam. De novo e de novo. Trepe comigo, Adam. Durante um mês inteiro, você é o cativo daquela palavra, o prisioneiro voluntário daquela palavra, a personificação daquela palavra. Você habita o país da carne, e seu cálice transbordou. Certamente a bondade e a misericórdia seguirão você por todos os dias de sua vida. Todavia, você e sua irmã nunca falam a respeito do que estão fazendo. Não têm sequer uma conversa para discutir por que não falam sobre isso. Estão vivendo nos confins de um segredo compartilhado, e as paredes desse recinto são erguidas pelo silêncio, um silêncio louco que só pode ser rompido sob o risco de fazer essas paredes desabarem em cima das suas cabeças. Portanto, ficam os dois sentados na banheira de água morna, ensaboam-se um ao outro, fazem amor no chão antes de jantar, fazem amor na cama de Gwyn depois do jantar, dormem feito pedras, e de manhã cedo o despertador puxa vocês de volta à consciência. Nos fins de semana, dão longos passeios pelo Central Park, resistem à tentação de segurarem as mãos um do outro, de se beijarem em público. Vão ao cinema. Vão ao teatro. O poema que você começou a escrever em junho não avançou um único verso desde a noite do aniversário de Andy, mas você não se importa, tem outras coisas para absorver sua atenção agora, e o tempo está passando depressa, faltam cada vez menos dias para a sua partida, e você quer passar com ela todos os momentos que pode, viver a coisa louca que fizeram juntos até o fim do tempo que resta.

Chega o último dia. Há setenta e duas horas, vocês vivem num estado de agitação constante, de pavor crescente. Você não quer ir. Quer cancelar a viagem e ficar em Nova York com sua irmã, mas ao mesmo tempo compreende que isso está fora de questão, que o mês que viveu com ela num matrimônio profano só foi possível pelo fato de ser por um mês, de que havia um prazo para o seu furor incestuoso, e, como você não suporta encarar a verdade de que agora acabou, sente-se abatido e espoliado, entorpecido pelo desgosto. Para piorar as coisas, você passa com seus pais seu último dia em Nova York. Bud e Marge vêm até a cidade no seu carro grande a fim de obsequiar você e sua irmã com um almoço de despedida em família num restaurante caro no centro — e depois para o aeroporto, para os últimos beijos, os últimos abraços, as últimas despedidas. Sua mãe nervosa e entupida de remédios fala pouco durante a refeição, mas seu pai demonstra um bom humor fora do comum naquele dia. Trata você de *filho* a todo instante, em vez de dizer seu nome, e, apesar de você saber que ele não faz nada disso por mal, acha esse tique verbal incômodo, pois parece privá-lo de sua personalidade e transformá-lo num objeto, numa coisa. Não Adam, mas Filho, como em meu filho, minha criação, meu herdeiro. Bud diz que inveja você pela aventura que o aguarda em Paris, entendendo Paris como a capital das mulheres fáceis e das farras da madrugada (ha, ha, piscadas de olho), e, embora ele mesmo jamais tenha tido uma oportunidade dessas, jamais sequer tenha tido dinheiro para pagar uma faculdade, muito menos para passar um ano estudando num país estrangeiro, está claramente orgulhoso de si por ter se saído bem o bastante no terreno do dinheiro para poder bancar a viagem do seu rebento para a Europa, símbolo da boa vida, da vida dos ricos, um emblema do sucesso da classe média americana, da qual ele é um dos exemplos fulgurantes em Westfield, Nova Jersey. Você fica constrangido e suporta, luta para não perder a paciência, gostaria de estar sozinho com Gwyn. Como sempre, sua irmã está calma e contida, atenta às tensões subjacentes à ocasião, mas fingindo obstinadamente que não percebe nada. A caminho do aeroporto, vocês sentam juntos no banco de trás do carro. Ela segura sua mão e aperta com força, não solta durante todos os quarenta minutos do trajeto, mas essa é a única dica que ela dá do que está sentindo naquele dia horrível, um dia como nenhum outro, e de certo modo não é o suficiente, aquela mão apertando sua mão não é o suficiente, e daquele dia em diante você sabe que nada mais será o suficiente outra vez.

No portão de embarque, sua mãe passa o braço em volta de você e começa a chorar. Não consegue suportar a ideia de não ver você por um ano inteiro, diz, vai sentir saudade, vai ficar preocupada com você dia e noite, e, por favor, não se esqueça de comer direito, mande cartas, telefone se sentir saudade de casa, vou estar sempre pronta a atender você. Você a abraça com força e pensa: Minha pobre mãe, minha pobre e infeliz mãe, e lhe diz que tudo vai correr bem, mas você não tem a menor certeza disso e suas palavras carecem de convicção, pode ouvir a própria voz tremendo enquanto fala. Por cima do ombro da sua mãe, você vê seu pai observando você com aquele olhar distante, em suspenso, e você sabe que ele não tem a menor ideia do que você é, que você sempre foi um mistério para seu pai, uma pessoa além da compreensão, mas agora, uma vez na vida, você se sente de acordo com ele, pois a verdade é que você também não tem a menor ideia do que você é e, sim, até para você mesmo, você é uma pessoa além da compreensão.

Um último olhar para Gwyn. Há lágrimas nos olhos de sua irmã, mas você não sabe se são por sua causa ou por causa de sua mãe, se são uma expressão de sofrimento íntimo ou de compaixão pela mulher extenuada que estava chorando nos braços do filho. Agora que o fim chegou, você quer que Gwyn sofra tanto quanto você está sofrendo. A dor é a única coisa que mantém vocês juntos agora, e, a não ser que a dor dela seja tão grande quanto a sua, não restará nada do universo pequeno e perfeito que vocês habitaram durante o último mês. É impossível saber o que ela está pensando, e, como seus pais estão a menos de um metro de vocês, você não pode perguntar. Você abraça sua irmã e sussurra: Não quero ir. Você diz de novo: Não quero ir. E então você recua, se afasta dela, baixa a cabeça e vai embora.

III.

Uma semana depois de ler o texto de *Verão*, eu estava em Oakland, Califórnia, tocando a campainha da casa de Walker. Eu não tinha escrito nem telefonado para lhe dizer o que havia achado da segunda parte do seu livro, nem ele tinha escrito para me perguntar. Achei que era melhor evitar fazer comentários até estar com ele em pessoa, e, como o dia marcado para o jantar já estivesse se avizinhando no horizonte imediato, muito em breve eu teria a minha oportunidade. Não sabia explicar por que aquilo era tão importante para mim, mas queria que ele estivesse me olhando nos olhos quando eu dissesse que não tinha sentido nojo do que ele escrevera, que não achava brutal ou feio (para citar as palavras que ele mesmo usara) e que minha mulher, que agora já havia lido a primeira e a segunda parte do livro, achava a mesma coisa que eu. Foi esse o pequeno discurso que ensaiei na minha cabeça enquanto o táxi me levava pela ponte de San Francisco para Oakland, mas jamais consegui dizer o que eu queria dizer. Aconteceu que Walker tinha morrido vinte e quatro horas depois de me enviar seu manuscrito, e, na hora em que cheguei à porta da sua casa, suas cinzas já estavam debaixo da terra fazia três dias.

Foi Rebecca quem me contou isso, a mesma Rebecca de quem Adam me falara na segunda carta que recebi dele, sua enteada de trinta e cinco anos, uma mulher alta, de ombros largos, pele ligeiramente marrom, olhos penetrantes e um rosto bonito embora não convencional, que se referia ao marido branco de sua mãe não como seu padrasto, mas como seu pai. Fiquei contente ao vê-la usar aquela palavra, contente ao saber que Walker tinha sido capaz de inspirar aquele nível de amor e fidelidade numa filha que não era sua por nascimento. Aquela única palavra parecia me dizer tudo sobre o tipo de vida que ele construíra para si, naquela pequena casa em Oakland, com Sandra Williams e sua filha, que mais tarde se tornou filha dele e que, mesmo depois da morte da mãe, havia ficado com ele até o fim.

Rebecca me deu a notícia segundos depois de abrir a porta e me deixar entrar na casa. Eu não deveria ficar surpreso, mas fiquei. Apesar da debilidade e do medo que havia percebido na voz dele quando conversamos por telefone, apesar da minha certeza de que ele estava chegando ao fim, não pensei que fosse acontecer naquele momento, supus que ainda restaria algum tempo — tempo bastante para o nosso jantar, pelo menos, talvez até tempo bastante para ele terminar seu livro. Quando Rebecca pronunciou as palavras *Meu pai faleceu há seis dias*, me senti tão abalado, tão relutante em aceitar o caráter definitivo da sua frase, que uma repentina onda de tonteira subiu à minha cabeça e tive de perguntar a ela se eu podia sentar. Ela me conduziu a uma cadeira na sala, depois foi à cozinha pegar um copo de água. Quando voltou, pediu desculpas pela sua burrice, muito embora não houvesse nada que desculpar e ela não tivesse nada de burra.

Só faz uma hora que descobri que você e meu pai tinham planejado jantar esta noite, disse ela. Desde o enterro, eu tenho vindo à casa dele para arrumar suas coisas, e só às seis horas desta manhã passou pela minha cabecinha oca a ideia de abrir a agenda dele e ver se havia compromissos que eu devia cancelar. Quando vi o compromisso para as sete horas, imediatamente liguei para a sua casa no Brooklyn. Sua esposa me deu o telefone do seu hotel em San Francisco, mas, quando liguei para lá, disseram que você não estava no quarto. Imaginei que já estivesse a caminho para cá, por isso telefonei para meu marido, disse para ele dar comida às crianças e fiquei aqui, esperando que você aparecesse. Talvez você não saiba, mas tocou a campainha exatamente às sete horas.

Era essa a nossa combinação, disse eu. Prometi estar aqui às sete em ponto. Achei que seu pai ia ficar satisfeito com a minha pontualidade.

Tenho certeza de que ficaria, respondeu ela, com um toque de tristeza na voz.

Antes que eu pudesse dizer qualquer coisa, ela mudou de assunto e de novo pediu desculpas por algo que não precisava de desculpas. Eu estava pensando em telefonar para você nos próximos dias, disse. O seu nome está na lista, e lamento não ter chegado a ele antes. Papai tinha muitos amigos, uma tonelada. É tanta gente para entrar em contato, e além disso foi preciso cuidar do enterro, e mais um milhão de outras coisas para resolver, e acho que se pode dizer que eu estava um pouco assoberbada. Não é que eu esteja reclamando. É melhor mesmo a gente ficar bem ocupada numa hora dessas do que ficar parada se queixando, não acha? Mas na verdade lamento muito não ter tido tempo de entrar em contato com você mais cedo. Papai ficou tão contente quando você respondeu a carta dele no mês passado. Ele vivia falando de você, desde que eu me entendo por gente, tenho até a sensação de que conheci você a vida toda. O amigo dele na faculdade, aquele que conseguiu ganhar fama no mundo das pessoas importantes. É uma honra conhecer você, afinal. Não são as melhores circunstâncias, eu sei, mas estou contente de você estar aqui.

Eu também, disse eu, me sentindo um pouco mais calmo com a cadência da sua voz ressonante, tranquilizadora. Seu pai estava escrevendo uma coisa, continuei. Sabe algo a respeito?

Ele comentou comigo. Um livro chamado 1967.

Você leu?

Não.

Nem uma palavra?

Nem uma única letra. Meses atrás, ele me contou que, se morresse antes de terminar, queria que eu apagasse o texto do seu computador. Só apague e depois esqueça, disse ele, não tem importância nenhuma.

Então você apagou?

Claro que sim. É um pecado desobedecer ao desejo de um moribundo.

Ótimo, pensei. É ótimo que essa mulher não tenha posto os olhos no manuscrito de Walker. É ótimo que não tenha de saber o segredo do pai, que sem dúvida a teria magoado profundamente, a deixaria confusa, arrasada. Eu podia aceitar aquilo sem problemas porque não fazia parte da família de Walker. Mas imagine a filha dele tendo de ler aquelas cinquenta páginas. Inimaginável.

Estávamos sentados frente a frente na sala, cada um de nós plantado numa poltrona macia. Mobiliário mínimo, dois posters emoldurados na parede (Braque, Miró), outra parede coberta de livros do teto ao chão, um capacho de algodão no centro da sala e um quente crepúsculo da Califórnia pairando do lado de fora das janelas, amarelado e turvo: a vida modesta mas confortável a que Walker havia se referido em sua carta. Terminei de beber a água que Rebecca me deu e pus o copo na mesinha redonda e de pernas curtas que estava entre nós. Então eu disse: E a irmã de

Adam? Cheguei a conhecê-la um pouco nos anos 60 e muitas vezes fiquei imaginando como ela andaria.

Tia Gwyn. Ela mora lá no leste, por isso nunca cheguei a conhecê-la muito bem. Mas sempre gostei dela. Mulher generosa, engraçada, e ela e minha mãe se davam superbem, eram unidas demais. Ela veio para o enterro, é claro, ficou hospedada aqui mesmo na casa, e só foi embora hoje de manhã. A morte do meu pai a deixou muito abatida mesmo. Todos sabíamos que ele estava doente, todos sabíamos que não ia durar muito, mas ela não estava próxima no final, não viu como ele estava nos deixando devagar, e assim ela não esperava que acontecesse tão cedo. Chorou sem parar no enterro, sabe, ficou arrasada mesmo, e não parava de soluçar, e tudo o que eu podia fazer era abraçar a titia e fazer força para eu mesma não me entregar ao choro. Meu pequeno Adam, ela não parava de dizer. Meu pobre e pequeno Adam.

Pobre e pequena Gwyn.

Pobre e pequeno todo mundo, disse Rebecca, enquanto seus olhos de repente começaram a brilhar. Segundos depois, uma única lágrima desceu do seu olho esquerdo e escorreu pela bochecha, mas ela não se deu o trabalho de enxugar.

Ela é casada?

Com um arquiteto chamado Philip Tedesco.

Ouvi falar dele.

Sim, é muito conhecido. Estão casados há muito tempo e têm duas filhas já crescidas. Uma delas tem exatamente a minha idade.

Na última vez que vi Gwyn, ela era estudante de pós-graduação de literatura inglesa. Ela conseguiu tirar o Ph.D.?

Não tenho certeza. O que sei é que trabalha em editoras. É diretora de uma editora universitária na região de Boston. Uma editora grande, conhecida, mas agora não há jeito de eu me lembrar do nome. Droga. Talvez me lembre depois.

Não se preocupe. Não tem importância.

Sem refletir, pus a mão no bolso e tirei uma latinha de Schimmelpennincks, os charutinhos holandeses que fumo desde os vinte e poucos anos de idade. Na hora em que ia abrir a latinha, vi Rebecca olhando para mim e hesitei. Antes que eu pudesse perguntar se podia fumar dentro da casa, ela se levantou da cadeira e disse: Vou pegar um cinzeiro para você. Simples, cordial, uma das últimas americanas que não se incorporaram às tropas da polícia do tabaco. Em seguida, acrescentou: Acho que tem um no escritório do meu pai — e nesse momento bateu com a palma da mão na testa e resmungou, zangada: Puxa vida, não sei o que há de errado comigo hoje.

Algum problema?, indaguei, espantado de ver como ela havia ficado perturbada.

Tenho uma coisa para você, disse ela. Está na escrivaninha do meu pai, tinha me esquecido completamente, até este instante. Eu ia enviar para você pelo correio, mas aí, quando olhei a agenda e vi que você ia vir hoje à noite, disse a mim mesma que podia entregar pessoalmente. Mas juro, se eu não tivesse falado do escritório do meu pai, teria deixado você ir embora desta casa de mãos vazias. Acho que devo estar ficando senil.

Assim eu a acompanhei até o escritório, um cômodo de tamanho médio, no térreo, com uma escrivaninha de madeira, mais uma parede coberta de livros, fichários, um computador portátil e um telefone — menos uma miniatura de escritório de advogado do que um lugar para pensar, um vestígio da vida anterior de Walker como poeta. Um envelope de papel pardo de doze por trinta centímetros tinha sido colocado em cima do computador fechado. Rebecca apanhou o envelope e me entregou. Meu nome estava escrito na frente, em letras pretas, e logo abaixo do meu nome, em letras cursivas bem menores, li: Notas para *Outono*.

Papai me entregou este envelope dois dias antes de morrer, disse Rebecca. Deviam ser umas seis horas, porque recordo que vim direto do trabalho no hospital para cá para ver como ele estava. Ele disse que tinha falado com você por telefone duas horas antes, mais ou menos, e que se e quando, no caso de, não quero dizer nunca mais a palavra, no caso de ele você sabe o quê, eu deveria entregar isto aqui a você o mais depressa possível. Ele parecia tão debilitado... tão esgotado quando me disse isso, que logo percebi que não estava nada bem, que suas energias estavam começando a abandoná-lo. Foram estes seus dois últimos pedidos. Deletar o arquivo 1967 do seu computador e entregar o envelope a você. Aqui está ele. Não tenho a menor ideia do que significa Notas para *Outono*. Você tem?

Não, menti. A mínima ideia.

De volta ao meu quarto de hotel mais tarde naquela noite, abri o envelope e dali retirei uma carta breve, manuscrita, de Walker, além de trinta e uma páginas em espaço simples de notas que ele havia digitado em seu computador e depois imprimira para mim. A carta dizia o seguinte:

Cinco minutos depois de nossa conversa pelo telefone. A mais profunda gratidão pelo incentivo. Amanhã de manhã, a primeira coisa que vou fazer é pedir à minha empregada que mande para você o segundo capítulo pelo serviço expresso. Se você achar repugnante, o que eu receio que vá acontecer, aceite, por favor, minhas desculpas. Quanto às páginas deste envelope, você verá que são um esboço da terceira parte. Escritas em grande afobação — estilo telegráfico —, mas trabalhar depressa ajudou a fazer voltar as lembranças, uma enxurrada de lembranças, e, agora que o esboço está terminado, não sei se tenho capacidade de transformá-lo numa prosa adequada. Estou me sentindo exausto, assustado, talvez um pouco demente. Vou colocar o texto impresso num envelope e entregar à minha filha, que vai mandar para você no caso de eu não aguentar até o nosso famoso e tão falado jantar. Tão fraco, restou tão pouco, o tempo está escoando. Vou ser espoliado de minha velhice. Tento não ficar amargurado por causa disso, mas às vezes não consigo evitar. A vida é uma merda, eu sei, mas a única coisa que quero é mais vida, mais anos desta Terra desolada. Quanto às páginas anexas, faça com elas o que bem entender. Você é um companheiro, o melhor dos homens, e confio em seu julgamento acima de tudo. Deseje-me sorte em minha jornada. Com amor, Adam.

Ler aquela carta me encheu de uma tristeza imensa, incalculável. Horas antes, Rebecca havia me abalado com a notícia de que Walker morrera, e agora lá estava ele falando comigo outra vez, um morto que falava comigo, e eu tinha a sensação de que, contanto que eu segurasse a carta em minha mão, contanto que as palavras da carta continuassem diante dos meus olhos, seria como se ele tivesse ressuscitado, como se tivesse voltado à vida momentaneamente, nas palavras que escrevera para mim. Uma reação estranha, talvez, sem dúvida uma reação embaraçosamente tola, mas eu estava perturbado demais para censurar as emoções que me atravessavam e assim li a carta mais seis ou sete vezes, dez vezes, doze vezes, o número de vezes suficiente para aprender de cor todas as palavras, antes de tomar coragem para jogar a carta fora.

Fui até o frigobar, entornei duas garrafinhas pequenas de uísque num copo alto e depois voltei para a cama, onde fiquei com uma sinopse da terceira e última parte do livro de Walker. Telegráfico. Nenhuma frase completa. Do início ao fim, escrito desse modo. Vai à loja. Pega no sono. Acende um cigarro. Dessa vez, na terceira pessoa. Terceira pessoa, tempo presente, e assim resolvi seguir sua orientação e apresentar seu relato exatamente dessa forma — terceira pessoa, tempo presente. *Quanto às páginas anexas, faça com elas o que bem entender.* Ele me deu sua autorização, e não creio que transformar em períodos plenamente desenvolvidos suas anotações cifradas em código Morse constitua algum tipo de traição. Apesar de meu envolvimento editorial com o texto, no sentido mais profundo e mais verdadeiro do que significa contar uma história, todas as palavras de *Outono* foram escritas pelo próprio Walker.

OUTONO

Walker chega a Paris um mês antes da data marcada para o início de suas aulas. Já rejeitou a ideia de dormir num alojamento de estudantes, e assim precisa conseguir um lugar para ficar. Na primeira manhã depois de atravessar o Atlântico, volta ao hotel onde se hospedou por algumas semanas durante sua primeira visita a Paris, dois anos antes. Planeja usar o local como base de operações, enquanto procura um alojamento melhor em outra parte, mas o gerente meio embriagado, com uma barba de dois dias, se recorda da primeira visita dele e, quando Walker menciona que vai ficar um ano inteiro em Paris, o homem lhe oferece um aluguel mensal que acaba saindo por menos de dois dólares por noite. Nada é caro na Paris de 1967, mas mesmo pelos padrões da época esse é um aluguel extremamente baixo, quase um ato de caridade, e Walker resolve impulsivamente aceitar a oferta do sujeito. Apertam as mãos selando o acordo, e depois o gerente o leva ao quarto dos fundos para tomarem uma taça de vinho. São dez horas da manhã. Quando Walker põe a taça na boca e toma o primeiro gole do acre *vin ordinaire*, diz consigo: Adeus, Estados Unidos. Para o bem ou para o mal, agora você está em Paris. Não se deixe abalar.

O Hôtel du Sud é um estabelecimento decadente na Rue Mazarine, no VI Arrondissement, não distante da estação do metrô de Odéon, no Boulevard Saint-Germain. Nos Estados Unidos, um prédio em tal estado de precariedade seria condenado à demolição, mas isto não é os Estados Unidos e o pardieiro caindo aos pedaços onde Walker reside agora é, no entanto, uma construção histórica, erguida no século XVII, pensa ele, talvez ainda antes, o que significa que, apesar de seu estrago e deterioração, apesar dos degraus rachados e gastos da combalida escadaria circular, sua nova pousada não deixa de ter seu charme. Está certo, seu quarto é uma zona de calamidade, com um papel de parede quebradiço e todo descascado e com tábuas do assoalho rachadas, a cama é uma arcaica engenhoca de molas com um colchão embutido e travesseiros duros feito pedra, a escrivaninha balança, a cadeira da escrivaninha é a menos confortável que existe em toda a Europa, e tem uma porta faltando no armário, mas, deixando de lado essas desvantagens, o quarto é bastante espaçoso, a luz entra através de duas janelas duplas, e não se ouve nenhum ruído da rua. Quando o gerente abre a porta e o deixa sozinho pela primeira vez, Walker na mesma hora sente que ali vai ser um bom lugar para escrever poemas. A longo prazo, essa é a única coisa que conta. É o tipo de quarto talhado para os poetas trabalharem, o tipo de quarto que ameaça derrubar o nosso ânimo e nos obriga a uma batalha incessante contra nós mesmos, e, quando Walker põe sua mala e sua máquina de escrever perto do pé da cama, promete nunca passar menos de quatro horas por dia escrevendo, promete dedicar-se à sua obra com mais afinco e concentração do que antes. Não importa que não exista telefone, que o banheiro seja compartilhado e fique no fim do corredor da área comum, que não haja chuveiro ou banheira em parte alguma, que tudo ao seu redor seja velho. Walker é jovem, e esse é o quarto onde ele pretende se reinventar.

Há assuntos da universidade para ele tratar, o tédio das reuniões com o diretor do Programa Um Ano de Estudos no Exterior, para alunos do penúltimo ano da faculdade, a seleção de cursos, o preenchimento dos formulários, o comparecimento obrigatório a um almoço para reunir-se aos outros estudantes que vão passar um ano em Paris. Há só seis estudantes (três garotas da universidade de Barnard e dois rapazes da universidade Columbia), e, embora todos eles se mostrem sérios e amigáveis, extremamente dispostos a aceitá-lo como membro da gangue, Walker resolve que vai se relacionar com eles o mínimo possível. Não tem nenhuma inclinação para ser parte de um grupo e seguramente não quer perder seu tempo falando inglês. Todo o seu propósito de ir a Paris se resume em aprimorar seu francês. Para isso, o tímido e reticente Walker vai ter de tomar coragem para fazer contato com os nativos.

Num impulso, decide ligar para os pais de Margot. Recorda que os Jouffroy moram na Rue de l'Université, no VII Arrondissement, nem tão longe assim do seu hotel, e espera que possam lhe dizer onde pode encontrá-la. Por que ele queria ver Margot outra vez é uma coisa difícil de responder, mas por ora Walker nem se dá o trabalho de fazer tal pergunta. Está em Paris há seis dias, e a verdade é que está começando a sentir-se um pouco solitário. Em vez de renegar seu plano de não confraternizar com seus colegas americanos, ele se aferra firmemente a si mesmo, passa todas as manhãs em seu quarto, se planta em sua escrivaninha oscilante e escreve e reescreve seus poemas mais recentes, e depois, quando a fome o leva para baixo, na rua, a fim de procurar comida (na maioria das vezes numa cafeteria de estudantes na esquina da Rue Mazet, onde pode comprar por dois francos um almoço sem gosto mas que mata a fome), ele consome o resto da luz do dia caminhando sem rumo pela cidade, folheando livros em livrarias, lendo em bancos de parques, atento ao mundo à sua volta mas ainda não imerso nele, ainda tateando seu caminho, não infeliz, não, mas um pouco murcho por causa da solidão constante. Fora Born, Margot é a única pessoa em toda Paris com quem ele já compartilhou algo no passado. Se Margot e Born estiverem juntos outra vez, ele deve evitá-la, e fará isso, mas, se acontecer de estarem separados de fato, se o rompimento tiver continuado de verdade ao longo dos últimos três meses e pouco, então que mal pode haver se Walker se encontrar com Margot para uma inocente xícara de café? Ele duvida que ela tenha o menor interesse em renovar as relações físicas com ele, mas, se Margot tiver interesse, ele vai receber muito bem a oportunidade de dormir com ela outra vez. Afinal, foi a afoita e impetuosa Margot que desencadeou dentro dele o redemoinho erótico que o levou ao furor do último verão. Ele está seguro dessa relação. Sem a influência de Margot, sem o corpo de Margot para instruí-lo nas intricadas engrenagens do seu próprio coração, a história com Gwyn jamais seria possível. Margot, a destemida, Margot, a silenciosa, Margot, o enigma. Sim, ele quer muito voltar a vê-la, mesmo que só para uma inocente xícara de café.

 Ele caminha até o café na esquina, compra um *jeton* de telefone com o garçom e em seguida vai para o térreo procurar o número do telefone dos Jouffroy no catálogo. Está ansioso quando atendem o telefone logo no primeiro toque — depois fica chocado quando entende que a pessoa no outro lado da linha é a própria Margot.

 Walker insiste em travar a conversa em francês. Na primavera anterior, os dois falaram um com o outro em francês algumas vezes, mas em geral se comunicavam em inglês, e, ainda que Margot seja uma pessoa de poucas palavras, Walker sabe que ela consegue se exprimir mais comodamente em seu idioma natal. Agora que está em Paris, ele quer devolver a Margot o seu caráter francês, imaginando que ela talvez possa revelar-se uma pessoa diferente no próprio país e na própria língua. A Margot verdadeira, digamos assim, à vontade na cidade onde nasceu, e não uma visitante hostil e desafeiçoada, encalhada num Estados Unidos que ela mal conseguia suportar.

Os dois percorrem a corriqueira litania de perguntas e respostas. Mas que diabo ele está fazendo em Paris? Como vão as coisas? Foi por acaso que ela atendeu o telefone ou tinha ido morar com os pais? O que ela está fazendo agora? Tem tempo para ir com ele tomar uma xícara de café? Ela hesita por um momento e depois o surpreende, respondendo: Por que não? Combinam se encontrar no La Palette dali a uma hora.

São quatro horas da tarde, e Walker chega primeiro, dez minutos adiantado. Pede uma xícara de café e depois fica sentado por meia hora, cada vez mais convencido de que ela vai dar o bolo nele, mas, quando está quase para ir embora, Margot entra. Move-se naquele seu jeito vagaroso, distraído, o palpitar de um sorriso separa seus lábios, ela o beija cordialmente nas duas faces e se acomoda na cadeira em frente a ele. Não pede desculpas pelo atraso. Margot não é uma pessoa que faça esse tipo de coisa, nem ele espera isso de Margot, jamais sonharia em lhe pedir que obedecesse às regras de outra pessoa.

En français, alors?, diz ela.

Sim, responde ele em francês. É por isso que estou aqui. Para praticar meu francês. Como você é a única pessoa francesa que conheço, eu gostaria muito de poder praticar com você.

Ah, então é isso. Quer me usar para aprimorar sua educação.

De certo modo, sim. Mas falar é só uma parte da história. Quer dizer, não temos de ficar falando o tempo todo, se você não quiser.

Margot sorri, depois muda de assunto, pedindo um cigarro. Quando acende o Gauloise para ela, Walker olha para Margot e de súbito compreende que jamais vai conseguir separá-la de Born em sua mente. É uma descoberta grotesca, que esmaga totalmente o tom sedutor e divertido que estava tentando adotar. Foi tolice telefonar para Margot, diz Walker consigo, foi tolice achar que poderia convencer Margot a ir para a cama de novo com ele agindo como se os horrores da primavera nunca tivessem acontecido. Mesmo que Margot não faça mais parte da vida de Born, está presa a Born na memória de Walker, e olhar para ela não é nada diferente de olhar para o próprio Born. Incapaz de se segurar, Walker começa logo contando para ela a caminhada pela Riverside Drive naquela noite de maio, depois que ela havia partido de Nova York. Descreve-lhe a facada. Conta à queima-roupa que Born é, sem a menor dúvida, o assassino de Cedric Williams.

Ele observa com atenção o rosto de Margot enquanto reconta os detalhes horripilantes daquela noite e dos dias que se seguiram, e por um momento ela lhe parece um ser humano normal, uma criatura viva e irmã, com uma consciência e uma capacidade de sentir dor, e, apesar de sua afeição por Margot, Walker descobre que gosta de golpeá-la desse modo, de feri-la desse modo, destruindo sua fé no homem com quem viveu durante dois anos, um homem a quem supostamente ela amou. Margot agora está chorando. Walker se pergunta se está fazendo isso por causa da maneira como ela o tratou em Nova York. Será essa a sua vingança por ter sido dispensado sem aviso logo no início do seu relacionamento? Não, ele acha que não. Está falando com ela porque compreende que não consegue mais olhar para ela sem ver Born, e assim essa é a última vez que vai ver Margot, e Walker quer que ela saiba a verdade, antes que cada um siga seu caminho. Quando ele termina de contar a história, ela se levanta da mesa e corre na direção do banheiro.

Walker não tem certeza de que ela vá voltar. Margot levou sua bolsa para o banheiro feminino, e, como o tempo lá fora está quente e ameno, ela não estava de casaco nem de jaqueta quando entrou no café, o que significa que nenhum casaco ou jaqueta ficou pendurado nas costas de sua cadeira. Walker resolve dar a ela quinze minutos e, se Margot não voltar para a mesa nesse prazo, ele vai se levantar e ir embora. Enquanto isso, pede ao garçom mais uma bebida. Não, não um café dessa vez, diz ele. Traga uma cerveja.

Margot demora menos de dez minutos. Quando ela senta em sua cadeira outra vez, Walker percebe o inchaço em torno das pálpebras, o brilho vidrado nos olhos, mas sua maquiagem está intacta e suas faces não estão mais borradas de rímel. Ele pensa: o rímel de Gwyn na noite do aniversário de Andy; o rímel de Margot numa tarde de setembro em Paris; o rímel do choro da morte.

Desculpe, diz ela com voz abatida. Essas coisas que você me contou... eu não... não sei mais o que pensar.

Mas você acredita em mim, não é?

Sim, acredito em você. Ninguém jamais inventaria uma coisa dessas.

Desculpe. Não queria perturbar você, mas achei que devia saber o que aconteceu — para o caso de sentir-se tentada a voltar para ele.

O estranho é que não estou surpresa...

Born já bateu em você?

Só uma vez. Um tapa na cara. Um tapa furioso, com força, bem na cara.

Só uma vez?

Só uma vez. Mas há violência dentro dele. Por baixo de todo o charme e das tiradas espirituosas, existe uma fúria real, uma violência real. Detesto ter de admitir isso agora, mas acho que isso me excitava. Nunca saber se podia confiar nele ou não, nunca saber o que ele ia fazer em seguida. Só me bateu uma vez, mas se meteu em algumas brigas durante o tempo em que estive-

mos juntos, brigas com outros homens. Você viu como ele se enfurece. Sabe como ele fica quando se embriaga. Acho que isso remonta aos seus tempos de serviço militar, da guerra, as coisas terríveis que fez durante a guerra. Torturar prisioneiros. Uma vez ele me confessou que torturou prisioneiros na Argélia. Negou isso no dia seguinte, mas não acreditei, embora tenha fingido acreditar. A primeira versão era a verdadeira, sei disso.
 E a faca que ele leva no bolso? Isso não assustava você?
 Eu aceito as pessoas como elas são, Adam. Não faço um monte de perguntas. Se ele quisesse andar com uma faca, para mim isso era um problema dele. Born dizia que o mundo era muito perigoso e que um homem tinha de poder se defender. Depois do que aconteceu com você naquela noite em Nova York, ninguém pode tirar a razão dele, não é?
 Minha irmã tem uma teoria. Não sei se é uma boa teoria, mas ela acha que Born veio conversar comigo na festa porque sentiu uma atração sexual. Uma atração homoerótica, como ela diz. O que você acha? Tem alguma coisa a ver?
 É possível. Tudo é possível.
 Alguma vez ele disse a você que se sentia atraído por homens?
 Não. Mas isso também não quer dizer nada. Não tenho condições de lhe dizer o que ele fez na vida antes de eu ir morar com ele. Não posso nem garantir todas as coisas que ele fez enquanto estivemos juntos. Quem sabe quais são os desejos secretos de uma pessoa? A menos que a pessoa aja conforme seus desejos ou fale sobre seus desejos, a gente não pode ter nenhuma pista. A única coisa que posso dizer é aquilo que vi com meus próprios olhos — e o que vi foi o seguinte. Bem no início do nosso relacionamento, Rudolf e eu tivemos uma transa a três, com outro homem. Foi ideia minha. Rudolf levou a ideia adiante para me agradar, para provar que estava disposto a fazer qualquer coisa que eu pedisse. O outro homem era um velho

amigo meu, alguém com quem eu havia dormido antes, um cara extremamente bonito. Se Rudolf se sentisse atraído, teria beijado esse homem, não é? Teria pegado o pau dele e chupado. Mas não fez nada disso. Gostou de me ver transando com François, eu pude ver que ficou muito excitado quando viu o pau de François entrar em mim, mas não tocou nele de forma sexual. Isso prova alguma coisa? Não sei. Tudo o que posso dizer é que, quando vimos você na festa em Nova York, eu disse a Rudolf que você era um dos rapazes mais bonitos que eu já tinha visto. Ele concordou comigo. Disse que você parecia um Adônis atormentado, Lorde Byron à beira de um ataque de nervos. Isso significa que ele se sentiu atraído por você? Talvez sim, talvez não. Você é um caso especial, Adam, e o que torna você especial é que você não tem a menor ideia do efeito que produz nos outros. Para mim, parece perfeitamente plausível que um homem heterossexual fique a fim de você. Talvez isso tenha acontecido com Rudolf. Mas não posso ter certeza, porque, se ele ficou mesmo a fim de você, o fato é que nunca me disse nenhuma palavra sobre o assunto.

Ele vai se casar. Sabia disso? Ao menos foi o que me contou, na última vez que o vi.

Sim, eu sei. Sei tudo sobre o assunto. Foi o meu visto de saída do caso. Adeus à prostituta traidora Margot, saudações à angélica Hélène Juin.

Você parece amargurada...

Não, nem um pouco. Confusa. Eu a conheço, entende, conheço há muito tempo, e essa história simplesmente não faz nenhum sentido para mim. Hélène deve ser cinco ou seis anos mais velha que Rudolf, tem uma filha de dezoito anos, e tudo o que posso dizer sobre ela é que é muito chata, muito banal, muito convencional. Uma pessoa educada, é claro, uma pessoa burguesa, educada e trabalhadora, com uma história de vida trágica, mas não entendo o que ele pode ver nela. O maluco do Rudolf vai ficar pirado de vez de tanto tédio.

Ele me disse que a amava.

Provavelmente ama. Mas isso não quer dizer que deva casar com ela.

História de vida trágica. Algo a ver com o primeiro marido, certo? Não entendi nada do que ele me disse.

Juin é um amigo íntimo de Rudolf. Seis ou sete anos atrás, ele sofreu um grave acidente de carro. Ficou todo quebrado, fratura no crânio, todo tipo de lesão interna, mas de algum jeito conseguiu sobreviver. Ou quase sobreviver. Está em coma desde então, mais ou menos em morte cerebral, respira e vive com ajuda de aparelhos num hospital. Durante anos, Hélène se recusou a abandonar a esperança, até que afinal seus amigos e sua família a convenceram a pedir divórcio. Quando o processo chegar ao fim, na primavera que vem, ela estará livre para casar de novo. Bom para ela, mas a última pessoa com quem imaginei que ela ia casar era Rudolf. Já compareci a pelo menos uma dúzia de jantares com os dois e nunca percebi nenhum sentimento forte, nem da parte dele nem da parte dela. Amizade, sim, mas nenhuma... nenhuma... qual é a palavra que estou procurando?

Centelha.

É. Nenhuma centelha.

Ainda tem saudade dele, não é?

Não mais. Não depois do que você me contou hoje.

Mas tinha.

Tinha. Não queria, mas tinha.

O homem é um louco, você sabe.

Certo. Mas qual é a lei que diz que não se pode amar um louco?

Os dois ficam em silêncio depois disso, sem encontrar outras palavras para dizer, outros pensamentos. Margot olha para o relógio de pulso, e Walker imagina que ela vai dizer que está atrasada para outro compromisso, que tem de ir embora depressa. Em vez disso, pergunta se ele tem planos para o jantar nessa noite e, se não tiver, se ele não gostaria de ir a um restaurante com ela? Margot conhece um bom restaurante na Rue des Grands Augustins e terá prazer de pagar a conta, no caso de ele estar curto de grana. Walker quer dizer a ela que não vai ser possível, que ele acha que não pode mais vê-la, que acredita que eles têm de pôr fim em sua amizade, mas não consegue ter força para dizer essas palavras. Também está solitário demais para recusar o convite, mentalmente enfraquecido demais para dar as costas para a única pessoa que conhece em Paris. Sim, diz ele, gostaria muito de ir jantar com ela, mas ainda é cedo, não são nem seis horas, e nesse intervalo o que é que eles vão fazer? Qualquer coisa que quiser, responde Margot, o que significa literalmente qualquer coisa que ele quiser, e, como o que ele mais quer é ir para a cama com ela, sugere que os dois deem um pulo no seu hotel na Rue Mazarine para ele lhe mostrar sua toca, o seu quarto ridiculamente feio. Como os pensamentos sobre sexo nunca estão distantes da mente de Margot, ela logo compreende as intenções de Walker, em seguida trata de mostrar essa compreensão por meio de um pequeno sorriso para ele.

Não fui muito gentil com você em Nova York, não é?, diz ela.

Foi extremamente gentil comigo. Ao menos por um tempo. Mas depois não, não foi muito gentil.

Desculpe, magoei você. Era uma época difícil para mim. Não sabia o que estava fazendo, e então, de uma hora para outra, a única coisa que eu queria era ir embora de Nova York. Tente não guardar rancor de mim por causa disso.

Não guardo nenhum rancor. Confesso que fiquei zangado por algumas semanas, mas não durou mais do que isso. Faz muito tempo que parei de condenar você.

Podemos ser amigos agora, não podemos?
Espero que sim.
Nada muito intenso, por favor. Não todos os minutos, não todos os dias. Não estou pronta para isso. Não tenho certeza de que algum dia estarei pronta para isso outra vez. Mas podemos cuidar um do outro um pouquinho. Pode ser bom para nós dois.

Enquanto seguem para o hotel, Walker sente que a mulher a seu lado não é mais a mesma Margot que conheceu em Nova York, na primavera passada. Ele estava certo quando imaginou que ela seria um pouco diferente falando sua própria língua e em sua própria cidade após a separação de Born, e depois da conversa no café Walker não pode deixar de concluir que ela está mais direta, mais articulada, mais vulnerável do que ele havia imaginado anteriormente. Porém, mesmo enquanto ele vai prevendo sua chegada iminente ao hotel — a subida das escadas circulares, a chave entrando na fechadura da porta, a queda das roupas de Margot, a visão de seu pequeno corpo nu, a sensação do corpo dela contra o seu —, Walker se pergunta se não cometeu um erro colossal.

A princípio, as coisas não funcionam direito. Margot não diz nada sobre o quarto, porque é educada demais, ou indiferente demais, para se dar o trabalho de tocar no assunto, mas Walker não pode deixar de ver aquilo nos olhos dela e fica dominado pelo constrangimento, consternado consigo mesmo por ter arrastado Margot para um lugar tão cafona, tão deprimente. Isso o deixa num estado de ânimo abatido, e, quando os dois sentam na cama e começam a se beijar, ele se sente ausente, assustadoramente alheio. Margot recua e pergunta se há algo errado. Não fique cheio de esquisitices comigo, Adam, diz. Isto aqui é para ser uma coisa divertida, lembra?

Ele não pode dizer a ela que está pensando em Gwyn, que, no momento em que suas bocas se tocaram, ele foi dominado pela recordação da última vez que sua boca tocou a boca de sua irmã, e, enquanto luta para beijar Margot agora, o único pensamento em sua mente é que ele nunca mais vai ser capaz de abraçar sua irmã desse jeito.

Não sei o que há comigo, diz ele. Eu me sinto tão triste... uma tristeza grande pra cacete.

Talvez seja melhor eu ir embora, diz Margot, e dá umas palmadinhas delicadas em suas costas. Sexo não é uma coisa compulsória, afinal. Podemos tentar num outro dia.

Não, não vá embora. Não quero que vá embora. Só me dê um tempinho. Vou ficar bem daqui a pouco, prometo.

Margot lhe dá um tempo, e no fim ele começa a sair do seu estupor melancólico, talvez não completamente, mas o bastante para sentir-se excitado quando ela se desfaz de seu vestido e ele põe os braços em volta de sua pele nua, o bastante para fazer amor com ela, o bastante para fazer amor com ela duas vezes, e na pausa entre as cópulas, enquanto bebem vinho tinto no gargalo da garrafa que ele trouxe para o quarto mais cedo nesse mesmo dia, Margot o excita mais ainda com histórias minuciosas de seus encontros sexuais com outras mulheres, sua paixão por tocar e beijar peitos grandes (porque os dela são muito pequenos), por lamber e acariciar o púbis das mulheres, por enfiar a língua bem fundo no cu das mulheres, e, embora Walker não possa dizer se tais histórias são verdadeiras ou apenas uma invenção para deixá-lo de pau duro de novo para eles transarem pela segunda vez, ele curte ficar ouvindo essas histórias de sacanagem, assim como curtia ouvir as sacanagens que Gwyn dizia no apartamento na rua 107 Oeste. Ele se pergunta se as palavras não são um elemento essencial do sexo, se falar não é afinal um modo mais sutil de tocar, e se as imagens que dançam em nossas cabeças não são tão importantes quanto os corpos que seguramos em nossos braços. Margot lhe diz que o sexo é a única coisa que conta na vida para ela, que, se não pudesse fazer sexo, ela na certa iria se matar para fugir ao tédio e à monotonia de ficar aprisionada dentro da própria pele. Walker não diz nada, mas, quando goza dentro dela pela segunda vez, se dá conta de que tem a mesma opinião. É louco por sexo. Mesmo sob as garras do desespero mais esmagador, ele é louco por sexo. O sexo é o senhor e o redentor, a única salvação na Terra.

Acabam não indo a restaurante nenhum. Depois que terminam a garrafa de vinho, os dois pegam no sono e esquecem o jantar. De manhã cedo, pouco antes do raiar do dia, Walker abre os olhos e descobre que está sozinho na cama. Há uma folha de papel em cima do travesseiro a seu lado, um bilhete de Margot: *Desculpe. A cama era desconfortável demais. Ligue para mim semana que vem.*

Ele se pergunta se vai ter coragem de ligar. Depois, vendo melhor as coisas, se pergunta se vai ter coragem de não ligar, se consegue resistir à vontade de ver Margot de novo.

Dois dias depois, está sentado num café ao ar livre na Place Saint-André des Arts, tomando conta de um copo de cerveja e escrevendo num caderninho. São seis horas da tarde, fim de mais um dia de trabalho, e, agora que Walker começou a entrar no ritmo de Paris, ele compreende que essa é provavelmente a hora mais inspiradora da cidade, a transição do trabalho para casa, as ruas repletas de homens e mulheres que voltam correndo para suas famílias, seus amigos, suas vidas solitárias, e ele curte ficar ao ar livre com elas, rodeado pela vasta respiração coletiva que enche o ar. Acabou de escrever uma carta curta para os pais e uma carta longa para Gwyn, e agora está tentando escrever algo coerente sobre a obra de George Oppen, um poeta americano contemporâneo a quem admira muito. Copia estes versos do livro mais recente de Oppen, *Isto em que*:

Impossível duvidar do mundo: ele pode ser visto
E como é irrevogável

Não pode ser compreendido, e acredito que um fato é letal.

Ele está prestes a lançar no papel alguns comentários sobre esse trecho, mas, antes que escreva, uma sombra cobre a página do caderno. Ele ergue os olhos, e ali, bem na sua frente, está Rudolf Born. Antes que Walker possa dizer ou fazer qualquer coisa, o futuro marido de Hélène Juin senta-se na cadeira vazia a seu lado. A pulsação de Walker dispara. Ele fica sem fôlego, sem voz. Não era para acontecer isso, diz consigo. Quando eles se encontrassem, se viessem a se encontrar, era ele quem ia cortar o caminho de Born, e não o contrário. Ele viria descendo por uma rua repleta de gente, numa posição em que poderia esquivar-se de seus olhos e passar despercebido. Era assim que Walker sempre via a cena em sua cabeça, e agora ele é apanhado desprevenido, indefeso, sentado no seu reles traseiro cretino, preso numa armadilha, sem poder fingir que Born não está ali.

O terno branco se foi, substituído por um paletó creme, com uma echarpe de seda em volta do pescoço, um acessório estampado, verde e azul, sem dúvida com o propósito de contrabalançar o azul-claro da camisa — sempre o mesmo dândi meio amarrotado, pensa Walker, com o mesmo sorriso sarcástico de outrora.

Ora, ora, diz Born, com falso bom humor, pronunciando as palavras de modo a enfatizar sua falsidade. Nós nos encontramos de novo, Walker. Que surpresa agradável.

Walker sabe que vai ter de falar com ele, mas por enquanto não consegue arrancar nenhuma palavra de sua boca.

Eu estava com esperança de encontrá-lo, continua Born. Paris é uma cidade tão pequena, tinha de acontecer, mais cedo ou mais tarde.

Quem contou que eu estava aqui?, pergunta Walker, afinal. Margot?

Margot? Faz meses que não falo com Margot. Eu nem sabia que ela estava na cidade.

Então quem foi?

Você esqueceu que dei aula na universidade Columbia? Tenho conhecidos em Columbia, e o diretor do seu programa por acaso é amigo meu. Jantei com ele outra noite, e foi ele quem me contou. Disse que você estava morando em algum pulgueiro na Rue Mazarine. Por que não vai para o Reid Hall? Os quartos talvez não sejam tão grandes como lá, mas ao menos não são tão apinhados de percevejos.

Walker não tem a menor vontade de discutir suas condições de moradia com Born, o menor interesse em gastar seu fôlego com conversa fiada. Ignorando a pergunta, diz: Não esqueci, você sabe. Ainda penso nisso o tempo todo.

Pensa em quê?

No que você fez com aquele rapaz.

Não fiz nada com ele.

Por favor...

Um golpe, foi só isso. Você estava lá. Viu o que aconteceu. Ele ia atirar em nós dois. Se eu não tivesse atacado primeiro, nós dois teríamos morrido.

Mas a arma não estava carregada.

Isso nós não sabíamos, não é? Ele disse que ia atirar, e, quando alguém aponta uma arma para mim e diz que vai atirar, eu parto do princípio de que é verdade.

Mas e quanto ao parque? Mais de doze facadas depois da primeira. Por que diabo você fez aquilo?

Não fiz. Sei que não vai acreditar em mim, mas não tenho nada a ver com o caso. Sim, eu o levei para o parque depois que você se afastou, mas, quando cheguei lá, ele já estava morto. Por que eu iria esfaquear alguém que já estava morto? O que eu queria era ir embora dali o mais depressa possível.
 Então quem fez aquilo?
 Não tenho a menor ideia. Uma pessoa doente. Um demônio da noite. Nova York é um lugar sinistro, afinal. Pode ter sido qualquer um.
 Falei com a polícia, você sabe. Apesar do seu aviso nem um pouco sutil.
 Imaginei que faria isso. Por esse motivo fui embora tão às pressas.
 Se era inocente, por que não ficou e se defendeu num julgamento?
 Para quê? No fim iriam me absolver, e eu não podia perder todo o tempo que um julgamento ia tomar para eu me defender. O garoto merecia morrer. O garoto morreu. Ponto.
 Então, nenhum remorso.
 Nenhum remorso. Nem sombra. Também não condeno você por se voltar contra mim e procurar a polícia. Você fez o que achou certo. Equivocadamente, é claro, mas isso é problema seu, não meu. Salvei sua vida, Adam. Lembre-se disso. Se a arma estivesse carregada, você estaria me agradecendo pelo que fiz. O fato de não estar carregada não muda nada na verdade, não é? E, como pensávamos que estava carregada, para todos os efeitos estava carregada.
 Walker está disposto a aceitar o argumento, mas ainda resta a questão do parque, a questão de como e quando o garoto morreu, e ele não tem nenhuma dúvida de que a versão de Born é falsa — pela simples razão de que não poderia acontecer tão depressa. Uma só facada na barriga pode levar à morte, mas ine-

vitavelmente é uma morte lenta e demorada, o que significa que Williams devia estar vivo quando Born chegou ao parque e, portanto, as facadas adicionais que terminaram por matar o rapaz foram infligidas pelo próprio Born. Nada a não ser isso faz algum sentido. Por que outra pessoa se daria o trabalho de esfaquear mais de doze vezes um adolescente morto? Se Williams ainda estava respirando quando Born foi embora do parque, seria possível defender a ideia de que houve um segundo agressor — hipótese remota mas possível —, porém apenas se o objetivo fosse roubar o dinheiro do rapaz, e a polícia contou para Walker, ainda na primavera, que não tinha havido nenhum roubo. Acharam a carteira do rapaz em seu bolso e dezesseis dólares intactos estavam dentro dela, o que elimina o roubo como motivo para o crime. *Por que eu iria esfaquear alguém que já estava morto?* Porque ele ainda não estava morto e você continuou cravando a faca nele até ter a certeza de que estava morto, e então, mesmo depois de ter terminado o serviço, continuou esfaqueando porque estava dominado pela raiva, porque estava meio enlouquecido e gostava do que estava fazendo.

Não quero mais falar sobre isso, diz Walker, enfiando a mão no bolso e pegando algumas moedas para pagar a cerveja. Tenho de ir embora.

Fique à vontade, retruca Born. Eu tinha esperança de que poderíamos fazer as pazes e ser amigos outra vez. Até me passou pela cabeça a ideia de que você gostaria de conhecer a filha de minha futura mulher. Cécile é uma garota linda e inteligente de dezoito anos — estudante de literatura, excelente pianista, o tipo exato de pessoa que lhe interessaria.

Não, obrigado, diz Walker, e se levanta da mesa. Não preciso de você para ser meu casamenteiro. Já fez isso uma vez, lembra?

Bem, se algum dia mudar de ideia, me telefone. Vou ficar feliz de apresentar vocês dois.

A essa altura, no momento em que Walker está se virando para ir embora, Born enfia a mão no bolso do peito do seu paletó creme e tira um cartão de apresentação com seu endereço e telefone. Tome aqui, diz, entregando o cartão a Walker. Todas as minhas coordenadas. No caso de haver necessidade. Por um rápido momento, Walker fica tentado a rasgar o cartão e jogar os pedacinhos no chão — da mesma forma que rasgou o cheque em Nova York na primavera anterior —, mas resolve que não vai fazer isso, não quer se rebaixar com um insulto tão vulgar e rasteiro. Enfia o cartão no bolso e dá adeus. Born faz um aceno de cabeça, mas não diz nada. Enquanto Walker vai embora, o sol dispara no céu e explode em cem mil estilhaços de luz derretida. A torre Eiffel desaba. Todos os prédios de Paris irrompem em chamas. Fim do Primeiro Ato. Cortina.

Ele se colocou numa posição insustentável. Enquanto ignorava o paradeiro de Born, podia viver com a incerteza de um encontro potencial, ao mesmo tempo que se iludia acreditando que a sorte ia ficar do seu lado e o momento aterrador jamais chegaria, ou então chegaria bem mais tarde, tão tarde que sua temporada em Paris não seria destruída por temores de outro encontro, de outros encontros. Agora que já aconteceu, e aconteceu cedo, muito mais cedo do que ele jamais imaginou ser possível, descobre que é insuportável ter o endereço de Born no bolso e não poder ir à polícia e pedir que ele seja preso. Nada o deixaria mais feliz do que ver o assassino de Cedric Williams ser levado a julgamento. Ainda que o deixassem livre, Born teria de sofrer com as despesas e a humilhação de um processo judicial e, mesmo que nunca fosse levado a julgamento, teria de suportar o desprazer de ser interrogado pela polícia, teria de aguentar os rigores de uma investigação meticulosa. Mas, afora raptar Born e levá-lo de volta para Nova York, o que Walker poderia fazer? Pondera a situação durante o resto do dia e até tarde da noite, e então lhe ocorre uma ideia, uma ideia diabólica, uma ideia tão cruel e ardilosa que ele fica atônito com o mero fato de ser capaz de imaginar algo assim. Não vai levar Born para a cadeia, infelizmente, mas vai tornar sua vida extremamente desconfortável e, se Walker conseguir executar seu plano com sucesso, vai privar o futuro marido de Hélène Juin do objeto que ele mais cobiça no mundo. Walker fica ao mesmo tempo impressionado e enojado de si mesmo. Nunca foi uma pessoa vingativa, nunca procurou ativamente ferir ninguém, mas Born é uma categoria diferente, Born é um assassino, Born merece ser castigado, e pela primeira vez na vida Walker está com sede de sangue.

O plano requer um mentiroso experiente, um acrobata social habilidoso na refinada arte da duplicidade, e, como Walker não é nenhuma dessas coisas, sabe que é a pior pessoa para a missão que atribuiu a si mesmo. Desde o início, será forçado a agir contra sua própria natureza, vezes e mais vezes vai escorregar e cair, enquanto peleja para ganhar firmeza no campo de batalha que traçou em sua mente, e, no entanto, apesar de seus receios, marcha rumo ao Café Conti na manhã seguinte para enfiar outro *jeton* no telefone público e pôr seu plano em ação. Está espantado com sua coragem, sua determinação. Quando Born atende no terceiro toque, a surpresa na voz do homem é palpável.

Adam Walker, diz ele, fazendo o melhor possível para mascarar seu assombro. A última pessoa na face da Terra de quem eu podia esperar um telefonema.

Desculpe a intromissão, diz Walker. Queria que você soubesse que pensei muito seriamente desde a nossa conversa de ontem.

Interessante. E aonde seus pensamentos o levaram?

Resolvi que quero fazer as pazes.

Duplamente interessante. Ontem, você me acusa de assassinato, e hoje está disposto a perdoar e esquecer. Por que a reviravolta repentina?

Porque você me convenceu de que está dizendo a verdade.

Devo tomar isso como um sincero pedido de desculpas — ou você está jogando uma isca para obter mais um favor meu? Não estaria por acaso pensando em ressuscitar a sua falecida revista, por exemplo?

Claro que não. Isso tudo ficou no passado. Foi uma coisa muito ofensiva o que fez, Walker. Rasgar o cheque em pedacinhos e mandar de volta para mim sem nenhuma palavra. Fiquei muito ofendido.

Se ofendi você de algum modo, lamento sinceramente. Eu estava mais ou menos em estado de choque depois do que aconteceu. Não sabia o que estava fazendo.

E agora sabe o que está fazendo?

Acho que sim.

Você acha que sim. E, diga-me, jovem, o que exatamente você deseja?

Nada. Liguei porque você me pediu para ligar. No caso de eu mudar de ideia.

Quer se aproximar, então. É isso? Está me dizendo que gostaria de retomar nossa amizade.

A ideia era essa. Você falou em encontrar sua noiva e a filha dela. Achei que essa seria uma forma agradável de começar.

Agradável. Que palavra insípida. Vocês, americanos, têm um verdadeiro dom para banalidades, não é?

Sem dúvida. Também somos bons para desculpas quando achamos que estamos errados. Se não quiser me ver, é só falar. Vou entender.

Desculpe, Walker. Estou me portando mal outra vez. Receio que isso venha com a questão do território.

171

Todos nós temos maus momentos. De fato. E agora você quer confraternizar com Hélène e Cécile. De acordo com meu convite de ontem. Considere combinado. Vou deixar um recado no seu hotel assim que eu tiver acertado os detalhes.

O jantar é marcado para a noite seguinte, na Vagenende, uma *brasserie* da virada do século no Boulevard Saint-Germain. Walker chega pontualmente às oito horas, o primeiro membro da festa a aparecer, e é conduzido à mesa de monsieur Born, está perturbado e nervoso demais para prestar muita atenção no que o rodeia: as paredes escuras, forradas com lambris de madeira, os acessórios de bronze, as toalhas de mesa e os guardanapos imaculadamente brancos, as conversas em voz baixa em outras partes do salão, o ruído dos talheres de prata retinindo na porcelana. Trinta e quatro horas após sua conversa ensandecida e servil com Born, é isto o que suas mentiras lhe renderam: medo interminável, autodesprezo irreprimível e a inestimável oportunidade de encontrar a futura esposa e a futura enteada de Born. Tudo depende do que acontecer com Hélène e Cécile Juin. Se ele conseguir estabelecer uma ligação com elas, com qualquer uma delas, uma relação independente de qualquer ligação com Born, então mais cedo ou mais tarde lhe será possível revelar a verdade do que aconteceu na Riverside Drive, e, se Walker puder persuadi-las a acreditar na sua história sobre o assassinato de Cedric Williams, então haverá uma chance, e uma chance de ouro, de o casamento ser cancelado e de Born ser abandonado por sua hipotética noiva. Isso é tudo o que Walker traçou como seu objetivo: romper o casamento antes que ele se torne um fato jurídico. Talvez não seja um castigo tão oneroso para um crime de homicídio, afinal, mas, em vista das opções disponíveis, trata-se de um castigo bastante severo. Born rejeitado. Born humilhado. Born abatido e em desgraça. Por mais odioso que Walker se sinta por ficar seduzindo Born com falsas desculpas e juras insinceras de amizade, ele compreende que não tem outra escolha. Se Hélène e Cécile se demonstrarem pessoas intratáveis, ele vai abandonar seu esforço e, em silêncio, vai se declarar derrotado. Mas só se, e só quando, isso acontecer, e, até chegar esse momento, ele está resolvido a continuar jogando cartas com o diabo.

Suas descobertas iniciais são inconclusivas. Por temperamento ou circunstância, mãe e filha se mostram discretas e reservadas, pouco afeitas a aproximações ou a conversas descontraídas, e, como Born domina os primeiros movimentos com as apresentações, as explicações e diversos comentários, pouca coisa é dita por qualquer uma delas. Quando Walker faz um breve relato de seus primeiros dias em Paris, Hélène elogia seu francês; em outro momento, Cécile pergunta discretamente se ele está gostando de morar num hotel. A mãe é alta, loura e bem-vestida, nem de longe uma beldade (tem o rosto comprido demais, pensa Walker, meio semelhante ao de um cavalo), mas, a exemplo de tantas francesas de classe média de uma certa idade, se impõe com um porte e uma segurança consideráveis — uma questão de estilo, talvez, ou então o produto de alguma arcana sabedoria gaulesa relativa à natureza da feminilidade. A filha, que acabou de fazer dezoito anos, é estudante no Lycée Fénelon, na Rue de l'Éperon, que fica a menos de cinco minutos a pé do Hôtel du Sud. É uma criatura mais baixa e menos imponente que a mãe, de cabelo castanho curto, pulsos finos e ombros estreitos, e olhos alertas e penetrantes. Walker nota que aqueles olhos têm uma tendência ao estrabismo, e lhe ocorre (corretamente, como depois se verá) que Cécile normalmente usa óculos e resolveu experimentar viver sem eles durante o tempo do jantar. Não, não é uma garota bonita, na verdade tem quase o jeito de um camundongo, mas mesmo assim tem um rosto interessante de olhar: queixo miúdo, nariz comprido, faces arredondadas, boca expressiva. De vez em quando, a boca é repuxada para baixo com uma espécie de diversão clandestina, bem longe de irromper num sorriso, mas apesar disso demonstrando um senso de humor desenvolto, uma pessoa atenta às possibilidades cômicas de qualquer momento determinado. Não há dúvida de que é extremamente inteligente (nos últimos quatro minutos, Born esteve dizendo maravilhas a Walker sobre as notas incríveis que ela tirou em literatura e filosofia, sua paixão pelo piano, seu domínio do grego antigo), porém, por mais que Cécile se esforce em seu próprio favor, Walker tem de admitir com tristeza que não sente atração por ela, pelo menos não do jeito que esperava. Ela não faz seu tipo, diz Walker consigo, retomando essa expressão vaga e surrada, que faz as vezes das infinitas complexidades do desejo físico. Mas qual é seu tipo?, ele se pergunta. Sua irmã? A Margot faminta de sexo, que é dez anos mais velha do que ele? Seja o que for que ele deseja, não é Cécile Juin. Olha para ela e vê uma criança, uma obra em andamento, uma pessoa ainda não plenamente formada, e a essa altura de sua vida ela está inibida e retraída demais para emitir qualquer um dos sinais eróticos capazes de instigar um homem a ir atrás dela. Isso não quer dizer que ele não vá fazer o melhor possível para cultivar uma amizade com ela, mas não haverá beijos nem toques, nenhum envolvimento romântico, nenhuma tentativa de aliciá-la para a cama.

Ele se despreza por ter tais pensamentos, por olhar para a inocente Cécile como se ela não passasse de um objeto sexual, uma vítima em potencial de suas faculdades sedutoras (supondo que tenha alguma), mas ao mesmo tempo ele está travando uma guerra, uma guerra de guerrilha subterrânea, e o jantar é a primeira batalha daquela guerra, e, se ele puder vencer a batalha seduzindo a futura enteada de seu inimigo, não hesitará em fazer isso. No entanto, a jovem Cécile não é uma candidata à sedução, e assim Walker terá de elaborar táticas mais sutis a fim de alcançar seu intuito, trocando um ataque frontal à filha por uma ofensiva em duas frentes contra a filha e a mãe ao mesmo tempo — numa tentativa de ganhar as boas graças de ambas e, no final, atraí-las para o seu lado. Tudo isso tem de ser executado sob o olhar vigilante de Born, na presença intolerável e sufocante de um homem para quem ele mal consegue ter ânimo de olhar. O cético e sarcástico Born está obviamente desconfiado daquele Walker de duas caras, e quem sabe Born apenas fingiu aceitar as desculpas de Walker para descobrir qual é a tramoia que o garoto está armando? Há um espinho cravado na voz de Born, por trás do tagarelar simpático e da fingida boa vontade, um toque de ansiedade, de tensão, que parece sugerir que ele está em guarda. Não será sensato vê-lo outra vez, diz Walker consigo, o que torna ainda mais imperativo estabelecer sua paz em separado com as duas Juin esta noite, antes que o jantar chegue ao fim.

As mulheres estão de um lado da mesa. Ele está de frente para Cécile, e Born está sentado à esquerda de Walker, cara a cara com Hélène. Walker observa os olhos de Hélène enquanto ela olha para seu noivo e fica tão desconcertado quanto Margot quando não detecta a menor centelha em seus olhos. Outros sentimentos se esgueiram naqueles olhos, talvez — melancolia, bondade, tristeza —, mas o amor não está entre eles, muito menos a felicidade, ou mesmo um traço de alegria. Mas como pode haver felicidade para uma mulher na posição de Hélène, para alguém que viveu os últimos seis ou sete anos num estado de luto e animação suspensa, enquanto o marido meio morto definha num hospital? Ela imagina o comatoso Juin estirado numa cama, seu corpo enganchado em incontáveis aparelhos e num emaranhado de tubos respiratórios, o único paciente numa enfermaria grande, deserta, vivo mas sem viver, morto mas sem morrer, e de repente

Walker se lembra do filme que viu com Gwyn há dois meses, *Ordet*, o filme de Carl Dreyer, sentado ao lado da sua irmã no balcão do cinema New Yorker, e a mulher do lavrador morto deitada no caixão, e suas próprias lágrimas quando a morta se levantou, sentou-se no caixão e voltou à vida, mas não, diz ele consigo, aquilo era só uma história, uma história de faz de conta num mundo de faz de conta, e isto não é aquele mundo e não haverá nenhuma ressurreição milagrosa para Juin, o marido de Hélène nunca vai se levantar e voltar à vida. Da cama de Juin no hospital, o pensamento de Walker salta para outra cama, e, antes que possa se deter, ele está revendo a cena repugnante que Margot lhe descreveu alguns dias atrás: Margot na cama com os dois homens, Born e o outro, qual era mesmo o nome, François, Margot na cama com Born e François, os três nus, trepando, e agora ele vê Born olhando para François que enfia seu pau duro no corpo de Margot, e lá está Born, nu em seu corpo atarracado e odioso, arrastado nas garras do tesão, batendo punheta enquanto vê sua namorada fazer aquilo com outro homem...

Walker sorri para Cécile numa tentativa de dissipar a imagem e, quando ela sorri de volta para ele — um pouco intrigada mas aparentemente satisfeita com a atenção —, ele se pergunta se aquele tipo de devassidão não explica por que Born está tão entusiasmado com a ideia de casar com Hélène. Born está lutando para dar as costas para si mesmo, para resistir a seus impulsos sórdidos e malévolos, e ela representa para ele a respeitabilidade, uma muralha contra sua própria loucura. Walker nota como ele se comporta de maneira decorosa com Hélène, se dirige a ela com o formal pronome *vous*, em vez de usar o mais íntimo e familiar *tu*. Essa é a linguagem dos condes e condessas, a linguagem do casamento nos mais elevados estratos da classe alta, e cria uma distância tanto do indivíduo quanto do mundo e serve como uma forma de proteção. Não é amor o que Born está procurando, mas segurança. A libidinosa Margot despertou nele o que havia de pior. A serena e reprimida Hélène vai transformá-lo num novo homem? Nem em sonho, diz Walker consigo. Uma pessoa com a inteligência de Born não devia nem pensar numa coisa dessas.

Na hora em que fazem seus pedidos, Walker fica sabendo que Hélène trabalha como patologista da fala numa clínica no XIV Arrondissement. Trabalha nessa profissão desde o início da década de 50 — em outras palavras, desde muito antes do acidente do marido —, e, embora agora dependa do seu trabalho para gerar a renda necessária para sustentar sua pequena família, Walker rapidamente compreende que ela é uma médica dedicada, que sua carreira lhe dá uma satisfação enorme e é provavelmente o elemento mais importante em sua vida. Quando nos vemos afundando num mar de problemas, o trabalho duro pode se tornar a tábua de salvação que nos mantém na superfície. Walker enxerga isso nos olhos dela, fica impressionado ao ver como se tornaram brilhantes, agora que Born mencionou o assunto, e de repente surge uma possível oportunidade, uma chance de entabular um diálogo pertinente com Hélène. A verdade é que Walker está autenticamente interessado no que ela faz. Ele leu os estudos de Jakobson e Merleau-Ponty sobre afasia e aquisição da linguagem, refletiu a fundo sobre esses assuntos por causa de sua militância com as palavras, e assim não se sente um fraudador ou um trapaceiro quando começa a cobri-la de perguntas. De início, Hélène fica surpresa com o seu entusiasmo, mas, depois que se dá conta de que Walker está falando sério, passa a discorrer sobre distúrbios de articulação em crianças, sobre seus métodos de tratar as crianças que têm ceceio, truncamento de pronúncia, gagueira e vêm procurar ajuda em sua clínica, mas não, ela não trabalha só com crianças, há também clientes adultos, idosos, vítimas de derrames e diversas lesões cerebrais, os afásicos, os que perderam a capacidade de falar, ou não conseguem lembrar as palavras, ou misturam as palavras a tal ponto que *caneta* vira *papel* e *árvore* vira *casa*. Há diversas formas de afasia, Walker fica sabendo, conforme a parte do cérebro afetada — a afasia de Broca, a afasia de Wernicke, a afasia de condução, a afasia sensorial transcortical, a afasia anômica etc. —, e não é intrigante, diz Hélène, sorrindo pela primeira vez desde que entrou no restaurante, sorrindo de verdade afinal, não é intrigante que o pensamento não possa existir sem a linguagem e, como a linguagem é uma função do cérebro, temos de afirmar que essa linguagem — a capacidade de experimentar o mundo por meio de símbolos — é, em alguma medida, uma faculdade física dos seres humanos, o que prova que a velha dualidade mente/corpo é um despropósito, não é? *Adieu*, Descartes. A mente e o corpo são um só.

Walker está descobrindo que a melhor maneira de conhecê-las é se manter de fora, fazer perguntas em vez de dar respostas, levá-las a falar a respeito delas mesmas. Mas Walker não é adepto desse tipo de manipulação interpessoal e cai num silêncio incômodo quando Born intervém com alguns comentários incisivamente negativos acerca da recusa do exército de Israel em se retirar do Sinai e da Margem Ocidental. Walker percebe que ele está tentando incitá-lo a uma discussão, mas o fato é que concorda com a posição de Born sobre aquele assunto e, em vez de deixar que ele saiba disso, não diz nada, espera que a ladainha complete o seu percurso, enquanto observa a boca de Cécile, que de novo está repuxada para baixo, em reação a algum júbilo secreto interior. Ele pode estar enganado, mas parece que ela acha a veemência das opiniões de Born muito engraçada. Alguns minutos depois, a cantilena é interrompida quando os garçons vêm servir a entrada. Aproveitando a oportunidade, Walker rompe o repentino silêncio e pergunta a Cécile sobre seus estudos do grego antigo. No colégio onde fez o ensino médio, não havia aulas de grego, conta ele, e diz que a inveja por ter tido a chance de estudar grego. Só faltam dois anos para ele terminar a faculdade, e a esta altura provavelmente já é tarde demais para começar.

Na verdade, não, diz ela. Depois que a gente aprende o alfabeto, não é tão difícil quanto parece.

Ficam falando sobre literatura grega por um tempo, e, não demora muito, Cécile começa a contar para ele seu projeto de verão — um plano maluco, francamente ambicioso, que redundou em três meses de frustração e arrependimento. Deus sabe o que deu nela para tentar aquilo, diz Cécile, mas ela enfiou na cabeça encarar um poema do tamanho de um livro, do escritor mais difícil que se pode imaginar, e traduzir para o francês. Quando Walker pergunta quem é o escritor, Cécile dá de ombros e diz que ele nunca ouviu falar daquele autor, que ninguém ouviu falar dele, e de fato, quando ela menciona o nome do poeta, Licofron, que morreu por volta de 300 a. C., Walker admite que ela tem razão. O poema trata de Cassandra, prossegue Cécile, a filha de Príamo, último rei de Troia — pobre Cassandra, que teve a desgraça de ser amada por Apolo. Este lhe concedeu o dom da profecia, mas só se Cassandra, em troca, aceitasse sacrificar sua virgindade a ele. De início ela disse que sim, depois disse que não, e o rejeitado Apolo vingou-se envenenando a sua dádiva, certificando-se de que nenhuma das profecias de Cassandra recebesse crédito de ninguém. O poema de Licofron se passa durante a Guerra de Troia, e Cassandra está na cadeia, já louca, prestes a ser assassinada junto com Agamenon, despejando intermináveis delírios e visões do futuro numa linguagem tão complexa, tão atulhada de metáforas e alusões, que é quase ininteligível. É um poema de berros e uivos, diz-lhe Cécile, um grande poema na sua opinião, um poema desvairado e totalmente moderno, mas tão intimidador e esquivo, tão além dos seus poderes de compreensão, que depois de horas e mais horas de trabalho ela conseguiu traduzir apenas cento e cinquenta versos. Se mantiver esse ritmo, diz, com a boca repuxada para baixo outra vez, vai levar só dez ou doze anos para terminar.

Apesar do seu jeito autodepreciativo, Walker não pode deixar de admirar a coragem da garota para se atracar com um poema tão formidável, um poema que ele mesmo agora gostaria de ler, e em consequência pergunta se existem traduções para o inglês. Cécile não sabe, diz ela, mas teria prazer em procurar para ele. Walker agradece e em seguida acrescenta (por mera curiosidade, sem nenhum motivo especial) que gostaria de ler a versão dela dos versos iniciais, em francês. Mas Cécile resiste. Não é possível que interesse a você, diz. Não passa de um lixo. A esta altura Hélène dá uma palmadinha na mão da filha e diz para ela não ser tão severa consigo mesma. Born então interfere e também se dirige a Cécile: Adam é um tradutor também, sabia? Primeiro, é um poeta, mas também é tradutor de poemas. Do provençal, nada menos que isso. Uma vez ele me mostrou uma obra escrita por um meu xará, Bertran de Born. Um sujeito deveras impressionante, o velho Bertran. Às vezes perdia a cabeça, mas era um bom poeta, e Adam fez uma tradução excelente.

Ah, é?, diz Cécile, olhando para Walker. Eu não tinha ideia disso.

Se é excelente, eu não sei, diz Walker, mas fiz uma pequena tradução.

Bem, responde ela, nesse caso...

E assim, de uma hora para outra, sem nenhum aviso, sem nenhuma manobra de despistamento da parte de Walker, ele se vê marcando um encontro na tarde do dia seguinte, às quatro horas, para dar uma olhada no manuscrito dela. Uma vitória pequena, talvez, mas de forma completamente inesperada ele conseguiu realizar tudo o que havia planejado naquela noite. Haverá outro contato com as Juin, e Born não estará presente.

    Na manhã seguinte, Walker está sentado atrás de sua escrivaninha bamba, com uma caneta na mão, revisando um poema recente e ficando cada vez mais desencantado com o poema, se perguntando se deve insistir em suas tentativas, pôr o manuscrito de lado para uma reflexão posterior, ou apenas amassá-lo e jogar no cesto de lixo. Walker levanta a cabeça para dar uma espiada nas janelas: dia cinzento e nublado, uma montanha de nuvens se avolumando no oeste, mais uma mudança no céu de Paris, que não para de se modificar. Acha a penumbra do seu quarto bastante agradável — uma penumbra tranquilizante, por assim dizer, uma penumbra amistosa, uma penumbra com a qual se pode ficar conversando durante horas. Walker baixa a caneta, coça a cabeça, suspira. Sem nenhum aviso, um verso esquecido do Eclesiastes invade sua consciência aos brados. *E eu daria meu coração para alcançar a sabedoria e saber reconhecer a loucura e a insensatez...* Quando anota às pressas as palavras na margem direita de seu poema, se pergunta se não será aquilo a coisa mais verdadeira que já escreveu sobre si mesmo nos últimos meses. As palavras podem não ser dele, mas sente que pertencem a ele.

    Dez e meia, onze horas. O brilho amarelado da lâmpada elétrica irradia do abajur feito de uma garrafa de vinho que está sobre a escrivaninha. A torneira que pinga, o papel de parede descascado, o atrito da ponta da caneta no papel. Walker ouve o barulho de passos na escada. Alguém se aproxima, sobe devagar a escada circular na direção do seu andar, o último andar, e a princípio ele imagina que seja Maurice, o gerente meio embriagado do hotel, que vem entregar um telegrama ou o correio da manhã, o gentil sr. Maurice Petillon, homem de mil histórias sobre nada, mas não, na verdade não é Maurice, pois agora Walker detecta o estalido de saltos altos e portanto deve ser alguma mulher, e, se é uma mulher, quem mais seria se não Margot? Walker fica alegre, extraordinariamente alegre, positivamente bobo de alegria, ante a perspectiva de ver Margot outra vez. Ele pula de sua cadeira e corre para abrir a porta antes que ela tenha tempo de bater.

Ela está segurando uma sacolinha de papel impermeável de uma *pâtisserie*, cheia de *croissants* fresquinhos. Em circunstâncias normais, uma pessoa que aparece com presentes é uma pessoa num estado de ânimo alegre, mas Margot parece emburrada e mal-humorada, e mal consegue sorrir quando planta um beijo superficial e gelado na boca de Walker. Quando ele a abraça, Margot se desvencilha de seu aperto e atravessa o quarto em passadas lentas, joga a sacola sobre a escrivaninha e depois senta na cama desfeita. Walker fecha a porta às suas costas, avança até a escrivaninha e para.

Qual é o problema?, diz.

Não há nenhum problema comigo, retruca Margot. Quero saber qual é o problema com você.

Comigo? Por que haveria algum problema comigo? Do que está falando?

Ontem à noite, por acaso eu estava andando com uma amiga pelo Boulevard Saint-Germain. Eram umas oito e meia ou nove horas. Passamos por aquele restaurante, você sabe do que estou falando, a velha *brasserie*, Vagenende, e por nenhum motivo especial, grande idiota que sou, ou quem sabe porque antigamente, quando era pequena, eu ia lá com meus pais, dei uma olhada através do vidro. E quem você acha que vi lá dentro?

Ah, diz Walker, com a sensação de que havia acabado de levar um tapa na cara. Não precisa me dizer. Já sei a resposta.

Que é que você está aprontando, Walker? Que tipo de jogo espertinho é esse em que se meteu agora?

Walker senta na cadeira atrás da escrivaninha. Seus pulmões ficaram sem ar, sua cabeça está prestes a se desprender do corpo. Desvia os olhos para não ver Margot, cujos olhos nunca se desviam dele, e começa a mexer na sacola com os *croissants*.

E aí?, diz Margot. Não vai dizer nada?

Eu quero, diz ele, afinal. Quero contar tudo para você.

Então por que não conta?

Porque não sei se posso confiar em você. Entenda bem, você não pode deixar escapar nenhuma palavra sobre isso para ninguém. Tem de me prometer.

Quem você acha que eu sou?

Não sei. Uma pessoa que me decepcionou. Uma pessoa de quem gosto muito. Uma pessoa de quem quero ser amigo.

Mas você acha que não consigo guardar um segredo. Consegue?

Ninguém me perguntou isso antes. Como é que eu vou saber, se não tentar?

Bem, pelo menos isso é franco.

Você decide. Não vou obrigar você a falar, se não quiser falar. Mas, se não falar, Adam, vou me levantar e sair deste quarto, e você nunca mais vai me ver outra vez.

Isso é chantagem.

Não é, não. É a pura verdade, só isso.

Walker solta um demorado suspiro de derrota, depois se levanta da cadeira e começa a caminhar de um lado para outro, na frente de Margot, que o observa em silêncio, da cama. Dez minutos se passam, e nesses minutos ele conta para ela a história dos últimos dias: o encontro casual com Born, que agora ele desconfia não ter sido casual, os espúrios desmentidos de Born a respeito do assassinato de Cedric Williams, o convite para encon-

trar Hélène e Cécile, o cartão de apresentação que ele quase rasgou, a premeditação do plano para impedir o casamento de Born com Hélène, o telefonema de arrependimento a fim de pôr seu plano em ação, o jantar na Vagenende, seu futuro encontro com Cécile às quatro horas dessa tarde. Depois de Margot escutar tudo, bate na cama com a mão esquerda e pede que Walker sente a seu lado. Ele senta, e, no instante em que seu corpo toca no colchão, Margot segura os dois ombros de Walker com as mãos, vira-o para ela, aproxima o rosto até poucos centímetros do rosto dele e diz numa voz baixa, cheia de determinação: Desista, Adam. Você não tem a menor chance: Ele vai fazer picadinho de você.
  É tarde demais, diz Walker. Agora já comecei, e não vou parar antes de chegar ao fim.
  Você falou em confiança. O que leva você a pensar que pode confiar em Hélène Juin? Você acabou de conhecer a mulher.
  Sei. Vou precisar de um tempo antes de ter certeza. Mas minha primeira impressão foi boa. Ela me parece uma pessoa estável, honesta, e não acho que se importe tanto assim com Born. Hélène se sente grata a ele, Born tem sido gentil com ela, mas não está apaixonada por ele.
  No instante em que você lhe contar o que aconteceu em Nova York, ela vai dar as costas para você e na mesma hora vai contar tudo para Rudolf. Posso garantir a você.
  Talvez. Mas, mesmo que ela faça isso, o que pode acontecer comigo?
  Pode acontecer de tudo.
  Born pode tentar me dar um murro na cara, mas não vai sair atrás de mim com sua faca.
  Não estou falando da faca. Rudolf tem conhecidos, mais de cem conhecidos poderosos, e, antes de começar a se meter com

ele, é melhor você se informar direito sobre a pessoa com quem está lidando. Ele não é uma pessoa qualquer.

Conhecidos?

Na polícia, no meio militar, no governo. Não posso provar nada, mas sempre tive a impressão de que ele é algo mais que um simples professor universitário.

Como o quê, por exemplo?

Não sei. Serviço secreto, espionagem, trabalho sujo de algum tipo.

E por que diabo você desconfia disso?

Telefonemas no meio da noite... ausências inesperadas e misteriosas... as pessoas que ele conhece. Ministros, generais de exército. Quantos professores universitários jovens saem para jantar com os mais altos funcionários do governo? Rudolf está metido lá dentro do sistema, e isso faz dele uma pessoa perigosa para a gente conhecer. Ainda mais em Paris.

Isso me parece muito frágil.

Lembra o jantar no nosso apartamento em Nova York na primavera?

Perfeitamente. Como poderia esquecer?

Ele estava no telefone quando abri a porta e trouxe você para dentro do apartamento. Depois ele veio — furioso, esbravejando, histérico. *Quantos anos eu dei para eles?* O que ele queria dizer com isso? Princípios! Batalhas! O navio está afundando! Havia um problema em Paris, e posso lhe garantir que não tinha nada a ver com assuntos acadêmicos nem com a herança do pai dele. Tinha a ver com o governo, com sua vida secreta em sei lá que órgão governamental onde ele trabalha. Foi por isso que ficou tão agitado quando você começou a falar sobre a CIA. Não lembra? Ele contou para você uma porção de coisas sobre sua família, e você ficou chocado, não conseguia acreditar que Rudolf tivesse desencavado tantas informações sobre você. Você disse que ele devia ser uma espé-

cie de agente secreto. Tinha razão, Adam. Você farejou alguma coisa sobre ele, e Rudolf começou a rir de você, tentou transformar aquilo numa piada. Foi nessa hora que eu vi que era isso mesmo.
Pode ser. Mas mesmo assim ainda é só um palpite.
Então por que ele não me contaria qual era o problema? Ele nem se deu o trabalho de elaborar uma desculpa. Não é da sua conta, disse, não fique fazendo tantas perguntas. E lá foi ele para Paris, e, quando volta, está noivo de Hélène Juin e eu sou jogada no olho da rua.

Os dois continuam conversando por mais quinze ou vinte minutos, e, quanto mais veemente Margot se revela a respeito de suas suspeitas relativas a atividades secretas, conspirações governamentais e pressões psicológicas decorrentes de uma vida dupla, menos interesse Walker parece demonstrar. Margot fica intrigada com sua indiferença. Chama aquilo de curioso, doentio, irracional, mas Walker explica que as atividades de Born não lhe interessam nem um pouco. A única coisa que conta é o assassinato de Cedric Williams, e, ainda que Born seja o chefe de todo o sistema de espionagem francês, isso não tem nenhuma importância para ele. Só há um momento em que sua atenção parece ficar completamente concentrada, e isso acontece depois de um comentário de passagem de Margot acerca do passado de Born — algo a ver com ele ter passado a infância numa casa grande na periferia de Paris, lugar onde Margot o viu pela primeira vez aos três anos de idade. Mas e a Guatemala?, pergunta Walker, lembrando que Born lhe contou que havia crescido na Guatemala.

Ele estava de brincadeira com você, retruca Margot. Rudolf nunca chegou nem perto desse lugar.

Eu bem que desconfiei. Mas por que a Guatemala?

E por que não a Guatemala? Ele adora inventar histórias sobre si mesmo. Enganar as pessoas, contar pequenas mentiras — elas são uma grande diversão para Rudolf.

Embora pouca coisa de concreto e valioso reste dessa conversa (suposições de mais, fatos de menos), mesmo assim ela parece assinalar um momento decisivo em suas relações com Margot. Ela está preocupada com ele, preocupada por ele, e a aflição e a preocupação que Walker vê nos olhos de Margot são reconfortantes (a questão da confiança não é mais objeto de dúvida) e ao mesmo tempo um tanto embaraçosas. Ela ficou mais próxima dele, sua afeição se tornou mais manifesta, mais sincera, e, no entanto, há algo de maternal naquela aflição, uma impressão de sensatez madura, que observa de sobrancelhas franzidas os erros da juventude, e, pela primeira vez em todos os meses que a conhece, Walker pode sentir a diferença de idade que existe entre os dois. Ele só espera que isso não se torne um problema. Agora precisa de Margot. É sua única aliada em Paris, e estar com ela é o único remédio capaz de evitar que ele fique remoendo sua saudade de Gwyn. Não, ele não está infeliz por Margot ter visto por acaso seu encontro no restaurante, ontem à noite, com Born e as Juin. Nem está infeliz por ter acabado de pôr sua alma a nu diante dela. A reação de Margot mostrou que ele significa algo para ela, que ele representa mais que só mais um corpo que ela leva para a cama, mas Walker sabe que não deve abusar da amizade de Margot, pois ela não está inteiramente comprometida e só tem a oferecer uma certa parcela de si mesma. Se Walker pedir demais, ela pode se ofender, talvez até vá embora.

 Deixam os *croissants* intactos sobre a escrivaninha e saem para o tempo úmido e sem sol a fim de procurar um lugar para comer. Margot segura a mão dele enquanto caminham em silêncio, e após dez minutos estão sentados de frente um para o outro a uma mesa de canto no Restaurant des Beaux-Arts. Margot paga para ele um farto almoço de três pratos (se recusa a deixar que ele pague, insiste que peça uma sobremesa e uma segunda xícara de café), e depois seguem para a Rue de l'Université. O apartamento dos Jouffroy fica no quinto andar de um prédio de seis andares, e, quando os dois se espremem na apertada gaiola do elevador para começar a subida, Walker põe os braços em volta de Margot e cobre seu rosto com um fogo cerrado de beijos rápidos e ardentes. Margot dá uma gargalhada e ainda está rindo quando retira uma chave da bolsa e destranca a porta do apartamento. Walker vê que é um apartamento luxuoso, muito mais requintado do que qualquer coisa que ele é capaz de imaginar, um enorme palácio de conforto que ostenta riqueza numa escala que ele nunca viu antes. Certa vez, Margot lhe contou que seu pai trabalhava num banco, mas deixou de acrescentar que ele era o diretor do banco, e, agora que ela está oferecendo a Walker um breve *tour* pelos cômodos, com seus espessos tapetes persas e espelhos com molduras douradas, com seus candelabros de cristal e móveis de antiquário, ele sente que está tendo uma nova visão da esquiva e rebelde Margot. É uma pessoa em desacordo com o meio em que nasceu, em desacordo mas não numa revolta frontal (pois aqui está ela, temporariamente de volta à casa dos pais, enquanto procura um lugar para morar), porém que frustração deve ser para os pais o fato de a filha ainda estar solteira aos trinta anos, sem contar que suas tentativas de tornar-se pintora não devem pegar lá muito bem neste reino da respeitabilidade burguesa. A ambígua Margot, com seu amor pela culinária e seu amor pelo sexo, ainda em luta para achar um lugar para si, ainda não completamente livre.

Ou ao menos é o que Walker fica remoendo na cabeça enquanto segue Margot para a cozinha, mas um minuto depois descobre que o retrato é um pouco mais complexo do que esse que ele está fantasiando em seu pensamento. Margot não está morando no apartamento com os pais. Tem um quarto no andar de cima, um pequeno quarto de solteira que sua avó lhe comprou de presente de aniversário quando ela completou vinte e um anos, e a única razão por que ela entrou no apartamento nessa tarde foi o desejo de procurar um maço de cigarros (que agora ela encontra numa gaveta perto da pia). O *tour* foi um pequeno bônus, acrescenta Margot, assim Walker podia fazer uma ideia de como e onde ela foi criada. Quando ele pergunta por que ela prefere viver meio que acampada num pequeno *chambre de bonne* a dormir no conforto ali debaixo, Margot sorri e diz: Imagine a resposta você mesmo.

É um quarto espartano, menos de um terço do quarto de Walker no hotel. Espaço para uma escrivaninha pequena e uma cadeira, uma pia pequena e uma cama pequena, com gavetões embaixo do colchão. Severo em seu despojamento, nenhum enfeite em parte alguma — como se tivessem entrado na cela de uma freira noviça. Só um livro à vista, caído no chão, ao lado da cama: uma coletânea de poemas de Paul Éluard, *Capitale de la douleur*. Alguns cadernos de desenho empilhados na escrivaninha junto a um copo cheio de canetas e lápis; algumas telas no chão, apoiadas na parede, viradas de costas. Walker adoraria desvirar as telas, adoraria abrir os cadernos de desenho, mas Margot não se oferece para mostrá-los e ele não se atreve a tocar em nada sem a permissão dela. Está pasmo com a simplicidade do quarto, pasmo com essa incrível visão de relance do mundo íntimo de Margot. Quantas pessoas já tiveram a permissão dela para entrar ali?, ele se pergunta.

Walker gostaria de pensar que é o primeiro.

Passam duas horas juntos na cama estreita de Margot, e, quando Walker por fim vai embora, já está atrasado para seu encontro com Cécile Juin. A culpa é totalmente dele, mas a verdade é que esqueceu tudo a respeito do encontro. Desde o momento em que começou a beijar Margot, o encontro das quatro horas se evaporou de seu pensamento, e, se não fosse a própria Margot, cujos olhos bateram por acaso no despertador e que lhe disse: *Você não tem de estar em algum lugar daqui a quinze minutos?*, ele ainda estaria deitado ao lado dela — em vez de levantar-se da cama de um pulo, enfiar-se nas suas roupas às pressas e sair correndo aos trambolhões.

Ele fica intrigado com aquele gesto de ajuda. Algumas horas antes, ela se mostrou ferrenhamente contrária ao seu plano, e agora parece agir como sua cúmplice. Será que voltou atrás em sua posição, Walker se pergunta, ou está apenas zombando dele, de alguma forma, testando para ver se ele de fato é tolo o bastante para marchar direto para a armadilha que Margot acha que ele próprio preparou para si? Walker desconfia que a última interpretação é a correta, mas mesmo assim ele agradece a ela por ter se lembrado do seu encontro e depois, na hora em que vai abrir a porta e sair do quartinho, diz a Margot, de modo temerário, que a ama.

Não ama, não, diz ela, balançando a cabeça e sorrindo. Mas estou contente por você achar que me ama. Você é um garoto maluco, Adam, e, cada vez que vejo você, está mais maluco do que na vez anterior. Não demora muito, vai estar tão maluco quanto eu.

Ele chega ao La Palette às quatro e vinte e cinco, quase meia hora atrasado. Não ficaria surpreso se Cécile tivesse ido embora, se tivesse saído às pressas num acesso de raiva e jurando que ia lançar mil pragas contra Walker, no caso de ele voltar a aparecer na sua frente. Mas não, ela continua ali, calmamente sentada a uma mesa numa sala dos fundos, lendo um livro, uma garrafa de Orangina bebida até a metade diante dela, dessa vez de óculos, e com um chapeuzinho azul-escuro que parece uma boina. Embaraçado, sem fôlego por ter vindo correndo, suas roupas desarrumadas, seu corpo decerto cheirando a sexo, e com a palavra *maluco* ainda ecoando na cabeça, Walker se aproxima da mesa, já balbuciando um monte de desculpas, enquanto Cécile ergue os olhos para ele e sorri — um sorriso de perdão completamente imerecido.

Porém, mesmo enquanto senta na cadeira na sua frente, Walker continua se desculpando, inventa algum pretexto estapafúrdio, diz que ficou preso numa fila do correio durante mais de uma hora para dar um telefonema internacional para Nova York, mas Cécile nem liga, diz para ele não se preocupar, não tem nenhum problema, ele não precisa explicar nada. Depois, levantando o pulso esquerdo, ela bate no relógio com o indicador da mão direita e diz: Em Paris, temos uma regra. Toda vez que as pessoas marcam um encontro, o primeiro a chegar dá ao outro meia hora extra para aparecer — sem fazer perguntas. Agora se passaram vinte e cinco minutos. Pelas minhas contas, você está cinco minutos adiantado.

Bem, diz Walker, impressionado com a bizarrice da sua lógica, então estou fazendo alarde à toa, não estou?

É o que estou tentando lhe dizer.

Walker pede um café, o sexto ou sétimo do dia, e então, com seu característico repuxar da boca para baixo, Cécile aponta para o livro que estava lendo quando ele entrou — um volume pequeno, de capa vermelha, sem sobrecapa, pelo visto bem velho, um objeto surrado e enxovalhado que mais parece algo resgatado de uma lixeira.

Achei isto aqui, diz ela, incapaz de controlar a boca, que desabrocha num sorriso completo. Licofron em inglês. Da coleção Loeb Classical Library, editado pela universidade Harvard, 1921. Com uma tradução de... (ela abre o livro na folha de rosto) ... A. W. Mair, professor de grego, universidade de Edimburgo.

Foi rápido, diz Walker. Como foi que conseguiu encontrar?
Desculpe. Não posso contar para você.
Ah, é? Por que não?
É um segredo. Talvez eu conte quando você me devolver, mas antes não.
Quer dizer que pode me emprestar?
Claro. Pode ficar com ele o tempo que quiser.
E quanto à tradução? Deu uma olhada?
Meu inglês não é muito bom, mas me parece empolada e pedante, muito antiquada, eu receio. O pior é que é uma tradução literal em prosa, e assim toda a poesia desapareceu. Mas ao menos dá uma ideia da coisa — e do motivo por que me deu tanto trabalho.

Cécile abre o livro na segunda página do poema e aponta para o verso 31, onde começa o monólogo de Cassandra. Ela diz a Walker: Por que não lê um trecho para mim, em voz alta? Aí vai poder julgar por si mesmo.

Walker pega o livro da mão dela e imediatamente começa a ler: Pobre de mim! Minha desafortunada ama-seca queimada outrora pelas belicosas naus de pinho do leão que foi gerado em três noites, que o velho mastim de Tritão de dentes pontiagudos devorou com suas mandíbulas. Mas ele, o trinchante vivo do fígado do monstro, fervendo em vapores no caldeirão de uma lareira sem chamas, fez cair por terra as cerdas de sua cabeça; ele, o carrasco de seus filhos, o destruidor e minha pátria; que castigou sua segunda mãe invulnerável com setas atrozes contra o seio; que também, no meio da pista de corridas, agarrou em seus braços o corpo de seu garanhão à beira do monte escarpado de Cronos, onde está o túmulo de Ísqueno, nascido da terra, pavor dos cavalos, e que também massacrou o fero mastim que vigiava os canais estreitos do mar de Ausônio, pescando acima da caverna dela, a leoa matadora de touros a quem o pai devolveu a vida, queimando sua carne com tições; ela que não temia Leptinis, a deusa do mundo subterrâneo...

Walker baixa o livro e sorri. Isso é loucura, diz ele. Estou completamente perdido.

Sim, é uma tradução terrível, diz Cécile. Até eu posso ver isso.

Não é só a tradução. Não tenho a menor ideia do que está acontecendo.

É porque Licofron é muito indireto. *Licofron, o obscuro.* Não era à toa que o chamavam assim.

Mesmo assim...

Você tem de conhecer as referências. A ama-seca é uma mulher chamada Ílios, por exemplo, e o leão é Héracles. Laomedonte prometeu pagar a Posêidon e a Apolo por construírem os muros de Troia, mas, depois que ele negou, apareceu um monstro marinho — o mastim de Tritão — para devorar a filha dele, Hesíone. Héracles subiu para dentro da barriga do monstro e o cortou em pedacinhos. Laomedonte disse que ia recompensar Héracles por ter matado o monstro dando-lhe os cavalos de Tros, mas de novo quebrou sua promessa, e o enraivecido Héracles o castigou pondo em chamas a cidade de Troia. É esse o fundo dos primeiros versos. Se você não conhece as referências, vai ficar mesmo perdido.

É como tentar traduzir *Finnegans Wake* para o mandarim.

Eu sei. É por isso que estou tão enjoada do livro. As férias de verão terminam na semana que vem, mas meu projeto de verão já foi para o espaço.

Está desistindo?

Ontem à noite, quando voltei para casa depois do jantar, reli minha tradução mais uma vez e joguei no lixo. Era horrível, simplesmente horrível.

Não devia ter feito isso. Eu estava ansioso para ler.

É uma coisa constrangedora demais.

Mas você prometeu. É por isso que estou aqui agora — porque você ia me mostrar sua tradução.

Essa era a ideia original, mas depois mudei meus planos.

E quais são seus planos agora?

Dar esse livro para você. Pelo menos consegui fazer alguma coisa hoje.

Não sei se ainda quero o livro. O livro pertence a você. Devia ficar com ele, como uma lembrança do seu verão de luta.

Mas eu também não quero. Só de olhar para ele me dá enjoo.

Então o que vamos fazer com ele?

Não sei. Dê para alguém.

Estamos na França, lembra? Por que um francês, em seu juízo perfeito, teria algum interesse numa tradução ruim para o inglês de um poema grego impenetrável?

Boa pergunta. Por que a gente não joga o livro fora, e pronto?

Muito grosseiro. Livros devem ser tratados com respeito, mesmo aqueles que nos dão enjoo.

Então vamos deixá-lo para trás. Aqui mesmo, neste banco. Um presente anônimo para um desconhecido.

Perfeito. E, depois que pagarmos a conta e sairmos deste café, nunca mais vamos falar sobre Licofron.

Assim começa a amizade entre Walker e Cécile Juin. Ele descobre que, em vários aspectos, Cécile é uma criatura absolutamente impossível. Ela treme e se mexe irrequieta, rói as unhas, não fuma nem bebe, é vegetariana militante, faz muitas exigências a si mesma (por exemplo, a tradução destruída) e às vezes é chocantemente imatura (por exemplo, a história boba sobre não poder contar para ele onde achou o livro, sua fixação infantil em *secrets*).

De outro lado, sem sombra de dúvida, ela é uma das pessoas mais inteligentes que ele já conheceu. Sua mente é um instrumento prodigioso, e seu pensamento pode ficar dando voltas e mais voltas ao redor de Walker, a respeito de qualquer assunto imaginável, deixando-o assombrado com seu conhecimento de literatura e arte, música e história, política e ciência. Ela também não é uma mera máquina de memorização, um desses protótipos de melhor aluno com uma incrível capacidade de ingerir uma quantidade enorme de informações sem filtrar nada. Cécile é perspicaz e sensível, suas opiniões são infalivelmente originais, e, embora tímida e nervosa, se aferra obstinadamente à sua tese em qualquer discussão. Por seis dias seguidos, Walker a encontra para almoçar na lanchonete dos estudantes na Rue Mazet. Passam as tardes juntos vagando pelas livrarias, indo ao cinema, visitando galerias de arte, sentados em bancos à beira do Sena. Walker fica aliviado por não se sentir fisicamente atraído por ela, por poder confinar seus pensamentos sobre sexo em Margot (que durante esse período passa uma noite com ele, em seu hotel) e na ausente Gwyn, que nunca está longe dele. Em suma, apesar das idiossincrasias malucas de Cécile, ele aprecia a companhia de sua mente mais que o bastante para abster-se de quaisquer pensamentos sobre seu corpo e, com satisfação, mantém as mãos longe dela.

Agindo com cautela, não lhe faz nenhuma pergunta direta acerca de Born. Quer saber o que ela pensa sobre ele, quer saber o que acha do iminente casamento da mãe com o *velho amigo da família*, mas ele tem muito tempo pela frente, o divórcio não vai sair antes da primavera, e ele prefere esperar até que sua amizade esteja enraizada com firmeza antes de mergulhar em assuntos tão particulares. Contudo, o silêncio dela é instrutivo, acredita Walker, pois, se ela sentisse uma afeição especial por Born ou se estivesse entusiasmada com o casamento, inevitavelmente teria falado sobre esses assuntos de vez em quando, mas Cécile não diz nada e portanto Walker conclui que ela tem receios a respeito da decisão da mãe. Talvez ela encare isso como uma traição a seu pai, pensa ele, mas esse é um tema delicado demais para Walker abordar em conversa com ela e, até que Cécile tome a iniciativa de mencionar o assunto, ele vai continuar fingindo que não sabe nada sobre o homem que está no hospital, o pai quase morto, que nunca mais vai despertar.

No quinto dia de suas perambulações diárias, Cécile lhe diz que sua mãe gostaria de saber se ele está livre para ir ao apartamento delas para jantar na noite seguinte, a última noite antes que comece o novo período letivo no *lycée*. O primeiro impulso de Walker é recusar o convite, pois tem medo de que Born esteja entre os presentes, mas acontece que Born está em Londres, tratando de negócios da família (negócios da família?) e o jantar será com os três, Hélène, Cécile e ele. Claro, diz, vai ficar contente de ir a esse pequeno jantar. Reuniões grandes o deixam incomodado, mas uma noite tranquila com a mãe e a filha Juin parece formidável. Quando ele diz a palavra *formidável* (*formidable*), o rosto de Cécile se ilumina com uma expressão de alegria entusiasmada e desinibida. Naquele instante, Walker de repente compreende que o convite não veio de Hélène, mas de Cécile, que ela induziu sua mãe a convidá-lo para ir ao seu apartamento e, com toda a probabilidade, há dias que está insistindo com ela para realizar seu projeto. Até agora, Cécile se mostrou bem cautelosa em sua presença, evitando qualquer rasgo de emoção mais espontâneo, e essa expressão de alegria que se alastra em seu rosto é um sinal profundamente preocupante. A última coisa que ele quer é que Cécile comece a sentir alguma paixão por ele.

Elas moram na Rue de Verneuil, no VII Arrondissement, uma rua paralela à Rue de l'Université, mas, ao contrário da residência palaciana da família de Margot, o apartamento das Juin é pequeno e mobiliado com simplicidade, sem dúvida um reflexo da reduzida receita financeira de Hélène após o acidente do marido. Mas a casa é extremamente bem cuidada, Walker repara, tudo está em seu devido lugar, imaculado, arrumado, preservado, desde a mesinha de centro de vidro sem mancha nenhuma até o assoalho encerado e lustroso, como se essa exigência de ordem fosse uma tentativa de manter o caos e a imprevisibilidade do mundo a uma distância segura. Quem pode criticar Hélène por esse zelo fanático?, pensa Walker. Ela está tentando se manter em pé, inteira, a ela e também a Cécile, e, com o pesado fardo que tem de suportar, quem sabe não é por isso que ela planeja se divorciar do marido e casar com Born: a fim de sair de sua situação difícil e poder respirar outra vez.

Com Born fora da equação, Walker descobre em Hélène uma pessoa um pouco mais suave e mais amigável do que a mulher que conheceu no restaurante alguns dias atrás. Ainda é reservada, ainda envolta num ar de retidão e decoro, mas, quando ele a cumprimenta na porta e aperta sua mão, fica surpreso ao ver como ela fita seus olhos de modo caloroso, como se estivesse autenticamente feliz por ter vindo. Talvez Walker estivesse enganado ao supor que Cécile havia pressionado a mãe de todo jeito para convidá-lo a visitar a casa delas. No final das contas, talvez tenha sido a própria Hélène quem propôs a ideia: Que tal chamar aquele rapaz americano com quem você anda saindo, Cécile? Por que a gente não o convida para jantar? Assim eu vou poder saber mais alguma coisa a respeito dele.

De novo, Cécile preferiu dispensar os óculos nessa noite, mas, ao contrário do que aconteceu no jantar no restaurante, ela não fica piscando os olhos. Walker supõe que ela passou a usar lentes de contato, mas evita fazer perguntas, com receio de que o assunto a deixe embaraçada. Cécile parece mais calada do que o habitual, pensa Walker, mais composta e controlada, mas ele não sabe se isso acontece porque está fazendo um esforço consciente para agir de certa maneira ou porque se sente mais inibida diante da mãe. Um prato de cada vez, a comida vai sendo servida: patê com *cornichons* para começar, um *pot-au-feu*, uma salada de endívias, três queijos diferentes, e manjar caramelado de sobremesa. Walker elogia Hélène a cada novo prato e, embora esteja sinceramente apreciando cada porção que põe na boca, sabe que sua culinária não está no mesmo nível da de Margot. Uma grande quantidade de assuntos sem importância são discutidos. Escola e trabalho, o tempo, as diferenças entre o sistema de metrô de Paris e o de Nova York. A conversa se inflama bastante quando ele e Cécile passam a falar sobre música, e, quando a refeição termina, ele consegue afinal persuadir Cécile (depois de quantas negativas truculentas?) a tocar algo para ele, algo para ele e para sua mãe. Há um pequeno piano de parede na sala — que serve como um misto de sala de estar e sala de jantar —, e, quando Cécile se levanta da mesa e começa a caminhar na direção do instrumento, ela pergunta: Alguma música em especial? Bach, diz ele, sem hesitação. Uma invenção de Bach em duas partes.

    Ela toca bem, ataca as notas da peça com uma precisão tenaz, sua dinâmica é firme, e, se seu fraseado é um pouco mecânico, se ela não alcança a fluência de um profissional maduro, quem pode criticá-la por não ser outra coisa além daquilo que ela é? Cécile não é uma profissional. É uma aluna do ensino médio de dezoito anos de idade que toca piano para seu próprio prazer e executa a peça de Bach com eficiência, destreza e com muito sentimento. Walker recorda suas próprias tentativas desajeitadas de aprender a tocar piano quando era garoto e como ficou decepcionado ao descobrir que não tinha a menor queda para aquilo. Assim ele aplaude o desempenho de Cécile com grande entusiasmo, elogia sua aplicação e lhe diz que a acha muito boa. Não sou muito boa, na verdade, diz ela, com sua modéstia irritante. Sou mais ou menos. Mas, mesmo quando denigre a si própria, Walker pode ver que sua boca está repuxada para baixo, pode ver que Cécile se esforça para reprimir um sorriso, e ele percebe o valor que seus elogios têm para ela.

Um instante depois, Cécile pede desculpas e sai pelo corredor (sem dúvida para ir ao banheiro), e, pela primeira vez nessa noite inteira, Walker fica sozinho com a mãe dela. Como Hélène sabe que Cécile estará de volta em pouco tempo, vai direto ao assunto, sem querer perder nem um segundo.

Tome cuidado com ela, sr. Walker, diz Hélène. É uma pessoa frágil, complexa, e não tem nenhuma experiência com homens.

Gosto muito de Cécile, diz ele, mas não da maneira como você parece estar sugerindo. Aprecio estar com ela, só isso. Como amigo.

Sim, tenho certeza de que gosta dela. Mas não ama Cécile, e o problema é que ela se apaixonou por você.

Ela contou isso para você?

Não precisa me contar. Basta eu olhar para ela.

Não pode estar apaixonada por mim. Só nos conhecemos há uma semana.

Um ano, uma semana, que diferença faz? Essas coisas acontecem, e eu não quero que ela se magoe. Por favor, tome cuidado. Imploro a você.

O terror se concretizou. Inocência se transformou em culpa, e esperança é uma palavra que rima com desespero. Em toda parte de Paris, as pessoas estão saltando das janelas. O metrô está inundado de excremento humano. Os mortos saem rastejando de suas sepulturas. Fim do Segundo Ato. Cortina.

Terceiro Ato. Quando Walker sai do apartamento das Juin e cambaleia pela noite friorenta de setembro, não existe em sua mente nenhuma dúvida de que Hélène lhe contou a verdade. No fundo, ele já desconfiava e, agora que as desconfianças se confirmaram, compreende que terá de elaborar uma estratégia nova. Para começar, não haverá mais passeios diários com Cécile. Por mais afeiçoado que tenha ficado a ela, Walker tem de tomar cuidado (sim, Hélène tem razão), tem de tomar muito cuidado para não fazer nada que possa magoá-la. Mas o que significa tomar cuidado? Cortar relações com ela lhe parece desnecessariamente cruel, e, no entanto, se continuar a ver Cécile, a jovem não vai interpretar seu interesse contínuo por ela como um sinal de encorajamento? Não existe uma solução simples para esse dilema. Pois o fato é que ele tem de ver Cécile, talvez não com a mesma frequência de antes, talvez não durante tantas horas seguidas, mas tem de ver Cécile, porque ela é a pessoa que ele decidiu que vai ouvir seu desabafo, aquela que vai ouvir a história do assassinato de Cedric Williams. Cécile vai acreditar na história. Se Walker, em troca, procurar a mãe dela, há uma grande chance de que Hélène não acredite. Mas, se Cécile acreditar na história, então suas chances com Hélène vão aumentar, pois é mais do que provável que ela vai acreditar no que a filha lhe disser.

    Walker telefona para Margot na manhã seguinte, na esperança de distrair-se do seu emaranhado de incertezas passando algumas horas com ela — dependendo do estado de espírito de Margot, é claro, e dependendo de ela estar livre.

    Que engraçado, diz Margot. Eu estava quase pegando o telefone para ligar para o seu hotel.

    Estou contente, retruca Walker. Isso significa que estávamos pensando um no outro no mesmo momento. Telepatia é a melhor indicação de um forte vínculo entre as pessoas.

    Você diz umas coisas muito estranhas...

    Você pode me dizer por que ia telefonar para mim, ou eu devo lhe contar por que telefonei?

    Primeiro você.

Muito simples. Estou morto de vontade de ver você. Eu adoraria encontrar você, mas não posso. Por isso quis falar com você.

Tem alguma coisa errada?

Não, nada disso. Vou ficar fora durante uma semana, e queria que você soubesse.

Ficar fora?

É, em Londres.

Londres?

Por que fica repetindo o que eu digo?

Desculpe. Mas é que tem outra pessoa lá em Londres, também.

Junto com mais dez milhões de pessoas. Está pensando em alguém em especial?

Achei que talvez você soubesse.

Do que está falando?

De Born. Ele foi para Londres faz três dias.

E por que eu teria de me preocupar com isso?

Você não vai se encontrar com ele, vai?

Não seja ridículo.

Porque, se você *vai* se encontrar com ele, acho que não vou tolerar.

Que foi que deu em você? Claro que não vou me encontrar com ele.

Então por que está indo?

Não faça isso, Adam. Você não tem direito de me fazer essa pergunta.

Pensei que tivesse.

Não tenho de prestar contas a ninguém do que faço — muito menos a você.

Desculpe. Estou agindo como um imbecil, não é? Retiro a pergunta.

Se quer saber, vou ver minha irmã. Ela casou com um inglês e mora em Hampstead. Seu filho vai fazer três anos, e fui convidada para a festa de aniversário. Além disso — só para completar o quadro —, minha mãe vai viajar comigo.
Posso ver você antes de partir?
Vamos sair para o aeroporto daqui a uma hora.
Que pena. Vou sentir sua falta. De verdade, vou sentir muito sua falta.
São só oito dias. Controle-se, garoto. Estarei de volta antes que você perceba.

Depois dessa conversa desanimadora com Margot, ele volta para seu quarto no hotel e fica à toa por algumas horas, incapaz de reunir forças para se concentrar no livro que está tentando ler (*Les choses: Une histoire des années soixante*, de Georges Perec), e dali a pouco já está pensando outra vez em Cécile, lembrando que hoje é seu primeiro dia no colégio e que, não muito longe de onde ele está, ela se encontra numa sala de aula no Lycée Fénelon, escutando um de seus professores que fala sobre a prosódia de Molière, enquanto Cécile mexe entre os dedos sua bolsinha cheia de lápis recém-apontados. Walker vai evitá-la por enquanto, diz consigo, e, quando suas aulas na faculdade começarem, dali a oito dias (exatamente no dia do regresso de Margot), ele terá uma desculpa legítima para ver Cécile com menos frequência, e, à medida que diminuir o tempo que os dois passam juntos, talvez também diminua a paixão dela por Walker.

Durante os três dias seguintes, ele se aferra com tenacidade a esse regime de silêncio. Não vê ninguém, não fala com ninguém e aos poucos começa a sentir-se um pouco mais forte em sua solidão, como se os rigores que impôs a si mesmo o tivessem enobrecido de certa maneira, levando-o a recuperar o contato com a pessoa que ele antes imaginava ser. Escreve dois poemas curtos que de fato talvez não sejam de jogar fora (*nunca nada mas o sonho do nada/ nunca uma coisa qualquer mas o sonho de tudo*), passa uma tarde inteira anotando seus pensamentos sobre a cena da ressurreição no filme de Dreyer e compõe uma carta comprida, luxuriante e entusiástica para Gwyn, a respeito dos caprichos do céu de Paris, visto através das janelas do seu quarto: *Viver aqui é se transformar num perito em nuvens, num meteorologista de extravagâncias.* Então, no início do quarto dia, logo depois de acordar, quando está tomando os primeiros goles do café instantâneo amargo que prepara toda manhã com água fervida na chapa elétrica que fica ao lado da cama, ouve batidas na porta.

Ainda meio zonzo, ainda entorpecido por causa do calor da cama, o desgrenhado e despido Walker se mete numa calça e segue ligeiro para a porta, andando cautelosamente na ponta dos pés descalços para não enfiar na sola dos pés nenhuma farpa das pranchas rachadas do assoalho. Supõe outra vez que seja Maurice, e outra vez está enganado, mas, como acha que é Maurice, nem se dá o trabalho de perguntar quem é.

Cécile está na sua frente. Está tensa, mordendo o lábio inferior, e está tremendo, como se pequenas correntes elétricas percorressem seu corpo, como se ela estivesse prestes a erguer-se no ar e levitar.

Walker diz: Você não devia estar no colégio?

Não se preocupe com o colégio, responde ela, e atravessa a soleira da porta antes que ele possa convidá-la a entrar. Isto é mais importante do que o colégio.

Está certo, é mais importante do que o colégio. Mas em que sentido?

Você não me ligou mais desde a noite do jantar. Que aconteceu com você?

Nada. Andei ocupado, só isso. E achei que você também estivesse ocupada. Suas aulas acabaram de começar esta semana, e você deve andar no sufoco, de tantas tarefas de casa que tem para fazer. Eu queria dar a você alguns dias para se organizar.

Não é isso. Não é nada disso. Minha mãe falou com você, foi isso que aconteceu. A burra da minha mãe falou com você e deixou você com medo. Pois bem, para seu governo, minha mãe não sabe nada a meu respeito. Posso cuidar perfeitamente de mim sozinha, muito obrigada.

Calma, vamos mais devagar, Cécile, diz Walker, erguendo o braço direito na direção dela, com a mão aberta — a posição de um guarda que comanda o trânsito. Faz três minutos que acordei, continua, e ainda estou tentando tirar as teias de aranha da cabeça. O café. Era isso que eu estava fazendo. Estava tomando meu café. Não quer tomar café comigo?

Não gosto de café. Você sabe disso.

Chá?

Não, obrigada.

Está bem. Nada de café, nada de chá. Mas, por favor, sente-se. Está me deixando nervoso.

Aponta para a cadeira atrás da escrivaninha, depois se aproxima da escrivaninha a fim de puxar a cadeira para ela e, quando Cécile caminha na direção da cadeira, ele vai pegar o bule de café e leva para a cama. Senta no colchão mole, arqueado em forma de U, no mesmo instante em que ela senta na cadeira rangente. Por algum motivo, ele acha aquele efeito cômico. Toma um gole do café, que já está frio, e sorri para Cécile, na esperança de que a aterrissagem simultânea dos dois tenha parecido tão engraçada para ela quanto foi para ele, mas para Cécile agora nada é engraçado e ela não sorri em resposta ao sorriso dele.

Sua mãe, diz Walker. Foi isso mesmo, ela falou comigo. Aconteceu quando você saiu da sala, depois de tocar piano, e a

conversa durou no máximo quinze ou vinte segundos. Ela falou, e eu escutei, mas ela não me deixou com medo.
Não?
Claro que não.
Tem certeza?
Absoluta.
Então por que foi que você sumiu?
Não sumi. Minha intenção era telefonar para você no sábado ou no domingo.
Sério?
Sim, sério. Agora vamos parar com isso. Chega de perguntas, está bem? Chega de dúvidas. Sou seu amigo e quero continuar seu amigo.
É só que...
Chega. Quero continuar seu amigo, Cécile, mas não posso fazer isso se você não começar a ter confiança em mim.
Confiança em você? Do que está falando? Claro que tenho confiança em você.
Na verdade, não. Passamos muito tempo juntos nos últimos dias e durante esse tempo a gente conversou sobre muitas coisas — livros e filósofos, arte e música, filmes, política, até sobre sapatos e chapéus —, mas nem uma vez você se abriu comigo. Não precisa esconder. Eu sei o que acontece com as famílias quando as coisas andam mal. Outro dia, quando contei para você o que aconteceu com meu irmão, Andy, achei que isso podia levar você a falar também, mas você não deu um pio. Sei do acidente que seu pai sofreu, Cécile, sei do inferno que você e sua mãe passaram, sei do divórcio, sei dos planos de casamento de sua mãe. Por que você nunca falou comigo sobre esses assuntos? É para isso que servem os amigos. Para compartilhar as dores um do outro, para ajudar um ao outro a suportar.
É muito difícil, diz ela, baixando os olhos e olhando para as mãos enquanto fala. É por isso que me sinto tão feliz quando

estou com você. Porque não preciso pensar nessas coisas, porque posso esquecer como o mundo é sórdido e horrível...

Ela continua a falar, mas Walker já não está ouvindo, já não está prestando atenção, porque um pensamento súbito o dominou e ele se pergunta se não será este o momento para contar a história a Cécile, a história de Born e Cedric Williams, o assassinato de Cedric Williams, o momento certo, por causa da confiança que ganhou dela, por causa de suas declarações de amizade, o que pode tornar Cécile receptiva o bastante para escutá-lo num estado de relativa calma, para assimilar o relato brutal do que Born fez com aquele rapaz, sem causar um dano irreparável a ela, essa *pessoa frágil*, como sua mãe a definiu, essa pessoa trêmula, que rói as unhas, a vulnerável Cécile, que, no entanto, passou o verão traduzindo um poema de uma violência tão exacerbada, de um terror tão horripilante, que ele mesmo ficou chocado com o monólogo feroz de Cassandra sobre destroçar cadelas monstruosas, queimar cidades e massacrar os próprios filhos, e, no entanto, tudo isso pertence ao reino do mito, uma violência imaginária de muito tempo atrás, ao passo que Born é uma pessoa real, uma pessoa viva, que respira, que ela conhece desde o início da vida, o homem que pretende casar com sua mãe, e, se Cécile é contra esse casamento ou a favor, que efeito terá sobre ela saber do que esse homem é capaz, o que vai acontecer com ela quando Walker lhe contar a agressão homicida que testemunhou com os próprios olhos, e, embora pense que agora é o momento de lhe contar a respeito daquela noite em Nova York na primavera passada, ele hesita, não consegue se obrigar a fazer isso, não deve fazer isso, não vai fazer isso e, aconteça o que acontecer, não vai recrutá-la como uma intermediária para levar a história a sua mãe, ele vai procurar diretamente Hélène, em pessoa, essa é a solução adequada, a

única solução decente, e, ainda que não consiga convencê-la, ele não deve e não vai envolver Cécile nesse negócio sujo.
   Está tudo bem, Adam?
   O encanto afinal é quebrado. Walker ergue os olhos, faz que sim com a cabeça e lhe dirige um sorriso ligeiro, de desculpas. Desculpe, diz. Estava pensando em outra coisa.
   Uma coisa importante?
   Não, nem um pouco. Estava me lembrando de um sonho que tive esta noite. Sabe como é quando a gente acorda. O corpo entra logo em ação, mas a cabeça continua na cama.
   Não está zangado comigo por eu ter vindo aqui, está?
   Nem de longe. Estou contente por ter vindo.
   Gosta de mim um pouquinho, não gosta?
   Que tipo de pergunta é essa?
   Acha que sou feia ou repulsiva?
   Não seja absurda.
   Sei que não sou bonita, mas não sou repulsiva de olhar, sou?
   Você tem um rosto encantador, Cécile. Um rosto delicado, com olhos lindos e inteligentes.
   Então por que você nunca toca em mim ou tenta me beijar?
   Quê?
   Você ouviu.
   Por quê? Não sei. Acho que foi porque não quis me aproveitar de você.
   Acha que sou virgem, não é?
   Para dizer a verdade, nem cheguei a pensar nesse assunto.
   Bem, não sou virgem. Só para você saber. Não sou mais virgem, e nunca mais vou ser outra vez.
   Parabéns.
   Aconteceu no mês passado, na Bretanha. O nome do rapaz é Jean-Marc, e fizemos três vezes. Ele é uma boa pessoa, o Jean-Marc, mas não estou apaixonada por ele. Entende o que estou dizendo?

Acho que sim.

E então?

Você tem de me dar um tempo.

O que isso quer dizer?

Quer dizer que estou profundamente apaixonado por uma mulher em Nova York. Ela rompeu comigo pouco antes de eu partir para Paris, e ainda estou sofrendo, ainda estou tentando me recuperar. Não estou pronto para nada, neste momento.

Compreendo.

Ótimo. Isso torna as coisas muito mais simples.

Mais simples, não — mais complicadas. Mas no final também não vai mudar nada.

Hã?

Quando você me conhecer melhor, vai ver que tenho um atributo muito especial, uma coisa que me distingue de todo mundo.

E que atributo é esse?

Paciência, Adam. Sou a pessoa mais paciente do mundo.

Tem de ser num sábado, ele resolve. Hélène não está trabalhando, Cécile passa metade do dia no colégio, e assim o sábado é o único dia da semana em que ele pode ir ao apartamento das Juin com a certeza de que vai ficar sozinho com Hélène. E ele quer agir agora, enquanto Born ainda está em Londres, pois essa é a única maneira de eliminar o risco de Born aparecer de repente, no meio da conversa entre eles. Walker liga para Hélène, na clínica. Diz que tem uma coisa importante para discutir com ela acerca de Cécile. Não, nada catastrófico, responde, na verdade é até o oposto, mas precisa conversar com ela e seria melhor para todos os envolvidos se os dois pudessem se encontrar numa hora em que Cécile não estivesse presente. A própria Hélène sugere que ele vá ao seu apartamento no sábado de manhã. Cécile estará no *lycée*, e, se Walker aparecer em torno das nove horas, poderão terminar a conversa antes que ela volte para casa. O que ele prefere?, pergunta ela. Café ou chá? *Croissants*, brioches ou *tartines beurrées*? Café e *tartines*, diz ele. Iogurte? Sim, iogurte seria ótimo. Está resolvido, então. Ele vai tomar o café da manhã no sábado. A voz de Hélène no telefone é tão receptiva, tão cheia de gentileza e cumplicidade bem-humorada, que Walker não tem outra opção a não ser reformular sua opinião a respeito dela depois de desligar. Ela é meio sem jeito com desconhecidos, talvez, mas, assim que conhece um pouco a pessoa, baixa a guarda e começa a mostrar sua face verdadeira. Essa face foi ficando cada vez mais atraente para Walker. Está claro que Hélène gosta dele, e no fim a verdade é que ele também gosta de Hélène. Uma motivação a mais para tirar Born de cena o mais depressa possível. Se isso for possível. Se ele tiver meios para fazer Hélène acreditar nele.

Rue de Verneuil, sábado de manhã. Durante a primeira meia hora, Walker se concentra em Cécile, faz todo o possível para deixar a mente de Hélène descansada a respeito dos sentimentos da filha por ele e provar que a situação não é tão medonha quanto ela pensava. Conta-lhe sua conversa com Cécile na quinta-feira (deixando de mencionar que ocorreu de manhã, horário em que ela devia estar no colégio) e diz que agora tudo ficou esclarecido. Cécile sabe que Walker é inacessível para ela, que ele acabou de passar por um pungente rompimento com uma pessoa em Nova York e não está em condições de começar um romance nem com ela nem com ninguém.

Isso é verdade, pergunta Hélène, ou é só uma invenção para protegê-la?

Eu não estava inventando, diz Walker.

Pobre rapaz. Deve estar passando maus bocados.

Estou mesmo. Mas isso não significa que eu não mereça.
Ignorando esse comentário enigmático, Hélène insiste: E o que foi que ela disse quando você lhe contou sobre sua... situação?

Ela disse que compreendia.

Só isso? Não fez uma cena?

Nada de cena. Ficou muito calma.

Estou surpresa. Ela não é de fazer isso.

Sei que ela tem o pavio curto, madame Juin, sei que ela não é tremendamente estável, mas é também uma pessoa notável, e minha sensação é que ela é muito mais forte do que você pensa.

É uma questão de opinião, é claro, mas vamos torcer para que você tenha razão.

Além do mais, e isso vai interessar você, estava enganada quando me disse que ela não tinha nenhuma experiência com homens.

Ora, ora. E onde foi que ela adquiriu essa experiência?

Já falei bastante. Se quiser saber, terá de perguntar a Cécile.

Afinal, não sou um espião.

Que falta de tato a minha. Você tem toda a razão, me desculpe por fazer essa pergunta.

O que eu quero dizer é que Cécile está ficando adulta e talvez seja hora de soltá-la. Você não deve mais se preocupar tanto com ela.

É impossível não me preocupar com essa menina. É a minha função, Adam. Eu me preocupo com Cécile. Eu me preocupei com ela durante toda a sua vida.

[Depois da palavra *vida*, há uma interrupção no manuscrito de Walker, e a conversa chega ao fim de forma abrupta. Até esse ponto, as anotações foram contínuas, uma sequência ininterrupta de parágrafos cerrados, em espaço simples, mas agora há um intervalo em branco que recobre cerca de um quarto de uma página e, quando o texto recomeça abaixo desse retângulo branco, o tom da escrita é diferente. Não restou muita coisa para contar (estamos na página 28 a essa altura, o que significa que só faltam três páginas para terminar), mas Walker abandona o enfoque meticuloso, passo a passo, que adotou até então e rapidamente sintetiza os acontecimentos finais da narrativa. Só posso supor que ele estava no meio da conversa com Hélène quando parou de escrever, dando por terminada a tarefa do dia, e, quando acordou na manhã seguinte (se é que dormiu), seu estado de saúde tinha se agravado seriamente. Eram os últimos dias de sua vida, lembrem-se, e ele deve ter se sentido desolado demais, esgotado demais, fraco demais para prosseguir como antes. Ainda mais cedo, ao longo das primeiras vinte e oito páginas, eu havia percebido um lento mas inelutável definhamento das forças, uma perda de atenção para o detalhe, mas agora ele está incapacitado demais para escrever qualquer coisa além do estritamente essencial. Ele começa *Outono* com uma descrição razoavelmente elaborada do Hôtel du Sud, menciona o que Born está vestindo em seu primeiro encontro no café, mas pouco a pouco suas descrições passam a ter menos a ver com o mundo físico do que com estados de ânimo. Ele para de falar sobre roupas (Margot, Cécile, Hélène — nem uma palavra sobre como se vestem) e, só quando parece indispensável aos seus propósitos, ele se dá, de fato, o trabalho de retratar seu ambiente (algumas frases sobre a atmosfera na Vagenende, algumas frases sobre o apartamento de Juin), mas a maior parte da história consiste em pensamentos e diálogos, o que as pessoas estão pensando e o que estão dizendo. Nas últimas três páginas, o ocaso é quase total. Walker está desaparecendo do mundo, pode sentir como a vida escoa do seu corpo e, no entanto, ele avança da melhor maneira que pode, senta diante do computador uma última vez a fim de levar a história até o fim.]

H. e W. à mesa da cozinha. Café, pão e manteiga, uma tigela de iogurte. Não resta muita coisa para dizer sobre C. Antes que fique tarde demais, ele conduz H. numa outra direção, induz H. a falar do seu marido, de Born. Tem de confirmar que os fatos batem antes de se atirar de cabeça. Na primavera passada, Born falou com ele a respeito do casamento. M. confirmou a novidade, acrescentando informações sobre o divórcio, C. não contradisse tais dados, mas H. até agora não tocou no assunto com ele. Como agir? Começa mencionando *Rudolf*, descreve como se conheceram em Nova York, em abril passado, não dá nenhum sinal de que os dois são qualquer outra coisa além de amigos cordiais, depois conta sobre o regresso de Born de Paris, em maio, e como estava entusiasmado quando anunciou que ia *casar com ela*. É verdade? H. faz que sim com a cabeça. Sim, é verdade. Em seguida ela diz que é a decisão mais penosa que já teve de tomar. Numa torrente, começa a falar do marido, conta do acidente de carro nos Pireneus, a curva em U e a queda do carro pela encosta da montanha, o hospital, a angústia dos últimos seis anos e meio, a devastação sofrida por C. — uma torrente de palavras, e depois uma torrente de lágrimas. W. quase ficou sem ânimo de levar adiante seu plano. As lágrimas esmorecem. Ela fica embaraçada, com ar de quem pede desculpas. Que estranho que ela tenha revelado a ele tais confidências, diz H., um rapaz vindo de Nova York, pouco mais velho que sua filha, uma pessoa que ela mal conhece. Mas Rudolf cobre você de elogios, e você tem sido tão gentil com C. — talvez seja essa a razão.

Ele está disposto a abandonar todo o seu plano. Fique de boca fechada, diz a si mesmo, deixe a pobre mulher em paz. Mas não consegue. Sua raiva é simplesmente grande demais, e então ele se joga do alto do penhasco e começa a falar sobre Cedric Williams e a Riverside Drive — com remorso, com ódio de si próprio, a cada palavra que pronuncia, mas incapaz de parar. H. escuta num silêncio atônito. Suas palavras são um machado afiado, e W. está partindo em pedacinhos a cabeça dela, está matando H.

Não existe a menor dúvida de que ela acredita em W. Pela maneira como olha para ele, W. pode ver que H. sabe que ele está dizendo a verdade. Mas isso não faz diferença. Ele está destruindo sua vida, e ela não tem alternativa senão se defender. Como você se atreve a fazer essas acusações hediondas — sem nenhuma prova, sem nada para respaldar o que está dizendo?

Eu estava lá, diz ele. A prova está nos meus olhos, naquilo que vi.

Mas ela não vai aceitar isso. Rudolf é um professor universitário ilustre, um intelectual, um homem de uma das famílias mais conceituadas etc. É amigo dela, salvou-a de anos de infortúnio, não existe no mundo outro homem como ele.

Rosto duro. Nada de lágrimas, agora, nada de autopiedade. Furiosa em seu sentimento de superioridade.

W. se levanta para ir embora. Não há mais nada para dizer a ela. Só isto, que ele declara no instante em que vai sair do apartamento: Achei que era meu dever contar para você. Ponha-se no meu lugar por um momento e logo vai compreender que não tenho o menor motivo para mentir para você. Quero que você e Cécile sejam felizes — só isso — e acho que você está prestes a cometer um erro terrível. Se não acredita em mim, então faça um favor a si mesma e pergunte a Rudolf por que ele sempre anda com um canivete de mola no bolso.

Domingo de manhã. Batida na porta. Maurice, de olhos turvos e barba por fazer, ainda se recuperando do porre da noite de sábado. Tem um telefonema para você, *jeune homme*. W. desce ao térreo, até a mesa telefônica, e pega o fone. A voz de Born lhe diz: Eu soube que você andou espalhando coisas feias a meu respeito, Walker. Pensei que tínhamos um trato, e agora você dá meia-volta e me apunhala pelas costas. Feito um judeu. Feito o judeu fedorento que você é, com seu nome anglo-saxão espúrio e com essa sua boquinha sórdida. Existem leis contra esse tipo de coisa, sabia? Calúnia, difamação do caráter, difundir mentiras sobre os outros. Por que não vai embora para sua casa? Faça as malas e vá embora de Paris. Desligue-se do programa universitário e suma daqui. Se ficar aqui na área, vai se arrepender, Walker, eu juro. Sua bunda vai ficar tão assada que você não vai conseguir sentar pelo resto da vida.

Tarde de segunda-feira. Ele fica plantado na frente do Lycée Fénelon, esperando que Cécile saia do prédio. Quando ela afinal aparece, rodeada por um bando de estudantes, olha para ele bem nos olhos e vira a cara para o outro lado. Começa a caminhar na direção da Rue Saint-André des Arts. W. corre para alcançá-la. Segura seu cotovelo, mas ela se desvencilha dele com um safanão. Ele a agarra de novo, a obriga a parar. Qual é o problema?, pergunta. Por que não fala comigo?

Como você foi capaz disso?, responde ela, berrando para W. com voz forte e estridente. Dizer todas aquelas *coisas monstruosas* para minha mãe. Você é um pulha, Adam. Você não presta. Sua língua tinha de ser arrancada da sua boca.

Ele tenta acalmar C., obrigá-la a escutar o que tem a dizer.

Não quero ver você nunca mais.

Ele faz um último esforço racional para convencê-la.

Ela começa a chorar. Depois cospe na cara dele e vai embora.

Noite de segunda-feira. A prostituta volumosa, mascando chiclete, na Rue Saint-Denis. É sua primeira experiência com uma prostituta. O quarto tem cheiro de inseticida, suor e vestígios de vômito.

Terça-feira. Ele passa o dia todo caminhando por Paris. Vê um padre jogando críquete com um bando de meninos em idade escolar no jardim de Luxembourg. Dá dez francos a um mendigo na Rue Monge. O céu de fim de setembro escurece à sua volta, passa de azul metálico para o tom mais forte de anil. Ele não tem mais nenhuma ideia.

Noite de terça-feira. Às três da madrugada, um barulho alto do lado de fora, bem perto de sua porta. Ele está em sono profundo, esgotado por causa da maratona de caminhadas pela cidade. Alguém está batendo. Não, não é alguém, há vários alguéns. Um exército de punhos cerrados batem na sua porta.

Dois guardas de uniforme, jovens gendarmes franceses com armas nos coldres e cassetetes nas mãos. Um homem mais velho, de terno. O perplexo Maurice à espreita na porta. Perguntam se o nome dele é Adam Walker — *Val-kér*. Pedem seus documentos, referindo-se ao passaporte americano, e, quando ele o entrega a um dos gendarmes, não o recebe de volta. Então o homem mais velho instrui o outro gendarme a dar uma busca no armário. A gaveta de baixo é aberta, e de lá sai um grande tijolo embrulhado em papel-alumínio. O mais jovem o entrega ao homem mais velho, que começa a desembrulhar o pacote. Haxixe, diz ele. Uns bons dois quilos e meio, talvez três.

A ironia sutil da retaliação de Born. O rapaz que nunca usou drogas é acusado de porte de drogas.

Levam-no embora. No banco de trás do carro, W. diz ao homem mais velho que é inocente, que alguém plantou a droga no seu quarto enquanto ele estava fora, caminhando. O homem diz para ele calar a boca.

Levam-no para o interior de um prédio, colocam-no numa sala e trancam a porta. Ele não tem a menor ideia de onde está. Tudo o que sabe é que está sentado numa sala pequena e vazia, em algum lugar de Paris, e que puseram algemas em seus pulsos. Será que foi preso? Ele não tem certeza. Ninguém lhe disse nada, mas ele acha estranho que não tenha sido fotografado e que não tenham tirado suas impressões digitais, que ele fique sentado naquela salinha vazia e não trancado numa cela de alguma prisão.

Fica ali sentado durante quase sete horas. Às dez e meia, é levado do prédio e transportado para o Palais de Justice. As algemas são retiradas dos seus pulsos. Ele é conduzido a um gabinete e fala com um homem que diz ser o *juge d'instruction*. É possível que o homem seja de fato aquilo que diz ser, mas W. desconfia que não é. Está cada vez mais convencido de que se encontra numa farsa montada por Rudolf Born e que *todos os homens e mulheres são meros atores*.

O juiz de instrução, supondo-se que ele seja de fato o juiz de instrução, diz a W. que ele é um jovem de sorte. O porte de uma quantidade tão grande de drogas ilícitas é um crime grave na França, punido com muitos anos de prisão. Felizmente para W., um homem com uma influência considerável nos círculos do governo intercedeu em seu favor, pediu clemência para o acusado à luz de seus bons antecedentes. Desse modo, o Ministério da Justiça está disposto a fazer um acordo com W. Vão retirar as acusações se ele concordar com a deportação. Nunca mais terá permissão para entrar na França outra vez, mas será um homem livre em seu próprio país.

O *juge d'instruction* abre a gaveta de cima de sua escrivaninha e pega o passaporte de W. (que segura na mão direita) e uma passagem de avião (que segura na mão esquerda). Esta é uma oferta única, diz. É pegar ou largar.

W. pega.

Ótimo, diz o homem. Uma sábia decisão. O avião parte hoje à tarde, às três horas. Isso lhe dá apenas o tempo necessário para voltar ao seu hotel e fazer suas malas. Um agente vai acompanhá-lo, é claro, mas, depois que o avião decolar e deixar o território francês, o trato estará encerrado. Esperamos sinceramente que esta seja a última vez que vemos o senhor. Faça uma boa viagem, sr. Walker.

E assim termina a breve estadia de W. na terra dos gauleses — expulso, humilhado, banido para o resto da vida.

Ele nunca mais vai voltar lá, e nunca mais vai ver nenhum deles outra vez.

Adeus, Margot. Adeus, Cécile. Adeus, Hélène.

Quarenta anos depois, eles têm a mesma consistência que os fantasmas.

Todos são fantasmas agora, e W. logo caminhará entre eles.

IV.

No avião que me trouxe de San Francisco de volta para Nova York, vasculhei minha memória em busca do momento exato em que vi Walker pela primeira vez no outono de 1967. Eu não sabia que ele tinha ido estudar em Paris por um ano, mas alguns dias depois do início do semestre, quando fizemos nossa primeira reunião editorial da *Columbia Review* (Adam e eu fazíamos parte do conselho editorial), notei que ele não estava presente. Que aconteceu com Walker?, perguntei a alguém, e foi então que soube que ele estava na Europa, inscrito no Programa Um Ano de Estudos no Exterior, para alunos do penúltimo ano da faculdade. Pouco tempo depois (uma semana? dez dias?), ele reapareceu de repente. Eu estava frequentando o seminário de Edward Tayler sobre poesia dos séculos XVI e XVII (Wyatt, Surrey, Raleigh, Greville, Herbert, Donne), o mesmo Edward Tayler que tinha dado aulas sobre Milton na primavera. Walker e eu havíamos frequentado juntos aquele curso e tínhamos ambos a opinião de que Tayler era de longe o melhor professor no Departamento de Inglês. Como o seminário era sobretudo para alunos de pós-graduação, achei que foi muita sorte eu ter sido aceito, pois era aluno do terceiro ano da graduação e dei um duro danado, queimando as pestanas para conseguir acompanhar o arguto, irônico, taciturno e sempre brilhante Tayler, desejoso de ganhar o respeito daquele professor exigente e tão admirado. O seminário ocorria duas vezes por semana, durante uma hora e meia, e na terceira ou quarta sessão, sem nenhuma explicação de ninguém, lá estava Walker outra vez, inesperadamente entre nós, o décimo terceiro aluno de uma turma que oficialmente estava limitada a doze alunos.

Conversamos no corredor depois disso, mas Adam parecia distraído, sem vontade de falar grande coisa sobre seu regresso precipitado a Nova York (agora sei por quê). Mencionou que o programa em Paris havia sido uma frustração para ele, que os cursos que ele teve permissão de frequentar não eram tão interessantes (só gramática, nada de literatura) e, em vez de perder um ano nos porões da burocracia educacional francesa, preferiu voltar. Abandonar o programa em tão pouco tempo causou alguns transtornos, mas Columbia agiu com a generosidade costumeira, assim pensava Walker, e, embora as aulas já tivessem começado quando ele caiu fora de Paris, uma longa conversa com um dos supervisores acabou resolvendo a questão e ele foi reincorporado como aluno em tempo integral e com o histórico escolar limpo — o que significava que não precisava se preocupar com a convocação para o serviço militar, ao menos durante mais quatro semestres. O único problema era que ele não tinha um local fixo para morar. Tinha dividido seu velho apartamento com a irmã em julho e agosto, mas, depois que partiu para o que achava que seria uma estadia de um ano inteiro, sua irmã arranjou outro parceiro para dividir o apartamento, e agora ele estava sem teto. Por ora, ia se arranjando aqui e ali na casa de diversos amigos na vizinhança, enquanto procurava um apartamento novo para si. Na verdade, disse Walker, olhando para o relógio de pulso, tinha um encontro marcado dali a vinte minutos para visitar um pequeno estúdio que acabara de vagar na rua 109 e precisava ir. A gente se vê depois, disse ele, e então saiu correndo na direção da escada.

Eu sabia que Adam tinha uma irmã, mas aquela era a primeira vez que eu tinha notícia de que ela estava morando em Nova York — residia em Morningside Heights, nada menos que isso, e cursava a pós-graduação em inglês na universidade Columbia. Duas semanas depois, eu a vi de relance pela primeira vez no campus. Ela estava andando perto da estátua do pensador de Rodin, a caminho do Pavilhão de Filosofia, e, por causa da semelhança forte, quase misteriosa, com o irmão, tive a certeza de que a jovem que passou por mim andando depressa era a irmã de Walker. Já mencionei aqui como era bonita, mas dizer isso não faz justiça ao impacto avassalador que ela produziu em mim. Gwyn era flamejante de beleza, um ser incandescente, uma tempestade no coração de todo homem que pusesse os olhos nela, e vê-la pela primeira vez ficou marcado como um dos momentos mais assombrosos de minha vida. Eu a queria — desde o primeiro segundo eu a queria —, e, com a obstinação apaixonada de um tolo visionário, fui atrás dela.

Nunca aconteceu nada, cheguei a conhecê-la um pouco, nos encontramos para tomar café duas ou três vezes, eu a convidei para ir ao cinema (ela recusou), convidei-a para ir a um concerto (ela recusou), e depois, por acaso, acabamos nos encontrando num grande jantar chinês e discutimos os poemas de Emily Dickinson durante meia hora. Pouco tempo depois disso, eu a convenci a dar uma caminhada comigo pelo Riverside Park, tentei beijá-la e fui repelido. Não, Jim, disse ela. Estou com outra pessoa. Não posso.

Isso foi o fim. Umas bolas na trave, uns chutes para fora, e o jogo terminou. O mundo se fez em pedaços, o mundo se recompôs outra vez, e eu fui tocando o barco do jeito que pude. Para minha imensa sorte, vivo com a mesma mulher já faz quase trinta anos. Não consigo imaginar minha vida sem ela e, no entanto, toda vez que Gwyn passa pelo meu pensamento, confesso que ainda sinto uma pequena pontada. Ela foi a impossível, a inatingível, aquela que nunca aconteceu — um espectro da Terra do Se.

Um invisível Estados Unidos se estendia em silêncio, no escuro, à minha frente. Enquanto eu viajava no jato que ia de San Francisco para Nova York e repassava em pensamento os maus velhos tempos de 1967, me dei conta de que teria de redigir para ela uma carta de condolências assim que acordasse na manhã seguinte.

Aconteceu que Gwyn já havia entrado em contato. Quando atravessei a soleira da porta de minha casa no Brooklyn, minha mulher me deu um abraço afetuoso, caloroso (eu tinha telefonado de San Francisco, ela já sabia que Adam tinha morrido), e depois me disse que, mais cedo naquele dia, uma pessoa chamada Gwyn Tedesco deixara uma mensagem para mim na secretária eletrônica.

É a Gwyn que estou pensando que é?, indagou ela.

Telefonei para ela às dez horas da manhã seguinte. Queria escrever uma carta a fim de exprimir meus sentimentos no papel, dar a ela algo mais que os clichês vazios que tagarelamos nessas ocasiões, mas sua mensagem me pareceu urgente, havia um assunto importante que ela precisava discutir comigo, e assim liguei para Gwyn e acabou que nunca escrevi a carta.

Sua voz estava igual, exatamente a mesma que havia me hipnotizado quarenta anos antes. Uma sobriedade cadenciada, enunciação cristalina, o discretíssimo traço do sotaque do litoral do Meio Atlântico de sua infância. A voz era a mesma, porém Gwyn não era mais a mesma, e, enquanto a conversa prosseguia, eu projetava em minha cabeça diversos retratos dela, imaginando como seu lindo rosto teria resistido, bem ou mal, à passagem do tempo. Agora ela estava com sessenta e um anos, e de repente me ocorreu que eu não tinha nenhum desejo de encontrá-la outra vez. Isso só poderia gerar frustração, e eu não queria que minhas nebulosas lembranças do passado fossem pelos ares por causa dos fatos brutos do presente.

Trocamos os clichês de costume, divagamos por alguns minutos sobre Adam e sua morte, sobre como era difícil para nós aceitar o que havia acontecido, sobre os rudes golpes que a vida nos infligira. Depois deixamos de lado o passado por alguns momentos, falamos sobre nossos casamentos, nossos filhos e nosso trabalho — um agradável bate-papo, muito amistoso de parte a parte, tanto que até me vi com coragem de lhe perguntar se ainda se lembrava daquele dia no Riverside Park em que eu tinha tentado beijá-la. Claro que lembrava, disse ela, rindo pela primeira vez, mas como é que ela ia saber que aquele esquelético Jim que era aluno da graduação da faculdade iria se tornar James Freeman quando crescesse? Eu nunca cresci, disse eu. Ainda sou só o Jim. Não sou mais esquelético, mas ainda sou só o Jim.

Sim, foi tudo muito amável, e, apesar de nós dois termos sumido da vida um do outro décadas antes, Gwyn falava como se tivesse passado pouco tempo, ou tempo nenhum, como se aquelas décadas redundassem em nada mais que um ou dois meses. A familiaridade de seu tom de voz me acalmava e me induzia a uma espécie de franqueza sonolenta, e, como minhas defesas estavam reduzidas, quando ela afinal entrou no assunto que interessava, isto é, quando afinal explicou por que tinha me telefonado, dei uma tremenda mancada. Contei para ela a verdade, quando devia ter dito uma mentira.

Adam me mandou um e-mail, disse ela, um e-mail comprido, escrito poucos dias antes de ele... poucos dias antes do fim. Era uma carta linda, uma carta de despedida, agora me dou conta, e num dos parágrafos já no final ele mencionou que estava escrevendo uma coisa, uma espécie de livro, e disse que, se eu quisesse ler, devia entrar em contato com você. Mas só depois que ele tivesse morrido. Ele foi muito insistente a respeito disso. Só depois que ele tivesse morrido. Também me avisou que na certa eu ia achar o manuscrito extremamente perturbador. Pediu desculpas por isso antecipadamente, pediu que o desculpasse se o livro me magoasse de algum modo, e em seguida disse que não, que eu não devia me dar o trabalho de ler, que eu devia esquecer aquilo tudo. Era tremendamente confuso. A cada frase mudava de ideia e voltava atrás outra vez e me dizia para ir em frente se quisesse, que eu tinha o direito de ver e que, se eu quisesse mesmo ver o livro, devia entrar em contato com você, pois a única cópia estava com você. Não compreendi essa parte. Se ele escreveu o livro num computador, não era normal ter salvado o arquivo no disco rígido?
 Ele disse para Rebecca deletar o arquivo, disse eu. Agora já foi apagado do computador, e a única cópia é a que ele imprimiu e mandou para mim.
 Então o livro existe de fato.
 Mais ou menos. Ele pretendia escrevê-lo em três capítulos. Os dois primeiros estão em condições muito boas, mas ele não conseguiu terminar o terceiro. Só algumas anotações para essa terceira parte, um esboço escrito às pressas.
 Ele queria que você o ajudasse a publicar o livro?
 Nunca falou sobre publicar o livro, ao menos não diretamente. Tudo o que ele queria de mim era que lesse o manuscrito, e depois deixaria por minha conta a decisão sobre o que fazer com o livro.

Você tomou uma decisão?
Não. Para dizer a verdade, nem cheguei a pensar no assunto. Até você falar, neste instante, em publicar o livro, a ideia nunca passou pela minha cabeça.
Acho que eu devia dar uma olhada nele, não acha?
Não tenho certeza. É a sua vez de decidir, Gwyn. Se quiser ver, vou fazer uma cópia e mandar para você hoje pelo serviço expresso.
Vai me deixar abalada?
Provavelmente.
Provavelmente?
Não por causa do livro todo, mas uma ou duas coisas podem perturbar você, sim.
Uma ou duas coisas. Ah, meu Deus.
Não se preocupe. Neste momento, estou pondo a decisão nas suas mãos. Nenhuma palavra do livro de Adam jamais será publicada sem a sua aprovação.
Mande para mim, Jim. Mande hoje mesmo. Agora já sou bem crescidinha e sei como tomar meu remédio.

Como teria sido fácil para mim despistar, e negar a existência do livro, ou dizer a ela que eu o perdera em algum lugar, ou afirmar que Adam havia prometido me mandar o livro mas nunca mandou. O assunto me pegou de surpresa no meio da conversa, e não consegui pensar com a rapidez suficiente para poder começar a tecer uma história de mentira. Pior ainda, eu disse a Gwyn que havia três capítulos. Só o segundo tinha o potencial de feri-la (junto com alguns comentários no terceiro, que eu poderia facilmente cortar), e, se eu tivesse dito que Adam só escrevera dois capítulos, *Primavera* e *Outono*, ela seria poupada de ter de retornar ao apartamento na rua 107 Oeste e reviver os acontecimentos daquele verão. Mas agora ela estava esperando três capítulos e, se eu lhe mandasse só dois, ela telefonaria para mim na mesma hora e pediria as páginas que faltavam. Assim tirei uma cópia de tudo o que eu tinha — *Primavera*, *Verão*, e as notas para *Outono* — e despachei tudo para o endereço dela em Boston naquela tarde. Foi uma coisa sórdida que fiz com ela, mas àquela altura eu não tinha mais escolha. Ela queria ler o livro do irmão, e a única cópia no mundo pertencia a mim.

Ela telefonou dois dias depois. Não sei o que eu estava esperando dela, mas de certo modo eu tinha certeza de que haveria emoções fortes — lágrimas de raiva, ameaças, vergonha de ver seu segredo revelado —, mas Gwyn estava anormalmente apaziguada, mais entorpecida que ofendida, acho, como se o livro a tivesse exaurido até um estado de descrença perplexa.

Não compreendo, disse ela. A maior parte é tão minuciosa, ele é tão acuradamente verdadeiro, e então de repente vêm todas aquelas coisas inventadas. Não faz sentido.

Que coisas?, perguntei, sabendo muito bem a que ela estava se referindo.

Eu amava meu irmão, Jim. Quando eu era jovem, ele era a pessoa mais próxima de mim. Mas nunca fui para a cama com ele. Não existiu nenhuma grande experiência quando éramos crianças. Não existiu nenhum caso incestuoso no verão de 1967. Está certo, moramos juntos naquele apartamento durante dois meses, mas tínhamos quartos separados e nunca houve sexo nenhum. O que Adam escreveu é pura fantasia.

Provavelmente não é um bom momento para eu perguntar, mas por que ele faria uma coisa dessas? Sobretudo se as outras partes da história são verdadeiras.

Não sei se são verdadeiras. Pelo menos não posso verificar se são verdadeiras. Mas todas aquelas coisas batem com o que Adam me contou na época, quarenta anos atrás. Nunca vi Born, nem

Margot, nem Cécile, nem Hélène. Eu não estive com Adam em Nova York naquela primavera. Não estive com ele em Paris naquele outono. Mas de fato ele me falou a respeito dessas pessoas, e tudo o que ele disse sobre elas em 1967 bate com o que diz sobre elas no livro.

Por isso é mais estranho ainda que ele tenha inventado aquelas coisas sobre você.

Sei que não acredita em mim. Sei que acha que estou tentando me proteger, que não quero admitir que aquelas coisas possam ter acontecido entre nós. Mas não foi assim, eu juro. Nas últimas vinte e quatro horas, fiquei pensando sobre isso, e a única resposta que encontrei é que essas páginas são uma fantasia de um homem moribundo, um sonho daquilo que ele gostaria que tivesse acontecido mas nunca aconteceu.

Gostaria?

Sim, gostaria. Não estou negando que esses sentimentos estivessem no ar, mas eu não tinha o menor interesse em realizá-los. Adam era muito ligado a mim, Jim. Era uma ligação doentia, e, depois que ficamos um tempo morando juntos naquele verão, ele começou a me dizer que eu havia tirado dele o gosto por outras mulheres, que eu era a única mulher a quem ele podia amar e que, se não fôssemos irmãos, ele casaria comigo num piscar de olhos. Meio de brincadeira, é claro, mas não gostei. Para ser totalmente franca, fiquei aliviada quando ele foi para Paris.

Interessante.

E além do mais, como nós dois sabemos, menos de um mês depois ele estava de volta — expulso e em desgraça, como me disse na ocasião. Mas na época eu estava dividindo o apartamento com outra pessoa e Adam teve de procurar sozinho um lugar para morar. Ainda éramos amigos, ainda éramos os melhores amigos um do outro, mas comecei a criar uma certa distância entre nós, comecei a me afastar de Adam, para o bem dele mesmo. Você o viu muitas vezes durante seus dois últimos anos na faculdade, mas quantas vezes você viu Adam comigo?

Estou tentando lembrar... Não muitas vezes. Não mais de duas vezes.

Terminei de apresentar minha defesa. Então o que acontece agora com esse livro? A gente enfia numa gaveta e esquece?

Não necessariamente. Em sua forma atual, o livro é impublicável. Não só é falso — ao menos parcialmente falso —, como também, se as páginas falsas forem reveladas ao mundo, vão gerar desgraça e infelicidade para um número incontável de pessoas. Sou uma mulher casada, Jim. Tenho duas filhas e três netos, uma porção de parentes, centenas de amigos, uma sobrinha que eu adoro, e seria um crime publicar o livro como está agora. Concorda?

Sim, sim. Nem se discute.

Por outro lado, fiquei muito comovida com o livro. Ele me trouxe meu irmão de volta de um modo que eu não esperava, de um modo que me deixou completamente surpresa, e, se pudermos transformar o livro em algo publicável, eu daria minha aprovação ao projeto.

Estou um pouco desnorteado. Como é que se transforma um livro impublicável num livro publicável?

É aí que você entra na história. Se não estiver interessado em ajudar, vamos deixar o assunto de lado e nunca mais falamos do caso. Mas, se você quer mesmo ajudar, então minha proposta é a seguinte. Você pega as anotações da terceira parte e dá a elas uma forma adequada. Não vai ser nada difícil para você. Eu mesma jamais conseguiria fazer isso, mas você é o escritor, vai saber como lidar com isso. Depois, o mais importante, você refaz o manuscrito e troca todos os nomes. Lembra aquele programa antigo de televisão, da década de 50? *Os nomes foram trocados a fim de proteger pessoas inocentes.* Você troca os nomes das pessoas e dos lugares, acrescenta ou subtrai qualquer informação que ache adequada, e depois publica o livro sob seu nome.

Mas aí não vai ser mais o livro de Adam. De certo modo, parece desonesto. Como roubar... como uma estranha forma de plágio.

Não se você trabalhar de maneira correta. Se der a Adam o crédito pelas páginas que ele escreveu — ao Adam verdadeiro sob o nome falso que você vai inventar para ele —, aí você não vai roubar nada dele, vai prestar um tributo a ele.

Mas ninguém vai saber que é de Adam.

E isso importa? Você e eu vamos saber e, no que me diz respeito, somos os únicos que contam.

Você está se esquecendo da minha mulher.

Você confia nela, não confia?

Claro que confio nela.

Então nós três vamos saber.

Não tenho certeza, Gwyn. Preciso pensar sobre isso. Dê um tempinho para mim, está bem?

Todo o tempo que precisar. Não há a menor pressa.

Sua história foi contada de maneira convincente, mais do que plausível, achei, e para o bem dela eu queria acreditar. Mas não consegui, ao menos não completamente, ao menos não sem uma forte suspeita de que o texto de *Verão* era a história de uma experiência vivida e não um sonho obsceno de um moribundo insano. A fim de satisfazer minha curiosidade, tirei um dia de folga do romance que estava escrevendo e fui ao campus da universidade Columbia, onde um diretor na Escola de Relações Internacionais me informou que Rudolf Born tinha trabalhado lá como professor visitante durante o período acadêmico de

1966-67, e depois, após uma pesquisa na sala de microfilmes na biblioteca Butler, o mesmo Castelo dos Bocejos onde Walker trabalhou no verão, eu soube que o cadáver de Cedric Williams foi encontrado numa manhã de maio, no Riverside Park, com marcas de mais de doze facadas, no peito e no tronco. Essas *outras coisas*, como Gwyn as chamou, tinham sido relatadas com exatidão no manuscrito de Walker, e, se essas outras coisas eram verdadeiras, por que ele teria se dado o trabalho de produzir algo que não era verdadeiro, incriminando-se com um relato extremamente detalhado de um caso de amor incestuoso? É possível que a versão de Gwyn daqueles dois meses de verão esteja correta, mas também é possível que ela tenha mentido para mim. E, se mentiu, quem poderá condená-la por não querer que os fatos sejam expostos publicamente? Qualquer um mentiria na posição dela, todo mundo mentiria, mentir seria a única opção. Enquanto fazia meu caminho de volta no metrô para o Brooklyn, resolvi que aquilo não me dizia respeito. Dizia respeito a ela, mas não a mim.

Alguns meses se passaram, e nesse período quase não pensei na sugestão de Gwyn. Eu estava concentrado no trabalho com o meu livro, entrando nos últimos estágios de um romance que já havia consumido alguns anos de minha vida, e Walker e sua irmã começaram a se apagar, se dissolver, transformando-se em dois vultos no distante horizonte da consciência. Toda vez que acontecia de o livro de Adam surgir em meu pensamento, eu tinha certeza absoluta de que não queria me envolver com ele, de que o episódio estava encerrado. Depois, aconteceram duas coisas que me levaram a pensar o contrário. Cheguei ao fim do livro que estava escrevendo, o que significa que fiquei livre para voltar minha atenção para outras coisas, e esbarrei em certas informações novas ligadas à história de Walker, um epílogo, por assim dizer, um pequeno capítulo final que deu ao projeto um significado novo para mim — e, com esse significado, um impulso para começar.

Já contei como remontei as notas de Walker para *Outono*. Quanto aos nomes, foram inventados, segundo as orientações de Gwyn, e o leitor portanto pode ter a certeza de que Adam Walker não é Adam Walker. Gwyn Walker Tedesco não é Gwyn Walker Tedesco. Margot Jouffroy não é Margot Jouffroy. Hélène e Cécile Juin não são Hélène e Cécile Juin. Cedric Williams não é Cedric Williams. Sandra Williams não é Sandra Williams, e sua filha, Rebecca, não é Rebecca. Nem mesmo Born é Born. Seu nome verdadeiro era semelhante ao de outro poeta provençal, e tomei a liberdade de substituir a tradução desse outro poeta feita pelo Não Walker por uma tradução feita por mim mesmo, o que significa que os comentários sobre o *Inferno* de Dante na primeira página deste livro não estavam no manuscrito original do Não Walker. Por último, não suponho que seja necessário para mim acrescentar que meu nome não é Jim.

Westfield, Nova Jersey, não é Westfield, Nova Jersey. O lago Echo não é o lago Echo. Oakland, Califórnia, não é Oakland, Califórnia. Boston não é Boston, e, embora a Não Gwyn trabalhe na área editorial, ela não é diretora de uma editora universitária. Nova York não é Nova York, a universidade Columbia não é a universidade Columbia, mas Paris é Paris. Só Paris é verdadeira. Consegui mantê-la porque o Hôtel du Sud desapareceu faz muito tempo e todas as provas da estadia do Não Walker no hotel em 1967 também desapareceram faz muito tempo.

Terminei meu romance no final do último verão (2007). Pouco depois disso, minha mulher e eu começamos a organizar uma viagem a Paris (a filha da irmã dela ia casar com um francês em outubro), e as conversas sobre Paris me levaram a pensar em

Walker outra vez. Pensei que talvez eu pudesse localizar alguns dos atores do malsucedido drama de vingança que ele tentou montar lá quarenta anos atrás, e, se eu conseguisse localizá-los, talvez algum deles se dispusesse a falar comigo. Born era objeto de um interesse especial, mas eu ficaria contente se pudesse me encontrar com qualquer um que eu conseguisse localizar — Margot, Hélène ou Cécile. Não tive sorte nas três primeiras tentativas, mas, quando fiz uma pesquisa na internet, no Google, a respeito de Cécile Juin, informações abundantes voaram para a tela do meu monitor. Depois do meu encontro com a moça de dezoito anos no manuscrito de Walker, não me surpreendi ao saber que ela se tornara uma professora universitária de literatura. Tinha lecionado nas universidades de Lyon e de Paris e, nos últimos dez anos, estivera ligada ao CNRS (Centro Nacional de Pesquisa Científica), como membro de um pequeno grupo que investigava os manuscritos de escritores franceses dos séculos XVIII e XIX. Sua especialidade era Balzac, sobre o qual havia publicado dois livros, mas numerosos artigos e ensaios também eram mencionados, um catálogo inteiro de obras que abrangiam três décadas. Sorte dela, pensei. E sorte minha também, pois agora eu estava em condições de escrever para ela.

Trocamos duas cartas breves. Na minha, me apresentei como amigo de Walker, dei-lhe a notícia da recente morte de Adam e perguntei se seria possível nos encontrarmos durante minha futura visita a Paris. A carta era breve e ia direto ao assunto, sem nenhuma pergunta sobre o casamento de sua mãe com Born, nada acerca das notas de Walker para *Outono*, simplesmente um pedido para encontrá-la em outubro. Ela me escreveu a resposta prontamente. Na minha tradução do francês, sua carta dizia o seguinte:

Fiquei arrasada ao saber da morte de Walker. Eu o conheci rapidamente quando eu era muito jovem, em Paris, há muitos anos, mas nunca o esqueci. Foi o primeiro amor da minha vida, e na época dei um fora muito feio nele, uma coisa tão cruel e imperdoável que tem pesado na minha consciência desde então. Mandei para ele uma carta de desculpas depois que ele retornou a Nova York, mas a carta voltou para mim, assinalada *Endereço desconhecido*. Sim, eu gostaria de encontrar o senhor quando vier a Paris no mês que vem. Por favor, esteja ciente, no entanto, de que sou uma velha tola e que minhas emoções tendem a extravasar facilmente. Se conversarmos sobre Adam (o que suponho que faremos), há uma grande possibilidade de que eu me emocione e desate a chorar. O senhor não deve tomar isso de forma pessoal.

Uma mulher de cinquenta e oito anos não é uma velha, é claro, e eu duvidava que houvesse em Cécile Juin qualquer coisa que pudesse ser classificada de tola. Seu senso de humor estava aparentemente intacto, então, e, por mais bem-sucedida que ela fosse no estreito mundo da pesquisa universitária, devia perceber como era peculiar a vida que havia escolhido para si: sequestrada em saletas de bibliotecas e em câmaras subterrâneas, perscrutando manuscritos de mortos, uma carreira consumida num insondável reino de poeira. Num PS em sua carta, ela revelava a maneira sarcástica como encarava seu trabalho. Conhecia meu nome, disse, e, se eu era o James Freeman que ela estava pensando, queria saber se não estaria disposto a participar de uma pesquisa que sua equipe estava fazendo sobre métodos de composição de escritores contemporâneos. Computador ou máquina de escrever, lápis ou caneta, caderno ou folhas soltas, quantos rascunhos para concluir um livro. Sim, eu sei, acrescentou, coisas muito chatas. Mas é este o nosso trabalho no CNRS: tornar o mundo o mais chato possível.

Havia certa autozombaria em sua carta, mas havia também sofrimento, e fiquei um tanto surpreso ao saber que ela se recordava de Walker de modo tão nítido. Só o conhecera por duas semanas, nos tempos remotos de sua mocidade, e, no entanto, a amizade entre os dois deve ter aberto algo importante para ela, que modificou a forma como percebia a si mesma e que, pela primeira vez, a tinha impelido para um confronto direto com as profundezas do próprio coração. *Nunca o esqueci. Foi o primeiro amor da minha vida.* Eu não estava preparado para uma confissão tão franca. As anotações de Walker haviam tocado no problema da crescente paixão de Cécile por ele, mas agora se revelava que os sentimentos dela foram muito mais fortes do que ele imaginava na época. E houve a cuspida em sua cara. Na ocasião, Cécile deve ter achado que sua raiva se justificava. Walker tinha difamado Born, tinha perturbado sua mãe, e Cécile sentiu-se traída. Mas em seguida, pouco depois disso, ela escreveu uma carta de desculpas para Walker. Será que isso queria dizer que ela havia reconsiderado sua atitude? Teria acontecido alguma coisa que a levou a acreditar que as acusações de Walker eram verdadeiras? Era a primeira pergunta que eu pretendia lhe fazer.

Minha mulher e eu reservamos um quarto no Hôtel d'Aubusson, na Rue Dauphine. Tínhamos nos hospedado ali antes, tínhamos ficado em vários hotéis de Paris ao longo dos anos, mas eu queria voltar à Rue Dauphine dessa vez, porque o hotel se localizava bem no meio do bairro onde Walker residira em 1967. O Hôtel du Sud podia ter desaparecido, mas muitos outros lugares que ele havia frequentado continuavam a existir. A Vagenende continuava a existir. O La Palette e o Café Conti ainda estavam funcionando, e até a cafeteria na Rue Mazet continuava servindo pratos comíveis para estudantes famintos. Tanta coisa havia mudado nos últimos quarenta anos, e o bairro chinfrim de outrora se transformara numa das regiões mais sofisticadas de Paris, mas a maioria dos pontos de referência da história de Walker tinha sobrevivido. Depois que nos registramos no hotel na primeira manhã, minha mulher e eu saímos e vagamos pelas ruas por algumas horas. Toda vez que eu lhe apontava um desses locais, minha mulher apertava minha mão e emitia um pequeno resmungo sarcástico. Você é incorrigível, disse ela, afinal. Nem um pouco, retruquei. Estou só me impregnando da atmosfera... me preparando para amanhã.

Cécile Juin apareceu às quatro horas da tarde seguinte, entrou no bar do hotel andando a passos largos com uma pastinha de couro enfiada debaixo do braço esquerdo. A julgar pelas descrições feitas por Walker nas notas para *Outono*, seu corpo se expandira de forma dramática desde 1967. A menina de dezoito anos, magra e de ombros estreitos, agora era uma mulher de cinquenta e oito anos, redonda e cheia, com o cabelo castanho curto (tingido; algumas raízes grisalhas, visíveis quando ela apertou minha mão e sentou de frente para mim), um rosto ligeiramente enrugado, uma papada ligeiramente flácida, e os mesmos olhos alertas e penetrantes que Walker havia notado quando se encontraram pela primeira vez. Tinha um jeito talvez um pouco arisco, mas não era mais o feixe de nervos que tremia e roía as unhas o tempo todo, e que no passado deixava a mãe tão cheia de preocupações. Era uma mulher com total controle de si mesma, uma mulher que tinha percorrido uma distância muito grande ao longo dos anos, desde que Walker a conhecera. Alguns segundos depois que sentou, fiquei um pouco surpreso ao vê-la tirar um maço de cigarros e em seguida, à medida que os minutos iam passando, fiquei duplamente surpreso ao saber que ela fumava sem parar, tinha uma tosse profunda e surda, e a voz rascante de contralto de um veterano do tabaco. Quando o garçom chegou à nossa mesa e nos perguntou o que queríamos, ela pediu um uísque. Puro. Pedi o mesmo para mim.

Eu havia me preparado para uma mulher de ar professoral, excêntrica e afetada. Cécile podia ter lá suas excentricidades, mas a mulher que conheci naquele dia era simples, engraçada, simpática. Vestia-se de maneira simples mas elegante (um sinal de confiança, achei, um sinal de autorrespeito) e, embora não fosse alguém que desse muita bola para batom ou esmalte de unhas, tinha um ar perfeitamente feminino, em seu conjuntinho cinzento de lã — com pulseiras de prata e uma echarpe vistosa, multicolorida, enrolada no pescoço. No decorrer de nossa longa conversa de duas horas, descobri que ela fizera quinze anos de psicanálise (dos vinte aos trinta e cinco anos de idade), casara e se divorciara, casara de novo com um homem vinte anos mais velho do que ela (o marido morreu em 1999) e que não tinha filhos. Sobre esse último ponto, comentou: Alguns remorsos, sim, mas a verdade é que provavelmente eu teria sido uma mãe horrível. Sem aptidão, entende?

Durante os primeiros vinte ou trinta minutos, conversamos sobretudo a respeito de Adam. Cécile queria saber tudo o que eu pudesse lhe contar sobre o que tinha acontecido na sua vida a partir do momento em que ela perdeu o contato com ele. Expliquei que eu também havia perdido o contato com Adam e que, como não havíamos retomado o contato senão pouco antes de sua morte, minha única fonte de informação era a carta que ele me escrevera na primavera passada. Um a um, apresentei-lhe os pontos mais salientes que Walker tinha mencionado — cair da escada e quebrar a perna na noite de sua formatura na faculdade, a sorte de pegar um número alto na loteria da junta de recrutamento para o serviço militar, sua mudança para Londres e os anos que passou escrevendo e traduzindo, a publicação de seu primeiro e único livro, a decisão de abandonar a poesia e estudar direito, seu trabalho de ativista comunitário no norte da Califórnia, seu casamento com Sandra Williams, as dificuldades de serem um casal inter-racial nos Estados Unidos, sua enteada, Rebecca, e os dois filhos dela — e então acrescentei que, se ela quisesse saber mais, provavelmente poderia combinar um encontro com a irmã de Adam, que sem dúvida ficaria contente de pôr Cécile a par dos detalhes mais ínfimos. Conforme prometido, ela se emocionou e desatou a chorar. Fiquei comovido ao ver que Cécile compreendia a si própria o bastante para ser capaz de prever aquelas lágrimas, mas, embora ela soubesse que as lágrimas estavam para vir, não houve nada de forçado ou premeditado. Eram lágrimas genuínas, espontâneas, e, ainda que eu mesmo já as esperasse, sinceramente senti pena dela.

Ela disse: Ele morava aqui perto, sabia? A trinta segundos daqui, na Rue Mazarine. Passei pelo prédio quando estava vindo para cá, agora mesmo — a primeira vez que passo nessa rua em muitos anos. Estranho, não é? É estranho que o hotel não exista mais, aquele prédio horroroso e caindo aos pedaços onde Adam morava. Está tão vivo em minha memória, como é que pode não existir mais? Só estive lá uma vez, por uma ou duas horas, mas não consigo esquecer, ainda está queimando dentro de mim. Fui lá porque estava furiosa com ele. Um dia, de manhã cedo. Matei aula e fui até o hotel. Subi aquela escada meio bamba, bati na porta dele. Queria estrangular Adam, porque estava muito furiosa, porque o amava muito. Era uma garota idiota, entende, uma garota impossível, desagradável, uma garota imbecil e desajeitada, de óculos no nariz, com um coração doente e agitado, e tive a temeridade de me apaixonar por um rapaz como Adam, o perfeito Adam, por que diabo ele ia querer sequer conversar comigo? Ele me deixou entrar. Ele me acalmou. Foi gentil comigo, muito gentil, minha vida estava nas mãos dele, e ele foi gentil comigo. Quem dera eu soubesse na época que ele era uma pessoa assim tão boa. Eu nunca teria duvidado de nenhuma palavra do que ele me contou. Adam. Eu sonhava em beijá-lo. Era tudo o que eu queria —

ser beijada por Adam, me entregar a Adam —, mas o meu tempo havia se esgotado e nós nunca nos beijamos, nunca nos tocamos, e, antes que eu percebesse, ele tinha ido embora.

Foi aí que Cécile se emocionou e desatou a chorar. Levou dois ou três minutos para conseguir voltar a falar, e, quando a conversa continuou, a primeira coisa que ela disse abriu a porta para a fase seguinte de nosso encontro. Desculpe, resmungou. Estou dizendo bobagens feito uma doida. Você não tem a menor ideia do que estou falando.

Tenho, sim, disse eu. Sei exatamente do que você está falando.

É impossível que você saiba.

Acredite em mim, eu sei. Você estava furiosa com Adam porque ele ficou vários dias sem telefonar para você. Na noite anterior ao reinício das suas aulas, ele foi jantar com você e sua mãe no apartamento onde moravam, na Rue de Verneuil. Depois da sobremesa, você tocou piano para ele — uma invenção de Bach em duas partes —, e então, como você saiu da sala por um momento, sua mãe teve a chance de falar a sós com Adam, e o que ela lhe disse, nas suas palavras, *deixou-o com medo*.

Foi ele que lhe contou isso?

Não, ele não me contou isso. Mas ele escreveu sobre isso e eu li as páginas que ele escreveu.

Ele mandou uma carta para você?

Na verdade, era um livro pequeno. Ou uma tentativa de escrever um livro. Ele passou os últimos meses de vida trabalhando num livro de memórias sobre o ano de 1967. Foi um ano importante para ele.

Sim, um ano muito importante. Acho que estou começando a compreender.

Se não fosse o manuscrito de Adam, eu jamais saberia de você.

E agora quer descobrir o que aconteceu, não é isso? Dá para ver por que Adam considerava você tão inteligente. Pega as coisas depressa, não é?

Cécile sorriu e acendeu outro cigarro. Parece que estou em desvantagem, disse.

Em que aspecto?

Você sabe muito mais sobre mim do que eu sei sobre você. Só sei de quando você tinha dezoito anos. Tudo o mais é um vazio. Procurei Born, procurei Margot Jouffroy, procurei sua mãe, mas você foi a única pessoa que consegui achar.

É porque todos os outros morreram.

Ah. Que horror. Lamento muito... sobretudo pela sua mãe. Ela morreu faz seis anos. Em outubro — amanhã faz exatamente seis anos. Mais ou menos um mês depois dos ataques a Nova York e Washington. Ela vinha sofrendo do coração já havia algum tempo, e um dia seu coração simplesmente pifou. Tinha setenta e seis anos. Eu queria que ela vivesse cem anos, mas, como você sabe, o que queremos e o que obtemos raramente são a mesma coisa.

E Margot?

Eu mal a conhecia. Ouvi dizer que se matou. Faz muito tempo — lá nos anos 70.

E Born?

Ano passado. Eu acho. Mas não estou completamente segura. Há uma pequena chance de que ainda esteja vivo em algum canto.

Ele e sua mãe ficaram casados até a morte dela?

Casados? Eles nunca se casaram.

Nunca se casaram? Mas pensei...

Eles conversaram sobre isso por um tempo, mas nunca chegou a acontecer.

Adam foi o responsável por isso?

Em parte, eu acho, mas não de todo. Quando ele conversou com minha mãe e fez aquelas acusações desvairadas contra Rudolf, ela não acreditou. Nem eu, aliás. Você ficou tão enraivecida, até cuspiu na cara dele, não foi?

Foi, cuspi na cara dele. Foi a pior coisa que fiz em toda a minha vida, e até hoje não consigo me perdoar por isso.

Você escreveu para Adam pedindo desculpas. Isso significa que mudou de ideia a respeito da história que ele contou?

Não, na época não. Escrevi porque fiquei com vergonha do que havia feito e queria que ele soubesse que estava me sentindo mal com aquilo. Tentei falar pessoalmente com Adam, mas, quando consegui tomar coragem para ligar para o hotel, ele não estava mais lá. Disseram que tinha voltado para os Estados Unidos. Não consegui entender. Por que teria partido de forma tão repentina? A única explicação que consegui imaginar foi que ficou tão perturbado com o que eu havia feito com ele que não conseguiu suportar a ideia de permanecer em Paris. Para uma leitura egoísta dos fatos, até que não está ruim, não é? Quando pedi a Rudolf que falasse com o diretor do programa da universidade Columbia a fim de descobrir o que havia acontecido, ele me informou que Adam tinha ido embora porque não estava satisfeito com os cursos que estava fazendo. Essa história me pareceu totalmente descabida, e não a engoli nem por um segundo. Estava convencida de que ele tinha ido embora por minha causa.

Agora você já sabe que não foi assim, não é?

Sim, sei que não foi assim. Mas demorei anos para saber da verdade.

Anos. O que significa que a história de Adam não teve nenhum efeito sobre a decisão de sua mãe.

Eu não diria isso. Depois que Adam partiu, Rudolf não conseguia parar de falar nele. Afinal, tinha sido acusado de ser um assassino e estava ofendido, na verdade transtornado, e durante semanas não parou de cuspir fogo e de atacar Adam. Devia ser posto na prisão por vinte anos, dizia Born. Devia ser enforcado e pendurado no poste mais próximo. Devia ser arrastado para a Ilha do Diabo. Era tudo tão exagerado, tão fora de qualquer proporção, que minha mãe começou a sentir-se incomodada com ele. Ela conhecia Rudolf fazia muito tempo, muitos anos, quase o mesmo tempo que conhecia meu pai, e a maior parte do tempo Rudolf tinha sido extremamente gentil com ela — atencioso, cuidadoso, educado. Havia alguns momentos mais ásperos, é claro, sobretudo quando ele se punha a falar de política, mas aquilo era política e não uma questão pessoal. Dessa vez Born estava de cabeça quente, e acho que ela começou a ter algumas dúvidas a respeito dele. Será que ela estava sinceramente preparada para passar o resto da vida com um homem de temperamento tão violento? Depois de um ou dois meses, Rudolf começou a se acalmar, e no Natal os acessos e os rompantes malucos haviam cessado. O inverno foi tranquilo, eu me lembro, mas aí veio a primavera, maio de 68, e o país inteiro explodiu. Para mim, foi um dos períodos mais importantes da vida. Fui a passeatas, manifestações, ajudei a fechar meu colégio, de uma hora para outra tinha virado uma ativista, uma revolucionária de olhos chamejantes promovendo agitações a fim de derrubar o governo. Minha mãe simpatizava com os estudantes, mas o direitista Rudolf só tinha desprezo por eles. Eu e ele tivemos discussões horríveis naquela primavera, brigávamos aos berros por causa de leis e questões jurídicas, Marx e Mao, anarquia e rebelião, e pela primeira vez a política não era mais só política, mas também uma questão pessoal. Minha mãe foi arrastada no meio da confusão, e aquilo a deixava cada vez mais infeliz, cada vez mais calada e recolhida. O divórcio do meu pai deveria ser concluído no início de junho.

Na França, os casais que querem se divorciar precisam conversar com um juiz uma última vez antes que ele possa assinar o documento. O juiz pede que os dois pensem melhor sobre sua decisão e verifiquem se querem de fato levá-la adiante. Meu pai estava no hospital — eu imagino que você saiba tudo sobre isso —, e minha mãe foi falar com o juiz sozinha. Quando ele perguntou se ela não queria pensar melhor sobre sua decisão, ela disse que sim, que mudara de ideia e não queria mais o divórcio. Estava se protegendo contra Rudolf, entende? Não queria mais casar com ele e, mantendo-se casada com meu pai, *não podia* mais casar com ele.

E como Born reagiu a isso?

Com imensa generosidade. Disse que compreendia por que ela não queria se divorciar, que a admirava por sua firmeza e coragem, que achava que ela era uma mulher extraordinária e nobre. Não foi nada daquilo que se esperava, mas foi o que aconteceu. Ele se comportou de um modo muito bonito.

Por quanto tempo seu pai continuou vivo?

Um ano e meio. Morreu em janeiro de 1970.

Born voltou para pedir sua mãe em casamento outra vez?

Não. Foi embora de Paris depois de 68 e começou a lecionar em Londres. Vimos Born no enterro de meu pai, e algumas semanas depois ele escreveu para minha mãe uma carta comprida e sentida a respeito do passado, mas isso foi o final da história. O assunto do casamento nunca mais voltou a ser comentado.

E sua mãe? Encontrou outra pessoa?

Teve alguns amigos ao longo dos anos, mas nunca voltou a casar.

E Born se mudou para Londres. Você o viu novamente?

Uma vez, uns oito meses depois da morte de minha mãe.

E aí?

Desculpe. Acho que não posso falar sobre isso.

Por que não?

Porque, se eu tentar contar o que aconteceu, não vou conseguir sequer começar a dar uma ideia de como foi perturbadora e estranha essa experiência para mim.

Está querendo me enrolar, não é?

Só um pouquinho. Para usar seus próprios termos, não posso *contar* nada para você, mas você pode *ler* sobre o assunto, se quiser.

Ah, entendi. E onde é que está esse seu texto misterioso?

No meu apartamento. Tenho escrito um diário desde os doze anos de idade, e anotei algumas páginas sobre o que aconteceu durante minha visita à casa de Rudolf. Um depoimento sucinto, de uma testemunha ocular, se preferir. Acho que pode interessar a você. Se quiser, posso tirar uma cópia das páginas e trazer aqui amanhã. Se você não estiver no hotel, deixo na recepção.

Obrigado. É muita generosidade de sua parte. Estou ansioso para ler.

E agora, disse Cécile com um sorriso largo, enquanto enfiava a mão na bolsa de couro e tirava dali um caderno vermelho grande, vamos fazer a pesquisa para o CNRS?

Na tarde seguinte, quando minha mulher e eu voltamos para o hotel, depois de um demorado almoço com sua irmã, o pacote estava à minha espera. Além das cópias das páginas do seu diário, Cécile deixara uma breve carta. Agradecia a mim pelos uísques, por tolerar as lágrimas *grotescas e imperdoáveis*, e por ceder um tempo tão grande para conversar com ela sobre Adam. Em seguida pedia desculpas por sua caligrafia ilegível e se oferecia para me ajudar se eu tivesse alguma dificuldade para decifrar o texto. Achei sua letra perfeitamente legível. Todas as palavras estavam claras, nenhuma letra ou sinal de pontuação me deixou confuso. O diário estava escrito em francês, é claro, e o que segue é a minha tradução para o inglês, que apresento aqui com plena autorização da autora.

Não tenho mais nada para dizer. Cécile Juin é a única pessoa da história de Walker que ainda está viva, e, como ela é a última, parece conveniente que tenha a última palavra.

DIÁRIO DE CÉCILE JUIN

27/4. Hoje, uma carta de Rudolf Born. Seis meses depois do fato, só agora ele soube da morte de mamãe. Quanto tempo faz que o vi pela última vez, que ouvi falar dele pela última vez? Vinte anos, acho, talvez vinte e cinco.

Ele parece desolado, abalado com a notícia. Por que isso teria tanta importância para ele agora, depois de tantos anos de silêncio? Ele escreve de forma eloquente sobre a força do caráter de minha mãe, sobre a dignidade de sua atitude e seu calor humano, sobre sua sintonia com a mente dos outros. Nunca deixou de amar minha mãe, diz ele, e, agora que ela deixou este mundo, sente que uma parte dele se foi junto com ela.

Está aposentado. Setenta e um anos, solteiro, boa saúde. Nos últimos seis anos, mora num lugar chamado Quillia, uma pequena ilha entre Trinidad e as Granadinas, na confluência do Atlântico com o mar do Caribe, um pouco ao norte do equador. Nunca ouvi falar dessa ilha. Tenho de me lembrar de procurar.

Na última frase da carta, pede notícias minhas.

29/4. Escrevi uma resposta para R. B. Muito mais franca do que eu pretendia, mas, depois que comecei a falar de mim, achei difícil parar. Quando ele receber a carta, vai saber do meu trabalho, do meu casamento com Stéphane, da morte de Stéphane três anos atrás, e de como me sinto solitária e ardente a maior parte do tempo. Não sei se falei um pouco mais do que devia. Quais são meus sentimentos em relação a esse homem? São complicados, ambíguos, misturam compaixão e indiferença, amizade e cautela, admiração e perplexidade. R. B. tem muitas qualidades excelentes. Inteligência elevada, boas maneiras, riso fácil, generosidade. Depois do acidente com papai, ele entrou em cena e se tornou nosso principal apoio moral, a pedra sobre a qual nos amparamos durante muitos anos. Foi um santo com mamãe, um companheiro cavalheiresco, solícito e prestativo, sempre presente nos momentos de dificuldade. Quanto a mim, que não tinha nem doze anos quando nosso mundo desmoronou, quantas vezes ele me tirou dos períodos de apatia com seus incentivos e elogios, com seu orgulho por minhas minguadas realizações, com sua atitude indulgente em relação aos meus sofrimentos de adolescente? Tantos atributos positivos, tanta coisa para eu me sentir grata, e, no entanto, continuo a resistir a ele. Será que tem algo a ver com as nossas brigas amargas de maio de 68, aquelas semanas frenéticas de maio quando estávamos em guerra perpétua um contra o outro, abrindo entre nós um fosso que nunca mais foi preenchido? Talvez. Mas gosto de pensar em mim mesma como uma pessoa que não guarda rancor, que é capaz de perdoar os outros — e, bem lá no fundo, acredito que ele foi perdoado muitos anos atrás. Perdoado porque rio quando penso agora naquele tempo e não sinto a menor raiva. Em vez disso, o que sinto é dúvida, e isso foi uma coisa que começou a tomar conta de mim muitos meses antes — ainda no outono, quando me apaixonei por Adam Walker. O querido Adam, que procurou mamãe para fazer aquelas acusações horríveis contra R. B. Impossível acreditar nele, mas agora que se passaram tantos anos, agora que a gente já ponderou, examinou e esmiuçou à exaustão os motivos de Adam para dizer tais coisas, é difícil saber o que pensar. Sem dúvida, havia um ódio entranhado entre Adam e R. B., sem dúvida Adam achava que o cancelamento do casamento era para o bem de mamãe, e assim ele inventou uma história a fim de meter medo nela e induzi-la a mudar de ideia. Uma história aterradora, aterradora demais para ser verdade, e desse modo foi um erro de cálculo da parte dele, mas Adam era essencialmente uma pessoa boa, e, se ele achava que havia algo que maculava o passado de R. B., então é porque devia haver mesmo. Daí minha dúvida, que tem me envenenado há anos. Mas não posso condenar o homem apenas com base numa dúvida. Tem de haver provas, e, como não há provas, devo acreditar na palavra de R. B.

11/5. Uma resposta de R. B. Ele escreve que está morando num local isolado, numa grande casa de pedra que dá para o oceano. A casa se chama Monte da Lua, e as condições lá são bem primitivas. As janelas são largas aberturas cavadas na pedra, sem nenhum vidro que sirva de proteção. O ar entra direto, a chuva entra direto, os insetos e pássaros entram direto, e há pouca diferença entre o lado de dentro e o lado de fora. Tem um gerador particular para produzir eletricidade, mas a máquina pifa muitas vezes e metade do tempo os cômodos são iluminados por lampiões a querosene. Há quatro pessoas na casa: um zelador chamado Samuel, que quebra todos os galhos, uma cozinheira velha, Nancy, e uma faxineira jovem, Melinda. Há um telefone e um rádio, mas não tem televisão, não tem correio, nem água corrente. Samuel vai ao correio na cidade pegar as cartas (mais de dezenove quilômetros de distância), e a água fica armazenada em tanques de madeira por cima das pias e das privadas. A água do chuveiro vem de um saco plástico descartável, suspenso num gancho acima da cabeça de quem está tomando banho. A paisagem é ao mesmo tempo luxuriante e árida. Uma vegetação abundante por todo lado (palmeiras, seringueiras, cem variedades de flores silvestres), mas a terra vulcânica é juncada de rochas e pedregulhos. Caranguejos terrestres rastejam pelo seu jardim (ele os descreve como pequenos tanques blindados, criaturas pré-históricas que parecem vir de outro planeta), e por causa das frequentes infestações de mosquitos, sem contar a ameaça constante das tarântulas, todos dormem em camas cobertas com telas brancas de proteção. Ele passa os dias lendo (nos dois últimos meses, voltou a palmilhar com afinco as obras de Montaigne) e tomando notas para um livro de memórias que espera começar a escrever num futuro próximo. Todo fim de tarde, se instala em sua rede perto da janela da sala e filma o pôr do sol em vídeo. Chama o pôr do sol ali de o espetáculo mais assombroso da Terra.

Minha carta encheu-o de nostalgia, diz ele, e agora lamenta ter se permitido desaparecer de minha vida. Houve um tempo em que éramos muito ligados, muito bons amigos, mas, depois que ele e minha mãe se separaram, ele achou que não tinha o direito de se manter em contato. Agora que o gelo foi quebrado outra vez, ele gostaria muito de trocar correspondência comigo — supondo que seja algo que eu também queira.

Ficou triste por saber da morte do meu marido, triste por saber das dificuldades por que tenho passado ultimamente. Mas você ainda é jovem, acrescenta ele, está só com cinquenta e poucos anos, ainda tem muita coisa pela frente e não deve abandonar a esperança.

São comentários batidos e convencionais, talvez, mas sinto que ele tem boa intenção, e quem sou eu para desdenhar gestos bem-intencionados de simpatia sincera? A verdade é que estou comovida.

Então, uma inspiração súbita. Por que não lhe fazer uma visita? As férias estão chegando, diz ele, e quem sabe uma pequena excursão às Índias Ocidentais não me fariam algum bem. Há vários quartos vagos na sua casa, e me hospedar não traria o menor problema. Como ficaria feliz de me ver novamente, de passar um tempo junto comigo, após tantos anos. Ele manda seu telefone, no caso de eu estar interessada. Estou interessada? É difícil dizer.

12/5. As informações sobre Quillia são escassas. Já vasculhei a internet, que me concedeu umas poucas histórias breves e superficiais, além de alguns dados de interesse turístico. Nesses casos, o texto é atroz, banal a ponto de chegar ao absurdo: *o sol esplendoroso... as praias deslumbrantes... a água mais azul que existe fora do paraíso.*

Agora estou sentada na biblioteca, mas acontece que não existem livros exclusivamente sobre Quillia — só respingos de referências espalhados em volumes maiores a respeito da região. Durante a era pré-colombiana, os habitantes foram os índios Ciboney, que em seguida deixaram a ilha e foram suplantados pelos Aruaque, que por sua vez foram seguidos pelos Caribe. Quando a colonização teve início, no século XVI, os holandeses, os franceses e os ingleses se interessaram pelo lugar. Houve escaramuças entre os índios, escaramuças entre os europeus, e, quando os escravos negros começaram a chegar da África, o resultado foi muito morticínio. No século XVIII, a ilha foi declarada zona neutra, explorada igualmente pelos franceses e pelos ingleses, mas, depois da Guerra dos Sete Anos e do Tratado de Paris, os franceses levantaram acampamento e Quillia caiu sob o controle do Império Britânico. Em 1979, a ilha se tornou independente.

Tem oito quilômetros de extensão. Agricultura de subsistência, pesca, construção de barcos e uma caçada anual a uma só baleia. A população é de três mil e quinhentas pessoas — sobretudo descendentes de africanos, mas também de caribenhos, ingleses, irlandeses, escoceses, asiáticos e portugueses.

Um livro informa que um grande contingente de marinheiros escoceses naufragou e deu na costa de Quillia no século XVIII. Sem nenhuma possibilidade de regressar a seu país, eles se estabeleceram no local e se misturaram com os negros. Dois séculos depois, o resultado dessa miscigenação é uma curiosa raça mesclada de africanos de cabelo ruivo, africanos de olhos azuis e africanos albinos. Como observa o autor: A *ilha é um laboratório de possibilidades humanas. Põe por terra nossas ideias rígidas e preconcebidas sobre raça — e talvez até destrua o próprio conceito de raça.*
Bela expressão, essa. Um laboratório de possibilidades humanas.

14/5. Um dia difícil. Esta tarde, me dei conta de que faz exatamente quatro meses que não menstruo. Será que isso quer dizer que por fim aconteceu? Continuo esperando as velhas e familiares cólicas, o inchaço e a irritação, o fluxo de sangue para fora do meu corpo. A questão não é não ser mais capaz de gerar filhos. Nunca tive uma vontade especial de ter filhos. Alexandre tentou me convencer dessa ideia, mas nos separamos antes que qualquer coisa pudesse acontecer. Com Stéphane, filhos estavam fora de questão.

Não, não se trata de não poder mais ter filhos. Agora estou velha demais para isso, mesmo que eu quisesse engravidar. Tem mais a ver com a perda do meu lugar como mulher, com sentir-me excluída da classe da feminilidade. Durante quarenta anos, tive orgulho de sangrar. Suportei a *maldição* com a consciência feliz de que estava compartilhando uma experiência com todas as mulheres do planeta. Agora fui largada à deriva, castrada. Dá a sensação de ser o início do fim. Uma mulher na pós-menopausa hoje, uma coroa encarquilhada amanhã, e depois a sepultura. Estou abalada demais até para chorar.

Talvez eu devesse ir para Quillia, afinal, apesar de minhas reservas. Preciso agitar um pouco, respirar ares novos.

17/5. Acabei de falar com R. B. É estranho ouvir de novo aquela voz, depois de tanto tempo, mas ele pareceu vigoroso, em ótima forma. Quando lhe disse que tinha resolvido aceitar seu convite, ele começou a gritar no telefone. Esplêndido! Esplêndido! Que notícia maravilhosa!

Daqui a um mês (nas palavras de R. B.), vamos beber o ponche de rum feito pelo Samuel, nos revezar nas filmagens do pôr do sol e nos divertir como nunca.

Vou reservar as passagens amanhã. Cinco dias no final de junho. Subtraindo os dois dias de viagem, sobram três dias completos em Quillia. Se eu me divertir como nunca, ainda posso prolongar minha estadia. Se eu achar horroroso, acho que três dias não vão ser demais para eu conseguir aguentar.

23/6. Depois de um longo voo sobre o Atlântico, estou sentada numa sala de embarque no aeroporto de Barbados, à espera do avião monomotor que vai me levar até Quillia daqui a duas horas e meia (se ele chegar no horário).

Calor insuportável, por todos os lados um denso círculo de calor envolve meu corpo, o calor dos trópicos, um calor que derrete os pensamentos dentro da cabeça.

No terminal principal, uma dúzia de soldados patrulham a área com metralhadoras. Um ar de ameaça e desconfiança, hostilidade em todos os olhares. Que está acontecendo? Uma dúzia de soldados negros com metralhadoras nas mãos e a multidão de viajantes carrancudos, suados, com suas sacolas entupidas de bagagem e com suas crianças malcriadas.

Na sala de embarque, quase todo mundo é branco. Surfistas americanos de cabelo comprido, australianos que bebem cerveja e falam em voz muito alta, europeus de diversas nacionalidades desconhecidas, alguns rostos asiáticos. Tédio. Ventiladores giram no alto. Música, que não é música, trazida através de canos. Um lugar que não é um lugar.

Nove horas depois. O avião monomotor foi a menor máquina voadora em que jamais estive. Sentei ao lado do piloto, os outros dois passageiros logo atrás de nós, e, no instante em que decolamos, compreendi que estávamos à mercê de qualquer lufada de vento que cortasse o nosso caminho e que até a mais leve perturbação no ar em torno poderia nos afastar de nosso curso. Sacudimos, bambeamos e mergulhamos, meu estômago foi parar na boca, e mesmo assim eu tive prazer, gostei de me sentir com a leveza de uma pluma naquela viagem, da sensação de estar em contato tão estreito com o ar instável.

Vista de cima, a ilha não passa de um pontinho, uma pinta verde acinzentada, feita de lava fria, que ressalta do oceano. Mas a água ao redor é azul — sim, a água mais azul que existe fora do paraíso.

Seria um exagero chamar o aeroporto de Quillia de aeroporto. É uma pista de pouso, uma fita de asfalto desenrolada na base de uma montanha elevada e volumosa, e não pode receber nada maior do que aviões do tamanho de brinquedos. Retiramos nossas bagagens no terminal — uma casinhola feita de blocos de cinzas — e depois passamos pela provação da alfândega e do controle de passaportes. Nem mesmo na Europa do pós-Onze de Setembro meus pertences foram submetidos a um exame tão minucioso. Minha mala foi aberta, e todas as peças de roupa foram levantadas e examinadas, todos os livros foram sacudidos no ar, seguros pela lombada, todos os sapatos foram virados de cabeça para baixo, investigados por dentro, vasculhados — lenta e metodicamente, como se isso fosse um procedimento que não poderia, em nenhuma circunstância, ser executado com rapidez. O homem incumbido de examinar os passaportes vestia um uniforme elegante, muito bem passado, um símbolo da autoridade e da burocracia, e ele também não teve a menor pressa em me liberar. Perguntou qual o propósito de minha visita, e no meu inglês medíocre e com sotaque carregado respondi que tinha vindo passar uns dias com um amigo. Que amigo? Rudolf Born, respondi. O nome pareceu tocar uma campainha dentro dele, e o homem perguntou (de um modo inconveniente, eu acho) quanto tempo fazia que eu conhecia o sr. Born. A vida toda, disse eu. A vida toda? Minha resposta pareceu desconcertá-lo. Sim, a vida toda, repeti. Ele era muito amigo dos meus pais. Ah, dos seus pais, disse ele, fazendo que sim com a cabeça enquanto raciocinava, aparentemente satisfeito com minha resposta. Pensei que tínhamos chegado ao fim de nossa função, mas em seguida ele abriu meu passaporte e durante os três minutos seguintes o esquadrinhou com o olho paciente e aplicado de um perito criminal, examinando cuidadosamente todas as páginas, detendo-se em todas as anotações, como se minhas viagens anteriores fossem a chave para solucionar o mistério da minha vida. Por fim, pegou um formulário impresso numa estreita tira de papel, colocou-o alinhado em ângulo reto com a borda de sua escrivaninha e preencheu as lacunas com uma caligrafia pequena e meticulosa. Depois de grampear o formulário dentro do meu passaporte, molhou na tinta seu carimbo de borracha, apertou a borracha sobre um ponto ao lado do formulário e delicadamente acrescentou o nome de Quillia ao rol de países onde eu havia obtido autorização para entrar. Burocratas franceses são famosos por seu rigor maníaco e por sua eficiência fria. Ao lado daquele sujeito, são todos uns amadores.

 Saí para o calor escaldante de quatro horas da tarde, na esperança de encontrar R. B. à minha espera, mas ele não estava lá.

Quem me acompanhou até a casa foi Samuel, o zelador que quebrava todos os galhos, um jovem forte, bem-proporcionado, extremamente bonito, de mais ou menos trinta anos — com uma pele extremamente negra, o que sugeria que não era descendente do bando de marinheiros escoceses que o mar jogou na praia, aqui, no século XVIII. Depois do meu encontro com os homens distantes e taciturnos do terminal do aeroporto, achei um alívio receber de novo um sorriso. Não demorei muito para entender por que a tarefa de me acompanhar até o Monte da Lua foi atribuída a Samuel. Seguimos de carro durante os primeiros dez minutos, o que me levou a pensar que iríamos fazer de carro todo o trajeto até a casa, mas Samuel parou o carro, e o resto do percurso — quer dizer, a maior parte da viagem, o percurso de mais de uma hora que tínhamos pela frente — foi feito a pé. Foi uma trilha árdua, uma subida penosa por uma trilha íngreme, com raízes de árvore emaranhadas no caminho, que minou minhas energias e me deixou arquejante e sem ar depois de cinco minutos. Sou uma pessoa que fica sentada em bibliotecas, uma mulher de cinquenta e três anos que fuma cigarros demais e pesa dez quilos além do que devia, e meu corpo não é talhado para esforços desse tipo. Fiquei totalmente humilhada com minha inépcia, com o suor que porejou de mim e encharcou minhas roupas, com os enxames de mosquitos que dançavam ao redor de minha cabeça, por meus frequentes apelos para parar e descansar, pela sola escorregadia de minhas sandálias, que me fez cair não uma vez nem duas, mas muitas vezes seguidas. Mas ainda pior, muito pior do que minhas triviais agruras físicas, era a vergonha de ver Samuel à minha frente, a vergonha de ver Samuel *levar minha mala em cima da cabeça*, minha mala pesadíssima, sobrecarregada com o peso de livros a mais e desnecessários, e como não enxergar, naquela imagem de um negro carregando os pertences de uma mulher branca *em cima da cabeça*, os horrores do passado colonial, as atrocidades do Congo e da África francesa, os séculos de aflição... Não posso continuar deste jeito. Estou ficando muito agitada e, se pretendo mesmo chegar ao fim destes dias em perfeito estado mental, tenho de manter a tranquilidade. A realidade é que Samuel não ficou nem um pouco aflito com o que estava fazendo. Sobe e desce estas montanhas milhares de vezes, carrega provisões em cima da cabeça como se fosse a coisa mais natural do mundo, e, para uma pessoa nascida numa ilha pobre como esta, trabalhar na casa de um homem como R. B. é considerado um bom emprego. Toda vez que pedi para parar um pouco, Samuel fez isso sem reclamar. Não tem problema, madame. Vamos devagar e com calma. A gente chega lá na hora que a gente chegar.

R. B. estava cochilando em seu quarto quando chegamos ao topo da montanha. Por mais incompreensível que isso possa ter sido, o fato é que me deu a oportunidade de me instalar em meu quarto (alto, muito alto, com vista ampla para o oceano) e refazer minhas forças. Tomei banho de chuveiro, vesti roupas limpas e ajeitei o cabelo. Melhoramentos pequenos, talvez, mas pelo menos não tive de enfrentar o constrangimento de ser vista num estado tão lastimável. A caminhada montanha acima quase me destruiu.

Apesar de meus esforços, pude ver a decepção em seus olhos quando entrei na sala uma hora depois — o primeiro olhar após tantos anos e o triste reconhecimento de que a jovem de muito tempo antes se transformara numa desmazelada mulher no fim da meia-idade, em sua pós-menopausa e nem um pouco atraente.

Infelizmente — não, acho que quero dizer felizmente — a decepção foi recíproca. No passado, eu o achava uma figura sedutora, bonita, de um modo meio bruto, algo próximo de uma encarnação ideal da confiança e do poder masculinos. R. B. nunca foi um homem magro, mas, desde a última vez que eu o vi, anos atrás, ele ganhou uma considerável quantidade de peso, um caminhão de quilos excedentes, e, quando se levantou para me cumprimentar (vestindo calção, sem camisa, sem sapato e sem meia), fiquei espantada de ver como sua barriga havia aumentado. Agora ele tem uma barriga igual a uma bola grande para fisioterapia, e, como a maior parte dos cabelos dele se foram, seu crânio me fez lembrar uma bola de vôlei. Uma imagem ridícula, eu sei, mas a cabeça da gente vive engendrando seus absurdos peculiares, e, quando ele se levantou e se aproximou de mim, o que vi foi isto: um homem formado por duas esferas, uma bola grande para fisioterapia e uma bola de vôlei. Portanto, ele está muito maior, mas não parece uma baleia, não é balofo nem cheio de pelancas — só grande. A pele ao redor da barriga, na verdade, é bastante firme, e, a não ser pelas pregas carnudas em torno dos joelhos e do pescoço, ele parece em forma, para um homem de sua idade.

Um instante depois que vi isso, o olhar desalentado desapareceu de seus olhos. Com todo o autocontrole de um diplomata experiente, R. B. abriu um sorriso, abriu os braços e me abraçou. É um milagre, disse ele.

Esse abraço foi o ponto alto do fim de tarde. Bebemos o ponche de rum que Samuel preparou para nós (muito bom), vi R. B. filmar o pôr do sol (não achei graça nenhuma), e depois sentamos para jantar (comida pesada, bife ensopado num molho grosso, um prato inadequado para este clima — mais próprio para a Alsácia, no meio do inverno). A velha cozinheira, Nancy, não tem nada de velha — quarenta, quarenta e cinco anos, no máximo —, e me pergunto se ela não tem dois empregos nesta casa: cozinheira de dia, parceira de cama de R. B. à noite. Melinda tem vinte e poucos anos e assim é provavelmente jovem demais para cumprir o último papel. É uma moça linda, aliás, tão linda quanto Samuel, uma coisinha alta, esguia, com um jeito sutil e deslizante de caminhar, e, pelos olhares rápidos que dirigiram um ao outro, pude adivinhar que ela e Samuel andam saindo juntos. Nancy e Melinda nos serviam a comida, Samuel tirava a mesa e lavava os pratos, e, à medida que a refeição transcorria, eu me sentia cada vez mais incomodada. Não gosto de ser servida por criados. De algum modo, isso me ofende, sobretudo numa situação como esta, em que três pessoas trabalham para apenas duas, três negros trabalham para dois brancos. De novo: ecos desagradáveis do passado colonial. Como livrar-me deste sentimento de vergonha? Nancy, Melinda e Samuel cumpriam suas tarefas com uma serenidade impassível e, embora eu tenha recebido diversos sorrisos cordiais, eles me pareceram precavidos e distantes, indiferentes. Que devem pensar de nós? Na certa riem de nós pelas costas — com bons motivos.

    Os criados me deixaram desanimada, mas não tanto quanto me deixou o próprio R. B. Após sua acolhida calorosa, tive a sensação de que ele não sabia mais o que fazer comigo. Toda hora dizia que eu devia estar cansada, que a viagem devia ter me esgotado, que a fadiga causada pela mudança de fuso horário é uma invenção moderna destinada a estragar o corpo humano. Não vou negar que estava esgotada e também com a fadiga causada pela mudança de fuso horário, nem vou negar que meus músculos doíam por causa da minha luta contra a montanha, mas eu queria ficar acordada e conversar, *recordar os velhos tempos*, como ele tinha dito numa de suas cartas, mas ele parecia relutante em fazer isso comigo. Nossa conversa durante o jantar foi brutalmente chata. Ele me contou sobre sua descoberta de Quillia e como tinha conseguido construir aquela casa, discutiu alguns detalhes da vida local e depois me deu algumas lições sobre a flora e a fauna da ilha. Desconcertante.

    Agora estou na cama, envolta por uma cúpula formada por uma tela branca contra mosquitos. Meu corpo está melado com um produto detestável chamado OFF, um repelente de mosquitos que tem cheiro de produtos químicos tóxicos, nocivos, e as espirais verdes antimosquito, uma de cada lado da cama, estão queimando devagar, enquanto lançam curiosos riscos de fumaça. Eu me pergunto o que estou fazendo aqui.

26/6. Nada por dois dias. Foi impossível escrever, impossível achar um momento de sossego, mas, agora que deixei o Monte da Lua e estou em minha viagem de volta para Paris, posso recontar a história e levá-la até seu final amargo. *Amargo* é a palavra exata que pretendo usar aqui. Eu me sinto amargurada com o que aconteceu e sei que vou sentir o gosto dessa amargura durante muito tempo.

Começou na manhã seguinte, a primeira manhã após minha chegada à casa, o dia 24. Sentado à mesa da sala de jantar para tomar o café da manhã, R. B. baixou calmamente sua xícara de café, fitou-me nos olhos e me pediu que casasse com ele. Foi tão absurdo, tão completamente inesperado, que dei uma gargalhada.

— Você não pode estar falando sério — disse eu.

— Por que não? — respondeu ele. — Estou sozinho aqui. Você não tem ninguém em Paris, e, se vier para Quillia e morar comigo, farei de você a mulher mais feliz do mundo. Somos perfeitos um para o outro, Cécile.

— Você é velho demais para mim, velho amigo.

— Você já foi casada com um homem mais velho do que eu.

— É isso mesmo. Stéphane morreu, não foi? E eu não tenho a menor vontade de ficar viúva outra vez.

— Ah, mas eu não sou Stéphane, não é? Sou forte. Estou em perfeita saúde. Tenho anos e anos à minha frente.

— Por favor, Rudolf. Está fora de questão.

— Você está esquecendo como adoramos um ao outro.

— Eu gostava de você. Sempre gostei de você, mas nunca adorei você.

— Anos atrás, eu quis casar com sua mãe. Mas isso era só um pretexto. Eu queria viver com ela a fim de poder estar perto de você.

— Isso é ridículo. Eu era uma criança naquela época... uma criança desajeitada, imatura. Você não estava interessado em mim.

— Tudo estava indo tão bem. Estava prestes a se realizar, teria acontecido, nós três queríamos que acontecesse, e aí aquele rapaz americano chegou a Paris e estragou tudo.

— Não foi por causa dele. Você sabe disso. Minha mãe não acreditou na história que ele contou, nem eu.

— Vocês estavam certas em não acreditar nele. Era um mentiroso, um rapaz raivoso e perturbado, que se voltou contra mim e tentou arruinar minha vida. Sim, cometi erros terríveis ao longo dos anos, mas matar aquele rapaz em Nova York não foi um deles. Nunca encostei um dedo nele. O seu namorado é que fez o serviço.

— Meu namorado? Ora, essa é boa. Adam Walker tinha coisas melhores para fazer do que namorar alguém feito eu.

— E pensar que... fui eu que o apresentei a você. Achei que estava fazendo um favor a você. Que ironia funesta.

— Você me fez um favor, sim. Depois eu mudei de lado e o insultei. Chamei Adam de louco. Disse que deviam arrancar a língua da boca dele.

— Você nunca me contou isso. Bom trabalho, Cécile. Estou orgulhoso por você ter mostrado tamanha coragem. O rapaz recebeu o que merecia.

— Merecia? O que isso quer dizer?

— Estou me referindo à sua partida repentina da França. Você sabe por que ele foi embora, não sabe?

— Foi embora por minha causa. Porque cuspi na cara dele.
— Não, não, não foi nada tão simples.
— Do que está falando?
— Ele foi deportado. A polícia achou três quilos de droga com ele... maconha, haxixe, cocaína, não consigo lembrar qual foi a substância agora. Receberam a denúncia do gerente daquele hotel pestilento onde ele morava. Os guardas revistaram seu quarto, e esse foi o fim de Adam Walker. Ele tinha duas opções: ficar na França e responder a um processo ou ir embora do país.
— Adam com drogas? Não é possível. Ele era contra as drogas, ele detestava drogas.
— Não segundo a polícia.
— E como você soube disso?
— O juiz de instrução era meu amigo. Ele me contou a respeito do caso.
— Que conveniente. E por que ele se daria o trabalho de falar com você sobre um assunto como esse?
— Porque ele sabia que eu estava ligado a Walker.
— Você estava envolvido nessa história, não estava?
— Claro que não. Não seja tola.
— Estava, sim. Confesse, Rudolf. Foi você que deu um jeito de botar Adam para fora do país.
— Está enganada, minha querida. Não posso dizer que fiquei triste de ver o rapaz ir embora, mas não fui o responsável por isso.
— Já faz tanto tempo. Por que mentir sobre isso agora?
— Juro pelo túmulo da sua mãe, Cécile. Não tive nada a ver com isso.

Eu não sabia o que pensar. Talvez ele estivesse dizendo a verdade, talvez não, mas, na hora em que começou a falar do túmulo da minha mãe, me dei conta de que eu não queria mais ficar na mesma sala que ele. Fiquei abalada demais, perto demais de chorar, transtornada demais para continuar a falar. Primeiro a proposta insana de casamento, e depois as notícias aterradoras sobre Adam, e de repente eu não conseguia ficar naquela mesa nem mais um segundo. Levantei-me da cadeira, disse a ele que não estava me sentindo bem e rapidamente me retirei para o meu quarto.

Meia hora depois, R. B. bateu na porta e perguntou se podia entrar. Hesitei por alguns momentos, tentando imaginar se teria forças para enfrentá-lo outra vez. Antes que eu pudesse decidir, soou mais uma batida na porta, mais alta e mais insistente que a primeira, e então ele mesmo abriu a porta.

— Desculpe — disse ele, enquanto seu corpo grande e seminu se arrastava na direção de uma cadeira na extremidade do quarto. — Eu não tinha intenção de deixar você nervosa. Receio que eu tenha escolhido um ângulo errado de abordagem.

— Abordagem? Abordagem de quê?

Enquanto R. B. arriava o corpo na cadeira, eu me sentei num pequeno banco de madeira junto à janela. Não estávamos a mais de um metro de distância. Eu gostaria que ele não tivesse entrado no meu quarto depois de um intervalo tão pequeno, após minha saída abrupta da sala de jantar, mas ele pareceu arrependido o bastante para eu achar que era possível conversar mais um pouco.

— Abordagem de quê? — repeti.

— De um certo... como devo dizer?... de um certo futuro... de certos ajustes domésticos possíveis no futuro.

— Lamento frustrar você, Rudolf, mas não estou interessada em casamento. Nem com você nem com ninguém.

— Sim, eu sei. Essa é sua posição hoje, mas amanhã você pode ter uma opinião diferente sobre o assunto.

— Duvido.

— Foi um erro não compartilhar meus pensamentos com você. Ando com essa ideia na cabeça desde que recebi sua carta no mês passado, e, depois de ficar remoendo a ideia no pensamento por tanto tempo, ela me pareceu real, como se bastasse eu pronunciar as palavras para a coisa acontecer. Provavelmente tenho vivido sozinho demais nos últimos seis anos. Às vezes confundo meus pensamentos a respeito do mundo com o próprio mundo. Lamento ofender você.

— Não fiquei ofendida. *Surpresa* seria a palavra adequada, acho.

— Dada sua posição... a posição que você defende agora, em todo caso... eu gostaria de sugerir uma experiência. Uma experiência na forma de uma proposta de negócios. Você se lembra do livro sobre o qual eu lhe falei em minhas cartas?

— Você disse que estava fazendo anotações para um livro de memórias que pretendia escrever.

— Exatamente. Estou quase pronto para começar e quero que você me ajude com o trabalho. Quero que nós dois escrevamos o livro juntos.

— Você está esquecendo que já tenho um emprego em Paris. Um emprego que significa muito para mim.

— Qualquer que seja o salário que você recebe do CNRS, vou lhe pagar o dobro.

— Não é uma questão de dinheiro.

— Não estou pedindo que largue seu emprego. Basta solicitar uma licença temporária. O livro deve nos tomar mais ou menos um ano para ser escrito, e, se você não quiser ficar aqui comigo depois que terminarmos, você volta para Paris. Nesse meio-tempo, vai ganhar duas vezes o que ganha agora... com casa e comida de graça, aliás... e ao longo do tempo talvez descubra que quer casar comigo. Uma experiência na forma de uma proposta de negócios. Entende do que estou falando?

— Sim, entendo. Mas por que eu teria interesse em trabalhar num livro de outra pessoa? Tenho minha própria obra para escrever.

— Quando você souber do que trata o livro, vai ficar interessada.

— É um livro sobre a sua vida.

— Sim, mas você sabe alguma coisa sobre a minha vida, Cécile?

— Você é um professor universitário aposentado, de relações internacionais e de governo.

— Entre outras coisas. Mas não me limitei a dar aulas sobre governo, também trabalhei para ele.

— Para o governo francês?

— Claro. Sou francês, não sou?

— E que tipo de trabalho você fez?

— Trabalho secreto.

— Trabalho secreto... Está falando de espionagem?

— De trapaças, em todas as suas mais diversas formas, minha querida.

— Ora, ora. Eu não tinha a menor ideia.

— Isso remonta aos meus tempos na Argélia. Comecei bem jovem e continuei trabalhando para eles direto, até o fim da Guerra Fria.

— Em outras palavras, você tem algumas histórias eletrizantes para contar.

— Mais que eletrizantes. Histórias de gelar o sangue.

— Você tem autorização para publicar essas histórias? Achei que existiam leis que impediam os funcionários do governo de divulgar segredos de Estado.

— Se tivermos algum problema com isso, reescreveremos o livro para ser publicado como se fosse um romance... sob seu nome.

— Meu nome?

— Sim, seu nome. Eu vou ficar de fora, e você pode ficar com toda a glória.

Não acreditei em mais nada do que ele estava falando. Na hora em que R. B. saiu do quarto, eu estava convencida de que ele era um louco, de que havia perdido a razão e ficado doido varrido. Passara anos demais em Quillia, o sol dos trópicos tinha cozinhado seus miolos, e ele fora levado além das fronteiras da sanidade mental. Espionagem. Casamento. Memórias que se transformavam num romance. Ele era que nem uma criança irrecuperável que inventava mentiras e mais mentiras ao mesmo tempo que ia falando, dizia qualquer coisa que passasse pela sua cabeça e depois esticava o assunto com alguma ficção que pudesse servir a seu propósito, num determinado momento — naquele caso, a ideia bizarra e absurda de que desejava casar comigo. Ele não queria casar comigo. Não podia querer casar comigo. Mas, se quisesse, e se pensasse que podia, isso só provava que ele não estava mais em seu perfeito estado mental.

Fingi fazer o jogo dele, dei a impressão de que levava a sério a sua *experiência na forma de uma proposta de negócios*. Será que fiquei amedrontada demais para poder desafiá-lo, ou estava apenas tentando evitar uma cena desagradável? Um pouco das duas coisas, acho. Não queria dizer nada que provocasse sua raiva, mas ao mesmo tempo achei a conversa insuportavelmente enfadonha e queria me livrar dele o mais depressa possível. E então, vai pensar no assunto?, perguntou ele. Vou, disse eu, prometo que vou pensar no assunto. Mas você vai ter de me contar mais a respeito do livro, antes de eu poder tomar minha decisão. Claro, respondeu ele, isso nem se discute. Agora tenho de resolver algumas coisinhas com Samuel, mas podemos conversar sobre isso durante o almoço. Então deu uma palmadinha na minha bochecha e disse: Estou muito contente por você ter vindo. O mundo nunca me pareceu tão bonito como agora.

Não fui almoçar. Disse que não estava me sentindo bem, o que em parte era verdade e em parte não era. Eu poderia ter ido, se fizesse um esforço, se de fato quisesse ir, mas não estava disposta a fazer aquele esforço e não queria ir. Precisava dar um tempo com R. B., e a verdade era que a viagem estava pesando no meu corpo. Eu estava exausta, abatida, sentindo os efeitos da diferença de fuso horário. Sem me dar o trabalho de trocar de roupa, me deitei na cama e cochilei durante três horas bem contadas. Acordei suada, transpirando por todos os poros do corpo, a boca seca, a cabeça latejando. Tirei as roupas depressa, entrei no banheiro, pendurei um dos sacos plásticos cheios de água no gancho do chuveiro, abri o bocal e deixei a água escorrer sobre a cabeça. Uma chuveirada morna no calor do meio-dia. O banheiro ficava ao ar livre, um espaço pequeno, como um nicho, escavado na pedra e empoleirado no alto do penhasco, sem nada embaixo a não ser o oceano enorme e cintilante. *O mundo nunca me pareceu tão bonito como agora.* Sim, eu disse comigo, isto aqui é um lugar lindo, sem sombra de dúvida, mas é uma beleza rude, uma beleza inóspita, e já estou ansiosa para ir embora.

Pensei em fazer anotações no meu diário, mas estava agitada demais para ficar parada. Então me ocorreu que eu devia suspender toda escrita durante minha estadia ali. O que iria acontecer se R. B. entrasse no meu quarto, xeretasse minhas coisas e achasse meu diário, me perguntei, e se ele visse as coisas que eu estava dizendo sobre ele? O mundo ia vir abaixo. Eu poderia até ficar em perigo.

Tentei ler, mas ler estava além da minha capacidade de concentração naquele momento. Todos os livros inúteis que eu tinha posto na mala para minhas férias no sol. Romances de

Bernhard e Vila-Matas, poemas de Dupin e Du Bouchet, ensaios de Sacks e Diderot — todos livros de valor, mas inúteis para mim agora que eu havia chegado ao meu destino. Fiquei sentada na cadeira junto à janela. Andei pelo quarto, de um lado para outro. Sentei de novo na cadeira. E se R. B. não estivesse louco?, me perguntei. E se ele estivesse brincando, me propondo um casamento só para brincar comigo e gozar da minha cara, dar boas risadas às minhas custas? Também era possível. Qualquer coisa era possível. Ele bebeu muito no jantar naquela noite. Dois copos bem cheios de ponche de rum, ainda antes de sentarmos à mesa, e depois, durante a refeição, fartas doses de vinho. De início, a bebida pareceu não produzir nenhum efeito sobre ele. Perguntou, de modo solícito, se estava me sentindo melhor, e eu respondi que sim, o cochilo tinha me feito muito bem, e em seguida conversamos sobre coisas menores e sem consequências, sem fazer nenhuma menção ao casamento, nenhuma menção a Adam Walker, nenhuma menção a livros sobre missões de espionagem e serviços de inteligência que pudessem ser convertidos em romances. Embora estivéssemos falando em francês, eu me perguntava se ele não preferia evitar falar daqueles assuntos diante dos criados. Eu também me perguntava se ele não estaria ficando senil, se não estaria nos primeiros estágios do mal de Alzheimer ou da demência, e se não haveria simplesmente esquecido as coisas das quais tínhamos falado mais cedo naquele mesmo dia. Talvez os pensamentos esvoaçassem pela sua cabeça feito borboletas ou mosquitos — ideias efêmeras que iam e vinham tão depressa que ele nem conseguia mais acompanhá-las.

    Uns dez ou quinze minutos depois do início do jantar, porém, ele passou a falar de política. Não de um modo pessoal, não com histórias sobre suas próprias experiências, mas de forma abstrata, teórica, parecendo muito o professor que ele tinha sido durante a maior parte da vida adulta. Começou pelo Muro de Berlim. Todos no Ocidente ficaram muito felizes quando o muro veio abaixo, disse ele, todos achavam que uma nova era de paz e amor fraternal havia nascido na Terra, mas na verdade foi o acontecimento mais alarmante dos últimos tempos. Por mais repugnante que tenha sido, a Guerra Fria mantivera o mundo estável por quarenta e quatro anos, e agora aquele mundo simples, binário, preto e branco, de nós contra eles, tinha desaparecido, havíamos ingressado num período de instabilidade e caos semelhante aos anos que antecederam a Primeira Guerra Mundial. Garantia de Destruição Mútua — uma loucura. Era um conceito aterrador, sim, mas, quando metade da humanidade está em condições de explodir a outra metade e quando a outra metade está em condições de explodir a primeira metade, nem uma parte nem a outra vão disparar o gatilho. Empate permanente. A resposta mais elegante à agressão militar na história da humanidade.

Não interrompi. R. B. estava falando de forma racional pela primeira vez, embora sua argumentação fosse bastante grosseira. E quanto à Argélia e à Indochina, tive vontade de perguntar. E quanto à Coreia e ao Vietnã, e quanto à interferência dos Estados Unidos na América Latina, e quanto ao assassinato de Lumumba e de Allende, aos soviéticos invadindo Praga e Budapeste com seus tanques, à longa guerra no Afeganistão? Não fazia muito sentido formular essas perguntas. Quando jovem, eu tinha suportado preleções de sobra de R. B. sobre esses assuntos para saber que não valia a pena me envolver numa discussão com ele. Deixe que ele tagarele à vontade, eu disse comigo, deixe que ele despeje o quanto quiser suas opiniões simplistas, que daqui a pouco ele vai ter se cansado de falar, a noite vai chegar ao fim, e pronto. Aquele era o R. B. dos velhos tempos, e, pela primeira vez desde que eu havia posto os pés em sua casa, me senti num terreno familiar.

Mas ele não conseguia se cansar de falar, e a noite se arrastou por muito mais tempo do que eu tinha imaginado. Ele estava só fazendo um aquecimento com aqueles comentários sobre a Guerra Fria, pigarreando, por assim dizer, e durante as duas horas seguintes me submeteu ao sermão mais virulento que ouvi dele em toda a vida. Terrorismo árabe, Onze de Setembro, os excessos da Guerra do Iraque, o preço do petróleo, o aquecimento global, a falta de comida, a fome em massa, a depressão mundial, as bombas sujas, os ataques com Anthrax, a aniquilação de Israel — o que foi que ele não disse, que profecia tenebrosa e agonizante ele não evocou e atirou no meu rosto? Algumas coisas que disse foram tão feias e ignóbeis, tão pérfidas em seu ódio a qualquer um que não fosse europeu de pele branca, qualquer um que, afinal, não fosse o próprio Rudolf Born, que chegou um momento em que não consegui mais aguentar ouvi-lo. Pare com isso, disse. Não quero ouvir mais nenhuma palavra. Vou para a cama.

Quando me levantei da cadeira e saí da sala, ele continuava a falar, ainda fazia sua pregação para mim, com sua voz embriagada e áspera, sem sequer se dar conta de que eu não estava mais sentada à mesa. As calotas polares estão derretendo, disse ele. Daqui a quinze anos, vinte anos, virão as inundações. Cidades inundadas, continentes varridos do mapa, o fim de tudo. Você continuará viva, Cécile. Você vai ver isso acontecer e depois vai se afogar. Vai se afogar junto com todos os outros, todos os bilhões de outros, e isso vai ser o fim. Como invejo você, Cécile. Você estará viva para ver o fim de tudo.

Ele não apareceu para o café da manhã no dia seguinte (ontem). Quando perguntei a Nancy se ele estava bem, ela emitiu um pequeno ruído no fundo da garganta, algo aparentado a um riso abafado, para dentro, e disse que o sr. Born ainda estava no mundo dos sonhos. Tentei imaginar por quanto tempo ele havia continuado a beber depois que saí da sala de jantar.

Quatro horas depois, ele veio almoçar, aparentemente de bom humor, os olhos claros e concentrados, todo ele pronto para entrar em ação. Pela primeira vez desde o momento em que eu havia chegado, se dera o trabalho de vestir uma camisa.

— Desculpe os comentários destemperados de ontem à noite — começou. — Na verdade, não penso a metade das coisas que eu disse... na verdade mais que a metade, quase nada, na verdade.

— Por que você iria dizer uma coisa em que não acredita? — indaguei, um tanto surpresa com sua estranha retratação. Não parecia próprio dele reconsiderar seu comportamento, recuar de algo que tinha dito ou feito, de forma destemperada ou não.

— Eu estava testando certas ideias, tentando me ajustar ao modo de pensar adequado para o trabalho que me espera.

— E que trabalho é esse?

— O livro. O livro que vamos escrever juntos. Depois de nossa discussão ontem pela manhã, eu me convenci de que você tem razão, Cécile. A história verdadeira nunca poderia ser publicada. Existem demasiados segredos, demasiados detalhes de negócios sujos que acabarão sendo divulgados, demasiadas mortes que devem ser explicadas. Os franceses me mandariam para a prisão se eu tentasse falar sobre eles.

— Quer dizer que deseja desistir do projeto?

— Não, nem de longe. Mas, para contar a verdade, teremos de ficcionalizar os fatos.

— Foi o que você disse ontem.

— Eu sei. A ideia passou pela minha cabeça enquanto estávamos conversando, mas, agora que tive mais tempo para pensar, acho que é a única solução.

— Um romance, portanto.

— Sim, um romance. E, agora que estou pensando em termos de romance, compreendo que possibilidades ilimitadas se abriram de repente para nós. Podemos contar a verdade, sim, mas vamos também ter a liberdade de inventar muita coisa.

— Por que você quer fazer isso?

— Para tornar a história mais interessante. Vamos basear a ação na minha vida, é claro, mas o personagem que me representa no livro terá de receber um nome diferente. Não podemos chamá-lo de Rudolf Born, não é? Terá de ser outra pessoa... sr. X, por exemplo. Uma vez que eu me torne o sr. X, não serei mais eu mesmo, e, uma vez que eu não seja mais eu mesmo, podemos acrescentar quantos detalhes novos desejarmos.

— Como o quê, por exemplo?

— Como, por exemplo... talvez o sr. X não seja a pessoa que parece ser. Vamos apresentá-lo como um homem que leva uma vida dupla. O mundo o conhece como um professor universitário sem graça, um homem que dá aulas de relações internacionais em algum instituto ou universidade sem graça, mas na verdade ele é também um agente secreto especial, que luta pelo bem, contra os comunistas soviéticos.

— Já sabemos disso. É a premissa do livro.

— Sim, sim... mas espere. E se a vida dupla dele não for uma vida dupla, mas uma vida tripla?

— Não entendi.

— Ele parece que trabalha para os franceses, mas na verdade trabalha para os russos. O sr. X é uma toupeira, um agente duplo.

— Está começando a parecer um livro de suspense...

— Suspense. Você não adora essa palavra? *Suspense*.

— Mas por que o sr. X iria trair seu país?

— Por uma grande variedade de razões. Depois de anos de trabalho de campo, ele acaba se desiludindo com o Ocidente e se converte à causa comunista. Ou então é um cético que não acredita em nada e os russos lhe pagam um valor alto, mais dinheiro do que os franceses estão pagando, o que significa que ele está ganhando mais de duas vezes aquilo que ganharia se trabalhasse só para um lado.

— Não parece um personagem muito simpático.

— Não precisa ser simpático. Basta ser interessante e complexo. Volte seu pensamento para maio de 68, Cécile. Você se lembra das discussões horríveis que tivemos?

— Nunca esqueci.

— E se o sr. X, o agente duplo aliado ao inimigo, estiver em perfeita harmonia com o personagem da jovem Cécile Juin? E se ele se sentir maravilhado ao ver a França explodir numa anarquia, e se ele tiver um ataque de alegria com a desintegração da França e a queda iminente do governo? Mas ele precisa proteger seu disfarce e adotar opiniões frontalmente opostas àquelas em que acredita. Isso acrescenta uma boa reviravolta, não acha?

— Nada mau.

— Pensei numa outra cena. Talvez seja difícil pôr em prática, mas, se a gente insistir na ideia de transformar o sr. X num agente duplo, isto é crucial... um dos momentos mais tensos, mais dilacerantes do livro. O sr. X tem um colega francês, o sr. Y. Os dois foram amigos íntimos durante muitos anos, passaram juntos por aventuras angustiantes, mas agora o sr. Y desconfia que o sr. X está trabalhando para os soviéticos. Enfrenta o sr. X e diz que, se ele não abandonar o serviço secreto imediatamente, terá de denunciá-lo e prendê-lo. Isso acontece no início da década de 60, lembre-se bem. A pena de morte ainda estava em vigor, e ser preso significava a guilhotina para o sr. X. O que ele pode fazer? Não tem alternativa, a não ser matar o sr. Y. Não com uma bala, é claro. Não com uma pancada na cabeça, nem com uma facada na barriga, mas com métodos mais sutis, que permitirão que ele não seja descoberto. É verão. O sr. Y e sua família estão de férias nas montanhas, em algum ponto do Sul da França. O sr. X vai até lá, penetra sorrateiramente na propriedade no meio da noite e solta os freios do carro do sr. Y. Na manhã seguinte, a caminho da cidade para comprar pão na padaria local, o sr. Y perde o controle do carro e despenca pela encosta da montanha. Missão cumprida.

— Que está dizendo, Rudolf?
— Nada. Estou contando uma história, só isso. Estou contando como o sr. X mata o sr. Y.
— Você está falando do meu pai, não está?
— Claro que não. Por que está pensando isso?
— Está contando como tentou matar meu pai.
— Que absurdo. Seu pai nunca fez parte do serviço secreto. Você sabe disso. Ele trabalhava para o Ministério da Cultura.
— Isso é o que você diz. Mas quem sabe o que ele fazia de verdade?
— Pare com isso, Cécile. Estamos só nos divertindo um pouco.
— Não tem graça nenhuma. Não tem um pingo de graça. Você está me dando dor de barriga.
— Minha cara menina. Acalme-se. Está agindo como uma tola.
— Vou embora daqui agora, Rudolf. Não consigo suportar ficar com você nem mais um minuto.
— Agora, no meio do almoço? Assim, sem mais nem menos?
— Isso mesmo, sem mais nem menos.
— E eu, que estava pensando...
— Não me interessa o que você estava pensando.
— Muito bem, vá embora, se é o que você quer. Não vou tentar impedir. Não fiz nada senão cobrir você de gentilezas e afeição desde a hora em que chegou, e agora você se volta contra

mim desse jeito. Você é uma histérica ridícula, Cécile. Lamento ter convidado você para vir à minha casa.
— E eu lamento ter vindo.

Eu já estava em pé àquela altura, já estava atravessando a sala, já estava chorando. Na hora em que ia chegar ao corredor, me virei para dar uma última olhada no homem com quem minha mãe quase havia casado, o homem que havia me pedido para ser sua mulher, e lá estava ele, sentado de costas para mim, debruçado sobre seu prato, enfiando garfadas de comida na boca. Indiferença total. Eu nem tinha saído da casa e já tinha sido banida de sua mente.
Fui ao meu quarto para juntar minhas coisas. Não teria nenhum Samuel para me acompanhar dessa vez, e, como eu não conseguiria descer a montanha segurando minha mala, a bagagem tinha de ficar. Transferi um punhado de roupas de baixo limpas para a minha bolsa de mão, descalcei as sandálias com um pontapé no ar e calcei um par de tênis, depois verifiquei se meu passaporte e meu dinheiro estavam onde deviam estar. A ideia de ir embora e deixar minhas roupas e livros para trás me deu uma ligeira pontada de remorso, mas o sentimento se evaporou após alguns segundos. Meu plano era descer até a cidade de Saint Margaret e comprar uma passagem para o próximo voo disponível para Barbados. Ficava a pouco mais de dezenove quilômetros da casa. Eu podia cobrir essa distância. Em terreno plano, eu podia andar a vida toda.
Descer a montanha foi menos difícil que subir. Fiquei toda suada, é claro, fui acossada pelos mesmos ataques aéreos de mosquitos e pernilongos, mas agora não caí nem uma vez. Eu me movia em passo moderado, nem muito arrastado nem muito apressado, parava de vez em quando para observar flores silves-

tres à margem da estrada — coisas lindas, cintilantes, cujos nomes eu ignorava. Vermelho fogo. Amarelo fogo. Azul fogo.

À medida que me aproximava da base da montanha, comecei a ouvir algo, um som ou uma coleção de sons que eu não era capaz de identificar. De início, achei que parecia o canto de grilos ou de cigarras, os gritos metálicos e persistentes de insetos no calor da tarde. Mas estava quente demais para que os insetos ficassem chamando uns aos outros naquela hora, e, à medida que fui chegando perto, entendi que os sons eram altos demais, que os ritmos dos sons eram complexos demais, marcados e intricados demais para provirem de qualquer coisa viva. Uma barreira de árvores bloqueava minha visão. Continuei caminhando, mas a barreira só terminou quando cheguei bem na base. Uma vez lá, parei, me virei para a direita e por fim vi de onde vinham os sons, por fim vi o que meus ouvidos estavam me dizendo.

Um campo desolado se estendia à minha frente, um campo árido e poeirento, coalhado de pedras cinzentas de diversos formatos e tamanhos, e, espalhados entre as pedras naquele campo, havia cinquenta ou sessenta homens e mulheres, cada um com um martelo numa das mãos e uma talhadeira na outra, que batiam nas pedras até que elas se partissem em duas, em seguida batiam nas pedras menores até que elas também se partissem em duas, e depois batiam nas pedras menores ainda até que elas ficassem reduzidas a cascalho. Cinquenta ou sessenta homens e mulheres agachados naquele campo, com martelos e talhadeiras nas mãos, batendo nas pedras enquanto o sol batia em seus corpos, sem nenhuma sombra em parte alguma, e o suor rebrilhava em todos os rostos. Fiquei parada olhando para eles durante um bom tempo. Fiquei olhando e ouvindo e me perguntei se já tinha visto algo assim. Era o tipo de trabalho que em geral associamos a prisioneiros, pessoas acorrentadas, mas aquelas pessoas não estavam acorrentadas. Estavam trabalhando, estavam ganhando dinheiro, estavam se mantendo vivas. A música das pedras era requintada e inacreditável, a música de cinquenta ou sessenta martelos estalando, cada um se movendo na sua velocidade própria, cada um encerrado na sua própria cadência, e juntos formavam uma harmonia rebelde, altiva, um som que penetrou em meu corpo e que ali permaneceu por muito tempo depois que fui embora, e até agora, sentada no avião, cruzando o oceano, ainda posso ouvir os estalidos daqueles martelos dentro da minha cabeça. Aquele som estará sempre comigo. Pelo resto da vida, não importa onde eu esteja, não importa o que eu faça, estará sempre comigo.

1ª EDIÇÃO [2010] 1 reimpressão

ESTA OBRA FOI COMPOSTA POR OSMANE GARCIA FILHO EM ELECTRA E
IMPRESSA PELA GEOGRÁFICA EM OFSETE SOBRE PAPEL PÓLEN SOFT
DA SUZANO PAPEL E CELULOSE PARA A EDITORA SCHWARCZ
EM MAIO DE 2010